GOLDMANN

Buch

Lisas und Beas Mum ist nicht so wie andere Mütter. Man schreibt die zweite Hälfte der sechziger Jahre, und die junge Mutter will ihren Kindern all das geben, was sie selbst nie hatte: Liebe, Abenteuer, Frieden und Freiheit. Die fünfjährige Lisa und ihre zwei Jahre ältere Schwester Bea genießen das Abenteuer, zusammen mit ihrer Mutter in Marokko unterwegs zu sein – das sind Ferien, wie sie andere Kinder bestimmt nicht haben.

Nur, daß ihre Mutter gar nicht die Absicht hat, wieder nach England zurückzukehren: Sie will sich selbst verwirklichen, einen Sektenguru in der Wüste treffen. Langsam dämmert Lisa und Bea, was auf sie zukommt: Nie wieder Coca-Cola und Cornflakes, stattdessen Linsen und Falafel bis in alle Ewigkeit. Allerhöchste Zeit, den Kampf gegen ihre Mutter aufzunehmen. Denn die Mädchen wissen genau, was sie wollen: ein ganz normales Leben – und endlich einen richtigen Vater.

Anrührend, geistreich, charmant: ein bezaubernder Roman über die Schwierigkeiten, eine ganz normale Tochter zu sein.

Autorin

Esther Freud, geboren 1963 in London, ist eine der talentiertesten jungen Autorinnen Englands. *Kuß-Kuß in Marrakesch* ist ihr erster Roman. Esther Freud lebt in London.

ESTHER FREUD

Kuß-Kuß in Marrakesch

ROMAN

Aus dem Englischen
von Anke Knefel

GOLDMANN VERLAG

Die englische Originalausgabe
erschien 1992 unter dem Titel »Hideous Kinky«
bei Harcourt Brace Ltd., London

Umwelthinweis:
Alle bedruckten Materialien dieses Taschenbuches
sind chlorfrei und umweltschonend.
Das Papier enthält bereits Recycling-Anteile.

Der Goldmann Verlag
ist ein Unternehmen der Verlagsgruppe Bertelsmann

Deutsche Erstveröffentlichung 11/95

Umschlaggestaltung: Design Team München
Satz: Uhl + Massopust, Aalen
Druck: Elsnerdruck, Berlin
Verlagsnummer: 42296
Lektorat: Sky Nonhoff
Redaktion: Ute Thiemann
Herstellung: Ludwig Weidenbeck
Made in Germany
ISBN 3-442-42296-5

1 3 5 7 9 10 8 6 4 2

FÜR MEINE MUTTER
UND MEINEN VATER

KAPITEL EINS

Wir waren schon halb durch Frankreich gefahren, als uns auffiel, daß Maretta überhaupt nichts sagte. Sie saß stumm auf dem Rücksitz und beobachtete uns mit weit aufgerissenen Augen.

Ich krabbelte über die Matratze zu ihr. »Maretta, erzählst du uns eine Geschichte?«

Maretta gab nur einen seltsamen Laut von sich und drehte den Kopf zur Seite.

John war gerade mit Fahren an der Reihe. Er fuhr ziemlich schnell, mit nur einer Hand am Lenkrad. John war Marettas Mann. Er hatte sie in letzter Minute mitgenommen, weil es ihr nicht gut ging. Das hatte er jedenfalls zu meiner Mutter gesagt, als wir losgefahren waren.

Bea starrte mich an.

»Maretta...«, versuchte ich es noch einmal, aber Maretta legte nur ihre weiße Hand auf mein Haar, bis meine Kopfhaut anfing zu jucken und ich lieber wieder von ihr wegrückte.

»Du hast sie nicht richtig gefragt«, zischte Bea. »Du hast nicht bitte gesagt.«

»Dann frag du sie doch.«

»Wieso, ich will doch keine Geschichte hören.«

»Aber ich sollte sie fragen, ich habe nur wegen dir gefragt.«

»Seid mal etwas leiser.« Mum drehte sich zu uns um. »Sonst weckt ihr Danny auf. Kommt nach vorn zu mir, dann lese ich euch beiden eine Geschichte vor.«

Ich sah Bea zögernd an. »Na gut«, gab sie schließlich nach. Wir stiegen über den schlafenden Danny und zwängten uns zwischen die beiden Vordersitze.

»›Kannst du nicht etwas schneller gehen?‹ sagte der Weißfisch zur Schlange. ›Hinter uns kommt schon die Schildkröte, und sie tritt schon auf meinen Schwanz.‹«

Ich kuschelte mich eng an sie und tat so, als könne ich mitlesen. Den Text kannte ich schon auswendig. Dann raschelte Dannys Schlafsack, und er setzte sich mit verschlafenen Augen auf.

»Soll ich dich bald ablösen?« sagte er und gähnte.

»In einer halben Stunde vielleicht«, sagte John, den Blick fest auf die Fahrbahn gerichtet.

Danny war mein bester Freund. Als wir uns das erste Mal kennengelernt hatten, hatte er eine weiße Zuckermandel aus seiner Pfeife gezaubert. Seitdem wartete ich auf eine gute Gelegenheit, ihn zu bitten, mir wieder eine Zuckermandel zu zaubern. Aber jetzt saß er entweder am Steuer oder schlief. Oder Bea war immer dabei. Bea war zwei Jahre älter als ich, und es gibt Dinge, die man besser vor seiner großen Schwester geheimhält. Außerdem wollte ich nicht zu oft fragen, denn selbst wenn es echte Zaubermandeln waren, wie Danny sagte, würden sie ihm irgendwann sicher ausgehen.

Abends hielten wir an, um uns etwas zu essen zu kochen. Mum kochte in einem Metalltopf auf dem Campingkocher eine Suppe mit Möhren und Kartoffeln. Wir saßen rundherum im Gras und löffelten die Suppe.

»Maretta?« fragte Mum, und hielt ihr eine Schale mit Suppe hin.

Maretta blickte ins Gras.

»Maretta, möchtest du etwas Suppe?«

Sie drehte ihren Kopf weg.

Mums Hand zitterte plötzlich, so daß der Löffel auf den Rand der Blechschale klapperte.

Keiner sagte etwas.

»Na gut, um so besser für uns«, sagte sie schließlich und goß die Suppe zurück in den Topf. Ihre Stimme klang hoch und gepreßt. Maretta lächelte abwesend.

Ein Lastwagen brummte an uns vorbei. Mir wurde gleichzeitig heiß und kalt, und ich mußte plötzlich lachen. Ich biß mir schnell auf die Lippe und rührte laut in meiner Suppe.

John stellte sich vor meine Mutter, zwischen sie und Maretta. »Es wird ihr bessergehen, wenn wir erst in Marrakesch sind. Sie kommt schon wieder in Ordnung.« Er legte den Arm um meine Mutter. »Schließlich bin ich schon vier Jahre mit ihr verheiratet, ich kenne das.«

Meine Mutter lehnte ihren Kopf an seine Schulter. »Ich finde, wir sollten sie wieder nach Hause bringen.«

Sie standen Arm in Arm am Straßenrand und wiegten sich hin und her.

»Danny?« Dies war vielleicht ein günstiger Moment. »Zauberst du mir eine Mandel?«

Bea, die doch etwas näher saß, als ich gedacht hatte, zog neugierig eine Augenbraue hoch. Ich warf ihr einen bösen Blick zu, damit sie ja ihren Mund hielt.

»So ein Mist aber auch.« Danny klatschte mit der Hand auf sein Knie. »Jetzt bin ich doch ohne meine Pfeife losgefahren.« Er senkte seine Stimme und sagte lachend: »Vielleicht sollten wir doch nach London zurückfahren.« Dabei kniff er mir in die Backe. Ich muß ein ziemlich enttäuschtes Gesicht gemacht haben.

Am nächsten Tag waren wir spätnachmittags in Algeciras und rollten mit dem Bulli auf die Fähre. Wir stiegen alle aus und gingen an Deck. Bea und ich hingen über der Reling und winkten wie wild den Spaniern unten auf dem Kai zu. Die Luft war drückend und stank nach Fisch und Öl. Einige Männer in schmutzigen blauen Overalls winkten uns nach, als das Schiff ablegte. Als man die spanische Küste gerade nicht mehr sehen konnte, tauchte vor uns Marokko auf. Zuerst war es nur ein langer dunkler Schatten über dem Wasser.

»Land in Sicht!« brüllte Bea. »Land in Sicht!«

Wir rannten auf dem Deck immer hin und her, von hinten nach vorne, winkten auf der einen Seite Spanien zum Abschied zu und begrüßten Marokko mit »Land in Sicht!« Die Sonne war schon fast untergegangen, und die Möwen waren verschwunden. Wir lehnten uns über die Reling und sahen, wie Marokko sich allmählich in der Dunkelheit auflöste und wir nur erraten konnten, wo das Meer aufhörte und das Land anfing. Wir gingen zurück zum Bulli. Maretta saß auf dem Vordersitz.

»Wo sind die anderen?« fragte ich gedankenlos.

Sie antwortete nicht. Bea lehnte an der Tür.

»Komm mit, wir suchen sie.«

»Willst du nicht mitkommen?« Ich strich Maretta übers Haar. Es faßte sich steif und klebrig an vor Hitze und Staub.

Bea zog mich am Arm weg. »Los, komm, wer schneller auf dem Deck ist.«

Maretta bewegte sich nicht, nicht einmal ihre Augen.

»Ich komme«, sagte ich schnell und raste hinter Bea her, obwohl ich wußte, daß ich gegen sie gar keine Chance hatte.

Das Schiff wurde nun von der weißleuchtenden Gischt erhellt. Wir tasteten uns den Weg entlang, wo wir zuvor gerannt waren. Vorne am Bug hörten wir Gelächter und vertraute Stimmen. Man konnte nur die rotglühenden Zigaretten im Dunkeln erkennen. Wir schlichen uns immer näher heran.

»Land ahoi!« schrie Bea plötzlich und sprang mit einem Satz vor. Sie hielt Mum von hinten mit beiden Händen die Augen zu und stieß ein lautes Indianergeheul aus.

»Geld oder Leben!«

Mum streckte ihre Arme hoch und flehte um Gnade. »Ich habe überhaupt kein Geld«, sagte sie, und alle lachten.

Ein dumpfes Tuten dröhnte über das Deck, und im ersten Moment zuckten alle zusammen. Danny packte mich und warf mich über seine Schulter. »Auf geht's! Alle in den Wagen.«

Ich hing noch immer über seiner Schulter und mir

pochte schon das Blut im Kopf. Trotzdem rief ich Bea zu: »Los, wer schneller ist!« Dabei trommelte ich mit beiden Fäusten auf Dannys Rücken, damit er so schnell lief, wie er konnte.

Wir saßen im Dunkeln im Wagen und warteten in der Schlange mit den anderen Autos, daß wir endlich vom Schiff fahren konnten. Meine Mutter zeigte uns die Fotos von uns, die unter ihrem in einem schwarzen Paß klebten.

»Gleich kommt ein Mann, der überprüft, ob wir das auch wirklich sind«, erklärte sie und strich mir meine Haare hinter die Ohren. John saß am Steuer, Danny und Maretta saßen zusammen hinten. Jetzt schlief niemand. Langsam fuhren die Autos, eins nach dem anderen, von der Fähre.

»Wenn wir erst durch den Zoll sind, geht es nur noch zwei Stunden die Küste entlang, und schon sind wir in Tanger«, sagte Danny. Eine selbstgedrehte Zigarette, die er aber noch nicht angesteckt hatte, wippte beim Sprechen zwischen seinen Lippen. »Hoffentlich sind wir da bald durch.«

Wir waren jetzt schon ganz nah an der weißen Schranke. Zwei uniformierte Männer überprüften vor uns jeden Wagen, bevor sich die Schranke öffnete und die Leute durchfahren konnten.

Da klopfte jemand an die Scheibe. Wir saßen mucksmäuschenstill da, und John kurbelte das Fenster runter. Ein Schwall kalter, salziger Luft wehte herein, und ein bärtiges Gesicht mit leuchtendblauen Augen tauchte auf. »Hallo, wohin wollt ihr denn?« fragte er und beugte sich zu uns in den Wagen, um in der Dämmerung unsere Gesichter zu erkennen.

»Heute abend noch bis Tanger, dann weiter nach Marakesch.«

»He, dann habt ihr ja den gleichen Weg wie ich. Nennt mich einfach Dave.« Er legte seinen Ellbogen auf den Türrahmen und lächelte uns an.

Dave ließ unseren Wagen nicht los, auch nicht, als wir immer weiter auf die Schranke vorrückten. »Ihr seid zum erstenmal hier, stimmt's? Es wird euch gefallen. Nachher wollt ihr gar nicht mehr weg. Woher kommt ihr? Laßt mich raten? London. Könnt ihr echt vergessen. Marrakesch. Da geht's ab.« Er hatte ein Tuch um seinen Kopf gewickelt, und seine hellblonden Haare hingen strähnig herunter. Er hatte weder Tasche noch Mantel dabei. »He, Bruder«, er klopfte John auf die Schulter, »ihr werdet ein paar gute Kontakte brauchen. Ich sag euch was, ich komm mit euch nach Tanger. Was sagt ihr dazu?« Und er machte mit einem Schwung die Tür auf und hüpfte herein.

Dave machte es sich auf dem Rücksitz bequem.

»Na, Süße, wie geht's?« Er grinste Maretta an.

Sie antwortete nicht.

Unvermittelt tauchte ein anderes Gesicht an unserem Seitenfenster auf. Ein dunkles, ernstes Gesicht mit einem Schnurrbart. Meine Mutter beugte sich hinüber und gab ihm unseren Stapel Pässe. Er blätterte sie schnell einen nach dem anderen durch und sah jedem von uns flüchtig ins Gesicht. Ein kurzer Blick, und er gab uns die Pässe zurück. Dann deutete er mit einem Kopfnicken zu Dave, der auf einem Berg Kissen an der hinteren Tür hockte. Er sagte etwas, das ich nicht verstand. John und meine Mutter schüttelten den Kopf, aber Dave reckte seinen langen weißen Hals vor und nickte heftig. Der Beamte zögerte kurz, dann deutete er mit dem Daumen in die Richtung, aus der wir gekommen waren. Wir sollten umdrehen, zurück auf die Fähre. Zurück nach Spanien, wo wir hergekommen waren.

Die Schranke blieb verschlossen.

Wir frühstückten in Algeciras. Brötchen und Fanta. Maretta nippte an ihrem schwarzen Kaffee und vergaß, die Tropfen wegzuwischen, die rechts und links an ihrem Kinn hinunterliefen. Mum meinte, wir hätten noch Glück gehabt, daß sie nicht »Unerwünscht« in unsere Pässe gestempelt hatten. Sie sagte, wenn wir Dave oder jemanden, der aussah wie Dave, an der Grenze oder in Tanger sehen würden, dürften wir auf keinen Fall mit ihm sprechen.

»Ist es sehr häßlich, wenn man unerwünscht ist?« fragte Bea. »Häßlich« war Beas und mein Lieblingswort. »Häßlich« oder »gräßlich« waren die einzigen Worte, die wir je aus Marettas Mund gehört hatten, oder jedenfalls die, an die wir uns noch erinnern konnten.

»Häßlich, gräßlich. Gräßlich häßlich«, sang ich leise vor mich hin.

»Ja, das ist es, vor allem wenn man gern nach Marokko möchte«, antwortete Mum.

Als wir nach einer sonnigen Überfahrt, die uns diesmal viel kürzer vorkam, am späten Nachmittag Marokko erreichten, war kein Dave weit und breit zu sehen. Die Beamten winkten uns nach einem flüchtigen Blick auf unsere Pässe einfach durch, und alle außer Maretta johlten und kreischten laut vor Freude.

KAPITEL ZWEI

Wir waren noch einige Stunden von Marrakesch entfernt, als der Bulli plötzlich einen lauten Knall von sich gab und von der Straße in das nächste Feld schlingerte, wo er sich dann noch einmal schüttelte und stehenblieb. John stieg aus und öffnete die Motorhaube. Er stand eine ganze Weile da, die Hände in den Taschen vergraben und starrte mit erfahrener, unerschütterlicher Miene ins Innere. »Ich habe keinen Schimmer, was ich hier eigentlich mache«, sagte er nach einiger Zeit, und Mum und er fingen an zu kichern wie kleine Kinder.

Nur Bea zog besorgt die Stirn in Falten. »Aber hier können wir doch nicht bleiben«, sagte sie. Das Feld, in dem wir angehalten hatten, streckte sich vor uns, so weit das Auge reichte. Rundherum gab es nichts außer Gras und einer Menge bunter Blumen, Klatschmohn und Gänseblümchen.

»Nein, hier können wir nicht bleiben«, stimmte ich zu, denn es war immer besser, nichts gegen Beas Meinung zu sagen. Wir stiegen beide wieder in den Bulli und warteten, daß Mum und John endlich aufhören würden zu lachen.

Maretta lag auf der Seite, den Arm übers Gesicht gelegt,

die Augen geschlossen. Man sah, daß sie nicht wirklich schlief. Zuerst hat sie aufgehört zu sprechen, dachte ich, dann hat sie aufgehört zu essen, und jetzt wird sie sich bestimmt überhaupt nicht mehr bewegen. Man sah immer noch die Kaffeeflecke an ihrem Kinn von vor zwei Tagen.

Danny war nur bis Tanger mitgefahren. Wir hatten ihn vor einem Café mit einer orange-weiß gestreiften Markise abgesetzt. Danny verabschiedete sich von allen, dann beugte er sich, schon im Gehen begriffen, plötzlich vor und zwickte mir in die Nase. »O Mann, wie ist denn das da hingekommen?« sagte er, und eine weiße Zuckermandel lag in meiner Hand.

»Meinst du, es gibt in Marokko Süßigkeiten zu kaufen?« fragte ich Maretta.

Sie antwortete nicht, und Bea meinte, sie wüßte es wahrscheinlich sowieso nicht.

Wir saßen am Straßenrand und sahen zu, wie Johns Umrisse immer kleiner wurden, als er sich aufmachte, um jemanden zu suchen, der sich mit Autos auskannte.

Mum streckte sich im Gras aus und sagte: »Erzähl uns eine Geschichte.«

Bea machte es ihr nach. »Los, erzähl uns eine Geschichte.«

Also erzählte ich ihnen, wie ich an dem Tag, als wir aus London losgefahren waren, gehört hatte, wie zwei Vögel sich unterhielten. Ich wiederholte alles, worüber die Vögel gesprochen hatten, über Brotkrumen, andere Vögel, über das Wetter. Ich erzählte ihnen auch, wie sich die beiden Vögel um einen Wurm gezankt hatten.

»Das ist eine blöde Geschichte«, sagte Bea. »Kein Mensch kann die Vogelsprache verstehen.«

Ich kniff die Augen zusammen. »Ich schon.« Aber meine Stimme klang nicht sehr überzeugend.

»Lügnerin.«

Ich wurde rot. Wie konnte sie einfach behaupten, daß ich log, wenn ich mich doch an jedes einzelne Wort erinnerte, was die Vögel gesagt hatten. Obwohl, je mehr ich versuchte, mich zu erinnern, desto unsicherer wurde ich. »Mum ...?«

Aber Mum war schon in der Sonne eingeschlafen.

Wir gingen mit John in ein Café, in dem die Wände von oben bis unten gefliest waren. Es lag ein Stück von der Straße entfernt, aber nicht weit von dort, wo unser Bulli jetzt geparkt war.

»Es ist ein französisches Hotel«, flüsterte John. »Vielleicht ein bißchen teuer für uns.«

»Wir werden nur einen Tee trinken«, beruhigte Mum ihn, und wir setzten uns an einen schattigen Tisch auf der Terrasse.

Der Tee, den wir bekamen, war mit Pfefferminzblättern gemacht und schmeckte sehr süß. Mum sah in die Kanne. »Das sieht ja aus wie Sirup«, meinte sie.

John war mit drei marokkanischen Jungen in Umhängen mit spitzen Kapuzen zurückgekehrt. Sie hatten uns geholfen, den Bulli die Straße entlang bis zum Hotel zu schieben. Maretta hatte sich geweigert auszusteigen. Aber das schien den Jungen nichts auszumachen. Sie lachten und winkten ihr durch das Rückfenster zu.

Wir blieben den ganzen Tag in dem Café, während John mit zusammengekniffenen Augen den Motor untersuchte. »Ein Wunder, daß wir überhaupt so weit gekommen sind«, sagte er, als es dunkel wurde.

Mum breitete ein paar Decken am Straßenrand aus. Sie baute uns mitten im Hotelgarten ein Bett unter freiem Himmel. Es war schön, endlich mal wieder auf festem Boden zu schlafen, der nicht die ganze Zeit unter einem wegrauschte.

»Ich muß diese Versicherungsmarke benutzen, damit uns jemand bis nach Marrakesch schleppt«, sagte John zu Mum.

»Versicherung? Du?« hörte ich Mums erstaunte Stimme. Und Bea fragte: »Was ist das, ›schleppen‹?«

Wir saßen alle zusammen im Lastwagen – sogar Maretta – und sahen zu, wie unser Bulli mit John am Steuer an einem Seil hinter uns herrollte. Zuerst wollte Maretta sich nicht bewegen, aber John hatte sie einfach auf den Arm genommen und sie in den Lastwagen gesetzt. Er hatte sie getragen wie ein Kind, und sie hatte sich nicht gewehrt. Jetzt saß sie vorne neben dem arabischen Lastwagenfahrer, der lange mißtrauisch die Versicherungsmarke untersucht hatte, von der John behauptet hatte, sie sei so gut wie bares Geld. Obwohl sie in Wirklichkeit nur ein Haufen Papier war.

Ich fragte mich, wie wir je wieder nach Hause fahren sollten, jetzt, wo unser Bulli überallhin gezogen werden mußte. Ich überlegte, daß es bestimmt einfacher war, das nächste Schiff direkt nach London zu nehmen. Dann muß ich eingeschlafen sein. Ich träumte von John und Maretta und ihrer kleinen Tochter, die in England geblieben war, und uns vom Landungssteg zugewinkt hatte. Wir waren auf einem Schiff, und alle warfen Klopapierrollen zu den Freunden, die unten am Pier standen. Nur wir hatten kein Klopapier, das wir jemandem zuwerfen konnten.

Als ich aufwachte, lag ich in Mums Schoß in einem winzigen weißen Zimmer. Mum sprach auf französisch mit einem kleinen dicken Mann, der immer lächelte, wenn er sprach, und dabei in die Hände klatschte und nach jedem Satz laut lachte. Bea schaute aus einem Fenster, durch das helles Sonnenlicht weiß ins Zimmer schien. Der Bulli war draußen auf der anderen Straßenseite geparkt. Er sah rostig und müde aus. Draußen versammelte sich eine Schar Kinder und Fliegen.

Akari, der Makler, in dessen Büro wir hier saßen, schenkte Pfefferminztee in Gläser ein. Er hielt die Kanne hoch in die Luft und goß den Tee in hohem Bogen ein, ohne einen Tropfen zu verschütten. Wenn ein Glas voll war, kippte er die Kanne mit einem Ruck nach hinten und wieder nach vorn, so daß der Tee wieder in einem hohen Bogen in das nächste Glas lief. Der Tee war dickflüssig und gelbgrün wie die Augen einer Katze.

»Frag ihn, ob ich den Bulli solange hier stehenlassen kann«, sagte John. »Nur, bis ich ihn verkauft habe oder jemanden finde, der ihn repariert.«

Akari nickte und lächelte, nachdem Mum übersetzt hatte.

»Er sagt, er hat ein Haus in der Mellah, das wir mieten können. Er will es uns gleich zeigen.«

Akari war schon dabei, sein Büro zu schließen.

Die Mellah war das jüdische Viertel der Stadt. Unser Haus war einfach und weißgetüncht, mit drei Schlafzimmern im ersten Stock und der Küche und dem Wohnzimmer unten. Es gab auch einen Innenhof, in dem Blumen zwischen den Steinplatten wucherten. Alle Fußböden und auch die Wände halbhoch waren gefliest. Möbel gab es keine.

»Akari sagt, wir brauchen einen *mijmar*«, erklärte Mum und sah sich in der leeren Küche um.

»Was ist ein ›*mijmar*‹?«

»Es ist ein Herd zum Kochen, mit Holzkohle. Wir brauchen auch einen Blasebalg.«

»Ich suche jemanden, der mir helfen kann, die Matratze aus dem Bulli reinzutragen«, sagte John und verschwand nach draußen.

»Was ist ein Blasebalg?«

»Bea, was ist ein Blasebalg?« Aber sie war schon im Garten, trat nach den Mohnblumen und Ringelblumen und suchte in den Mauerritzen nach Salamandern.

Abends las Mum uns oben im Schlafzimmer noch eine Geschichte vor. Ich kuschelte mich dicht an sie und fragte: »Sind wir jetzt da?«

»Ja, wir sind da«, erwiderte sie. »Und, ist es so, wie ihr es euch vorgestellt habt?«

Ich war mir nicht sicher. Eigentlich hatte ich mir gar nichts vorgestellt.

»Wie lange werden wir hierbleiben?« wollte Bea wissen.

»Ich weiß nicht. Solange es uns gefällt.« Mum las sich selbst unsere Geschichte vor. Bea und ich warteten, bis sie zu Ende gelesen hatte. »Vielleicht kannst du hier sogar zur Schule gehen, Bea«, sagte sie dann.

»Und was ist mit mir? Kann ich auch zur Schule gehen?«

Sie strich mir sanft über den Kopf. »Vielleicht im nächsten Jahr. Wenn du so alt bist wie Bea jetzt.«

Ich fing enttäuscht an zu schniefen, aber ich war zu müde, um es lange durchzuhalten. Ich merkte nur noch, wie Mum mir meine Kleider über den Kopf zog, dann spürte ich das ungewohnte Gefühl eines kühlen, sauberen Bettuchs, in das mich jemand einwickelte.

KAPITEL DREI

Nachdem wir einige Zeit durch die Gänge der Markthalle geschlendert waren, hielten wir vor einem Stand, der eigentlich aussah wie viele andere. Bunte Kleider mit glänzenden Stoffen hingen in mehreren Reihen übereinander, daneben weiße Kaftane mit prachtvollen Stickereien um den Halsausschnitt. Wir blieben am Eingang stehen, der aussah wie die Öffnung zu einem verborgenen Schatz. Ein schimmerndes Kleid nach dem anderen wurde hervorgezogen, glattgestrichen und vor uns auf dem Boden ausgebreitet. Ich entschied mich für einen Kaftan, der aussah, als sei er bemalt worden. Mit großen roten Klecksen, die die gleiche Farbe hatten wie rote Himbeerbonbons, umgeben von violetten und orangefarbenen Flammen. Mum meinte zwar, er mache mich etwas blaß. Aber wenn ich ihn unbedingt haben wollte.

Ich zog den Kaftan über mein T-Shirt und meine Shorts und fühlte, wie der glatte Stoff meine Beine bis zu den Fußgelenken streichelte. »Kann ich ihn anbehalten?«

Mum war gerade dabei, einen hellvioletten Kaftan zu probieren. Er reichte bis auf den Boden, und sie sah sehr groß darin aus. Mit ihren langen schwarzen Haaren, die ihr schwer den Rücken herunterhingen, sah sie aus wie eine geheimnisvolle Märchenfee.

Bea hatte sich einen Baumwollkaftan ausgesucht, mit einem Muster aus Blättern, Stengeln und Blüten, die in kräftigem Grün und Blau über den ganzen Stoff wirbelten. »Er wird schon passen«, sagte sie und hielt ihn hoch bis zum Kinn.

»Warum nimmst du nicht auch einen glänzenden wie Mum und ich?« fragte ich. Aber sie hatte ihren Kaftan schon zusammengefaltet und unter den Arm geklemmt. Sie hatte sich entschieden.

Ein dumpfes Trommeln hing über dem großen Platz, den Akari, unser Vermieter, Djemaa El Fna nannte. Unzählige Gruppen von Männern schoben sich über den Platz, von einer Vorstellung zur nächsten. Sie bildeten einen Kreis, um den Tänzern und Tamburinspielern zuzusehen, dem Afrikaner, der sich als Frau verkleidet hatte, mit Schellen an den Handgelenken und einem silbernen Teegeschirr, das er auf einem Tablett auf dem Kopf balancierte, den Akrobaten und Schlangenbeschwörern, deren schrilles Flötenspiel über den Platz schallte und sich mit dem Klang einer Art Dudelsack vermischte, den ich aber nirgends entdecken konnte. Ein Wasserverkäufer überquerte den Platz von einer Ecke zur anderen, klapperte mit seinen Messingbechern und versuchte, die durstigen Leute zu überreden, ihm etwas von seinem warmen, nach Rost schmeckenden Wasser abzukaufen. In meinem neuen Kaftan war mir angenehm kühl. Er war die saubere und etwas feinere Ausgabe von den Kaftans der Bettelkinder, die den Djemaa El Fna bevölkerten. Sie schwatzten laut und jagten sich gegenseitig durch die Menge, immer auf der Suche nach einem Touristen, den sie quälen konnten. Sobald sie einen entdeckt hatten, schrien sie »Tourist, Tourist, Coca-Cola, Coca-Cola«, umringten ihr Opfer und liefen dicht neben ihm her, bis der Arme es keinen Moment länger ertragen konnte, sein Portemonnaie zückte und ihnen eine Münze in die Hand drückte, damit sie verschwanden. Die Bettelkinder sausten laut kreischend und lachend davon und zeigten sich immer wieder ihre Beute. Die meisten Touristen setzten sich, wenn sie diese Bande endlich losgeworden waren, auf die schattige Terrasse des Hotels am anderen Ende des Platzes und erholten sich bei einer Scheibe eisgekühlter Melone.

Ein paar Tage vorher hatten Bea und ich uns auf die Terrasse geschlichen, während Mum auf dem Markt Datteln und Orangen kaufte, denen Maretta vielleicht doch nicht widerstehen könnte. Wir saßen an einem leeren Tisch und starrten mit hungrigen, traurigen Blicken eine feine Dame mit weißen Haaren an, die ein Stück Melone nach dem anderen mit ihrer silbernen Gabel aß.

Sie ißt ja immer nur die Hälfte, dachte ich, als sich die Schalen auf dem Teller stapelten. Als die Dame uns endlich an ihren Tisch rief, war ich schon fest davon überzeugt, daß ich kurz vorm Verhungern war.

»Ihr habt gewonnen«, sagte sie und gab jeder von uns ein Stück Melone.

Direkt vor ihrem Tisch verschlangen wir unsere Beute, daß der süße Saft an unseren Armen herunterlief, und nagten die Schale ab, bis nur noch eine durchscheinende Rinde übrig war.

»Fein«, sagte sie, als ich meine Rinde stolz zurück auf den Teller legte, und ich hoffte, sie würde uns noch ein Stück anbieten.

Doch da zeigte Bea auf unsere Mutter, die zwischen den Ständen entlangging, als ob sie etwas suchte.

»Das ist unsere Mum«, sagte ich und vergaß, daß wir uns ja als marokkanische Bettelmädchen ausgeben wollten. Dann rannten wir Mum entgegen.

Wir saßen auf dem Fußboden in unserer gefliesten Küche und putzten Gemüse: Zwiebeln, Kartoffeln, grüne Bohnen, Paprika und Tomaten. Mum hatte Feuer in der *mijmar*, unserem Herd, angezündet und fing an zu kochen. Die *mijmar* war eigentlich ein großer Tontopf, in dem ein Feuer brannte. Darauf kam eine *tajine*, eine Schale mit einem Deckel, der aussah wie ein umgedrehter Blumentopf. Alles, was gekocht werden sollte, kam in die *tajine*, außer Couscous. Das wurde in einem Topf darüber im heißen Dampf gekocht.

»Geht doch bitte nach oben und fragt Maretta, ob sie heute abend nicht mit uns essen will«, bat Mum, als das Essen fast fertig war. Ich schlurfte nach oben. Wir waren jetzt seit über einer Woche in der Mellah, und Maretta hatte ihr Zimmer so gut wie nie verlassen. Ich öffnete die Tür einen Spaltbreit und spähte hinein. Sie lag auf dem Bauch auf ihrer Matratze, mit dem Gesicht nach unten, einen Arm über ihren Kopf gestreckt.

»Maretta«, flüsterte ich von der Tür aus. Meine Stimme war auf einmal ganz heiser.

»Maretta.« Ich ging zu ihr. Ich wußte genau, daß sie

nicht schlief. Sie schlief nämlich nie. Ich kniete mich neben sie hin und wollte ihre Schulter rütteln. Da bewegte sich etwas. Etwas winzig Kleines. Ein grauer Punkt in ihren Haaren. Ich zuckte zurück. Dann sah ich noch einen. Ein kleiner grauer Fleck, wie ein lebendiges Staubkorn, das über ihren Rücken krabbelte, dann an ihrem Hals entlang. Es krabbelte. Es krabbelte. Meine Hände zitterten, als ich langsam zurückwich. Laut schreiend stürzte ich fast die Treppe hinunter und rannte in den Garten. Ich mußte mich immer noch schütteln bei dem Gedanken.

John, der draußen an der Wand gelehnt und sich eine Zigarette gedreht hatte, raste an mir vorbei ins Haus. Ich hörte ihn die Treppe hinaufstürmen, dann war alles still. Ich zuckte immer noch ein bißchen und wartete.

Irgendwann kam Bea und sagte ruhig, so als hätte sie es kommen sehen: »Maretta hat Läuse. John bringt sie ins Krankenhaus.«

Wir blieben so lange im Garten, bis sie weg waren.

John kam an diesem Abend nicht mehr nach Hause, und Mum duschte uns beide in einem großen Eimer in der Küche ab. Sie machte Wasser heiß und goß es mit einer Tasse über uns. Ich zuckte jedesmal zusammen, wenn sich etwas bewegte oder mich kitzelte. Mein nasses Haar auf dem Rücken; das Wasser, das zwischen meinen Zehen kleine graue Blasen machte.

»In England gibt es bestimmt keine Läuse, oder?« fragte ich, als Mum mit ihren Fingern durch meine Haare fuhr.

»Doch natürlich, Läuse kann man überall bekommen.

Und wenn du dich nie wäschst, folgen sie dir vielleicht sogar um die ganze Welt.«

Bea kicherte. »Und warten nur darauf, dich anzuspringen.«

»Das ist überhaupt nicht komisch.«

Ich zuckte wieder zusammen, als Mums Kaftanärmel mein Bein streifte. Ich sprang vor Schreck in meinem Eimer hoch. Beinahe hätte ich ihn umgeworfen. Mum wickelte mich in ein Handtuch und hob mich aus dem Eimer.

»Wo kommen sie her?«

Sie überlegte kurz, und ich spürte, wie Bea ihre Ohren aufsperrte.

»Aus Eiern«, erklärte sie. »Sie legen Eier. Eine Laus ist schon genug. Eine lausige kleine Laus. Sie springt dich an, legt ein paar kleine Eier, und dann kommen aus den Eiern viele, viele kleine Läuse. Und die legen dann noch mehr Eier, und aus diesen Eiern ...«

»Hör auf! Sei still!« schrie ich. Dann lief ich nach oben, riß die Laken von meiner Matratze und untersuchte jede Falte, bis ich sicher war, daß alles blütenrein und lausfrei war. Ich legte mich hin und rollte mich unter den Decken zusammen.

Als Bea hochkam, fragte ich sie: »Meinst du, daß Maretta sterben wird?« Und sie antwortete: »Ich weiß nicht.«

Eigentlich wollte ich fragen: Können Läuse dich umbringen? Wenn sie abends auf deinen Körper krabbeln, bist du dann morgens vielleicht tot?

Noch zwei Tage später zuckte ich jedesmal zusammen, wenn ein Grashalm meinen Knöchel streifte oder eine

Fliege dicht an meinem Ohr vorbeisummte. Als ich beim Mittagessen den grauen gemahlenen Pfeffer in der Suppe schwimmen sah und mich vor Schreck fast an meinem Löffel verschluckte, hatte Mum eine Idee. Sie packte Handtücher, Seife, Shampoo und eine Tube Zahnpasta in eine Tasche.

»Heute gehen wir in den *Hammam*«, sagte sie.

Der *Hammam* war ein riesiges Gebäude, das innen wie eine riesige Badewanne war. Fußboden, Wände und Decke waren mit blauen und grünen Fliesen gekachelt. Wir waren in einem kleinen, warmen Raum, in den das Sonnenlicht in hellen Streifen von einem Fenster dicht unter dem Dach hereinfiel. Als wir uns ausgezogen hatten, öffnete sich die Holztür am anderen Ende des Raumes, und eine Frau, die nur eine bunte Perlenkette um den Hals trug, begrüßte uns und führte uns hinaus. Wir gingen nacheinander durch viele große, feucht dampfende Räume, in denen die Luft von einem zum anderen immer heißer wurde. Im letzten, in den wir kamen, war es so heiß, daß ich beinahe keine Luft mehr bekam.

Im Raum dahinter war es wieder etwas kühler. Dort stand ein Faß mit kaltem Wasser und ein Eimer. Eine Frau mit hängendem Bauch und Haaren, die ihr bis zur Hüfte reichten, goß einen ganzen Eimer Wasser über ein kleines Mädchen, das mit geschlossenen Augen dastand. Ihre Haut war dunkel und glänzte. Meine Mutter nahm ein Stück weiche, schäumende Seife, die eine Farbe hatte wie Haferflocken gemischt mit olivgrünem Öl. Ich folgte ihr wieder durch die heißesten Räume zurück zu einem etwas kühleren. Durch den Dampfschleier erkannte ich Kinder, die ausgestreckt auf dem Fußboden schliefen. In der Ecke saß eine alte Frau und rieb ihre Arme mit einem grauen Stein, der wie Beton aussah.

Wir setzten uns mit dem Rücken an eine Wand, an der Wasser herunterlief, und atmeten tief ein. Die Frau mit der bunten Halskette tauchte wieder auf, lächelte breit über das ganze Gesicht und machte uns mit ihrer Hand, in der sie einen Waschstein und ein Stück Seife hielt, ein Zeichen. Sie sprach arabisch und lächelte dabei die ganze Zeit.

»Möchtet ihr von dieser Dame eine spezielle *Hammam*-Waschung bekommen?« fragte meine Mutter. Ihre Stimme verriet nicht, ob sie das selbst für eine gute Idee hielt oder nicht, also schüttelte ich erst mal den Kopf.

»Ja, ich probiere es aus«, sagte Bea, und sofort bereute ich meinen Entschluß. Schnell versuchte ich möglichst unauffällig mein Kopfschütteln in ein Nicken zu verwandeln, und mir wurde dabei ganz schwindelig.

Bea stand in der Mitte des Raums. Die *Hammam*-Frau kniete neben ihr und rubbelte mit dem Stein über ihre Haut, bis sie überall mit schwarzen Dreckkrümeln bedeckt war.

»Tut es weh?«

Sie schüttelte den Kopf.

Dann wurde sie von oben bis unten mit kaltem Wasser saubergespült. Die *Hammam*-Frau rieb die Seife zwischen ihren Händen und rieb damit Beas Körper ein, als ob sie ein Möbelstück polierte. Dann nahm sie wieder einen Eimer mit kaltem Wasser und goß ihn Bea langsam über den Kopf, so daß ihre Haare naß und platt um ihr

Gesicht klebten und die Seife in schäumenden Bächen an ihr herunterlief. Als der letzte Tropfen abgelaufen war, öffnete Bea die Augen und blickte auf ihren Körper, der in dem dunstigen Raum glitzerte und glänzte.

»Darf ich jetzt auch mal?« fragte ich und stellte mich an Beas Platz. Die Frau nahm meine Arme und rieb sie kurz und kräftig mit dem Hammam-Stein ab. Als mein Körper so sauber war, daß meine Haut sich wie Seide anfühlte, putzten wir alle unter dem kalten Wasserhahn unsere Zähne. Die *Hammam*-Frau und die drei Kinder, die vorher auf dem Fußboden geschlafen hatten, beobachteten uns.

Wir waren schon wieder angezogen und wollten gehen, als meine Mutter zwei Münzen aus ihrem Portemonnaie nahm und sagte: »Bea, gib das der Dame und sag danke schön.«

Bea verschwand durch die Holztür und kam nach ein paar Minuten zurück, einen nagelneuen Waschstein in der Hand. »Der gehört mir«, sagte sie und schwenkte ihn stolz durch die Luft. »Sie hat ihn mir geschenkt.«

»Woher weißt du das? Vielleicht war er auch für mich?«

»Schsch, er ist für uns alle«, sagte meine Mutter. Sie öffnete die Tür, und schon standen wir wieder in der engen, staubigen, von Lärm erfüllten Gasse.

KAPITEL VIER

Bea und ich saßen im Schneidersitz auf dem Fußboden und teilten die Bohnen in zwei kleine Haufen. Mein Haufen sah größer aus als Beas, aber ich sagte nichts. Mum weinte über den Zwiebeln.

»Ist John jetzt schon wieder in England?« fragte ich, und sie wischte sich die Nase mit dem Handrücken ab. »Ja, bestimmt.«

»Ist er zurückgefahren, um Maretta zu suchen?« fragte ich und kaute nachdenklich auf einer Bohne herum.

»Ja, ich glaube«, schniefte sie zurück.

»Warum ist Maretta zurückgefahren?«

»Weil das Krankenhaus sie zurückgeschickt hat.«

Eigentlich wußte ich das schon, aber ich wollte es noch mal hören.

»Haben sie sie mit einem Flugzeug zurückgeschickt?«

»Ja.« Sie warf eine Handvoll Zwiebeln in das heiße Öl.

»Haben sie John auch im Flugzeug geschickt?«

»Nein, sie haben ihn nicht geschickt. Er ist alleine gefahren.«

»Warum?«

»Weil er es wollte.«

»Warum wollten wir nicht?«

»Wollten was?« Sie hörte auf, Zwiebeln zu schneiden, und sah mich an.

»Nach Hause fahren«, sagte ich.

»Nein, das wollen wir nicht. Und hör auf, die Bohnen zu essen.«

Sie rührte ärgerlich in den Zwiebeln, die in der *tajine* zischten. Ein Teller kleingeschnittene Tomaten machte aus dem Zischen ein Blubbern, das ruhiger und immer weniger wurde, als Auberginen und Beas und meine Bohnen dazukamen.

»Wenn wir nach Hause fahren... werden wir auch mit dem Flugzeug fliegen?« fragte ich.

Mum goß Olivenöl über den Salat und schnitt dicke Scheiben Weißbrot ab. »Laßt uns essen«, sagte sie und trug das Essen nach draußen in den Garten.

Es war ein warmer und heller Abend, und wir waren zum Essen in das Café an der Djemaa el Fna gegangen. Es gab *bissara*, eine Suppe aus zerstampften Erbsen und Kumin und einem Klecks Olivenöl, der an der Oberfläche schwamm. Mum war schon fertig mit Essen und unterhielt sich mit einem Mann am Nebentisch auf französisch. Bea und ich gingen im Café auf Entdeckungsreise. Wir hatten uns unser eigenes Fangen-Spiel ausgedacht. Die wichtigste Regel in diesem Spiel hatte Bea selbst erfunden, um sich zu befreien, falls ich es doch einmal schaffte, sie zu fangen. Sobald ich nur ihren Ärmel mit meiner ausgestreckten Hand berührte, konnte sie sich selbst befreien, indem sie laut »Häßlich, gräßlich!« rief, eine Sekunde, bevor ich sie festhalten konnte. Sie raste dann zwischen den Tischen und Stühlen davon, während ich versuchte, ihr zu folgen, so gut es ging, und dabei im Kopf nach ein paar guten Wörtern suchte.

Wir waren gerade mitten im Spiel. Da hielt mich plötzlich ein Mann fest, als ich gerade an seinem Tisch vorbeizischen wollte. Er packte mich am Arm und hielt mich so, daß mein Gesicht dicht vor seinem war. Ich schluckte. Bestimmt hatte ich laut geflucht, ohne es zu merken. Bea kam zurückgerannt und stellte sich hinter mich.

»Wollt ihr euch nicht hinsetzen und einen Tee mit mir trinken?« fragte der Mann in fließendem Englisch. Er streckte Bea seine Hand entgegen und stellte sich vor. »Ich heiße Luigi Mancini.« Er war groß und schlank und hatte silberne Haare, die er nach hinten gekämmt hatte, wo sie ihm bis fast auf den Kragen reichten. »Ihr seid also Engländerinnen«, sagte er und lächelte. »Wie soll ich euch nennen? Die englischen Kinder?«

Wir sagten ihm unsere Namen. Er lehnte sich in seinem Stuhl zurück und zog an seiner Zigarettenspitze aus Elfenbein. Beim Ausatmen blies er feine blaue Rauchkringel in die Luft. »Ich habe euren Vater gut gekannt«, sagte er. »Wir haben uns in London kennengelernt, in den vierziger Jahren. Er trug immer mit Gold und Silber bestickte Westen.« Luigi Mancini kicherte in sich hinein. »Trägt er immer noch mit Gold und Silber bestickte Westen?«

Ich wollte ihn fragen, ob er eine mit Gold und eine mit Silber meinte, an verschiedenen Tagen. Oder ob es eine Mischung war. Eine gold-und-silberne Weste nur für sonntags.

»Wahrscheinlich«, antwortete Bea.

Ich versuchte, mir unseren Vater in London vorzustellen, in funkelnden Gewändern. Aber ich sah nur eine bunte Zeichnung von Ali Baba und den vierzig Räubern vor mir. Ein Mann um die Vierzig, mit Taschen voller Schätze. Ich hatte beinahe vergessen, daß ich einen Vater hatte.

»Ich hoffe, ihr besucht mich einmal in meinem Haus, nicht weit von hier«, sagte Luigi Mancini. »Mit einem wunderschönen Garten. Werdet ihr kommen?«

»O ja«, antworteten wir beide im Chor, und Bea sprang auf und holte Mum an seinen Tisch.

»Das ist Luigi Mancini. Und das ist unsere Mum«, sagte sie. Mum setzte sich und lächelte freundlich, während ein Ober kam und uns allen Pfefferminztee einschenkte.

»Gehen wir hin?« fragte ich, als Luigi Mancini seine Einladung wiederholte, und ich war sehr erleichtert, als Mum sagte: »Ja, gern, wie wäre es an diesem Wochenende? Natürlich nur, wenn es Ihnen paßt.«

Luigi Mancini winkte mit seiner Hand voller Goldringe und sagte, daß er sich über unseren Besuch sehr freuen würde.

Luigi Mancini war ein Prinz. Das war eindeutig, obwohl er keine Krone hatte. Bea und ich spazierten durch die dunklen kühlen Räume seines Palastes. Überall goldgerahmte Spiegel und Kerzen. Ich rutschte über das blankpolierte Parkett, das zwischen einem fliegenden Teppich nach dem anderen unter den Füßen leise knackte. »Luigi Mancini, Luigi Mancini«, summte ich leise vor mich hin, als wir den Flur im oberen Stockwerk erkundeten.

»Glaubst du, Luigi Mancini wird Mum fragen, ob sie ihn heiratet?« fragte ich, als wir die beiden von einem der Schlafzimmerfenster aus beobachteten. Sie waren in ein Gespräch vertieft und schlenderten dabei durch den Rosengarten. »Dann werde ich eine Prinzessin und du meine Hofdame.«

Bea starrte aus dem Fenster.

»Oder wenn du willst, kannst du auch Prinzessin sein.«

»Stell dir vor, wir würden jeden Morgen Cornflakes zum Frühstück essen, unser ganzes Leben lang«, sagte sie, und wir seufzten beide bei dieser Vorstellung.

An den letzten beiden Tagen hatten wir an einem mit Leinen und Silber gedeckten Tisch gefrühstückt, mit einer gigantischen Packung Cornflakes zwischen uns. »Per Schiff aus England«, hatte Luigi Mancini gesagt. »Extra für meine beiden Mädchen.«

In seinem Palast gab es eine ganze Schar stiller Diener, die das Silber blank hielten, die Mahlzeiten bereiteten und die Betten frisch bezogen. Andere arbeiteten im Garten, schnitten Rosen und verteilten duftende Schalen voller Blütenblätter überall im Haus, mähten den Rasen und reparierten die Zäune, damit die Pfaue sich nicht zu weit vom Haus entfernten.

Jetzt kamen Luigi Mancini und Mum wieder in Sicht, als sie auf den grauen Kiesweg einbogen. Er war wie immer ganz in Weiß gekleidet, und Mum sah in ihrem violett schimmernden Kaftan wie eine Königin aus.

»Trotzdem, Mum wird Luigi Mancini bestimmt nicht heiraten wollen und immer in diesem Haus leben.«

»Warum nicht?« Ich drückte meine Nase an der Scheibe

platt und versuchte, von ihren Lippen abzulesen, worüber sie gerade sprachen.

»Sie will Abenteuer erleben«, sagte Bea. »Das hat sie selbst zu mir gesagt.«

»Wann?«

Bea antwortete nicht.

»Werden sie bald anfangen, die Abenteuer?« fragte ich.

»Ja, klar.« Bea begann, sich in den Leinenvorhang am Fenster zu wickeln.

»Aber wenn sie Luigi Mancini heiraten würde, das wäre doch auch ein Abenteuer.«

»Nein«, kam es dumpf aus dem Vorhang.

»Für mich wäre es eins«, sagte ich und versuchte, sie aus dem Vorhang loszuwickeln. »Und für sie wäre es auch eins, wenn sie auch so gern Cornflakes essen würde.«

»Oder Weißbrot.«

»Oder Kartoffelbrei.«

»Oder Milchshakes.«

»Oder Spaghetti«, fiel Bea ein. »Wir könnten ganze Berge bestellen und sie zum Essen um unsere Finger wickeln.«

»Erdbeeren«, sagte ich.

»Bonbons, alle möglichen Sorten.«

»Smarties.«

»Sie würden schmelzen, du Dummkopf. Wickel dich in den anderen Vorhang, und wir warten, bis sie uns finden.«

Wir versteckten uns in den Vorhängen und flüsterten leise miteinander, während wir vergebens darauf warteten, daß wir gesucht wurden.

Wir gingen in den Garten, um noch einmal die Pfaue zu sehen. »Wenn Sie mal einen haben, der sich mit den anderen nicht verträgt, oder wenn eine Henne mal zu viele Kleine bekommt«, schlug Bea eifrig vor, »dann kann ich auf sie aufpassen, wir haben auch einen Garten zu Hause.«

»Danke«, sagte Luigi Mancini, »das ist nett von dir. Ich werde bestimmt darauf zurückkommen.«

Der Wagen, der uns in die Mellah zurückfahren sollte, wartete schon. Mum war bereits eingestiegen, und als wir kamen, startete der Fahrer den Wagen. Luigi Mancini flüsterte ihm etwas zu und ging dann ohne auf Wiedersehen zu sagen zurück zum Haus. Der Fahrer wendete in der Ausfahrt, und Mum drehte sich mit gerunzelter Stirn zu uns um.

»Was habt ihr zu ihm gesagt?«

»Nichts... nur daß...« Doch bevor wir antworten konnten, wurde die Tür geöffnet und eine dicke schwarze Henne flog auf Beas Schoß.

»Leider ist es kein Pfau«, sagte Luigi Mancini lächelnd, »aber sie wird in eurem Garten bestimmt sehr glücklich sein.« Er küßte seine Finger und winkte uns zum Abschied nach, als wir abfuhren. »Kommt bald wieder«, rief er hinter uns her.

Bea hielt die Henne fest in ihren Armen, damit sie sich nicht bewegen oder wegfliegen konnte. »Ich werde sie ›Schneeweiß‹ nennen«, sagte sie. »Wie bei *Tim und Struppi.*« Ich beugte mich zu ihr und streichelte mit einem Finger Schneeweiß' Kopf. Ihre orangefarbenen Augen zuckten wie Glühwürmchen hin und her.

KAPITEL FÜNF

Auch wenn Mum sich geweigert hatte, Luigi Mancini zu heiraten, dauerte es nicht lange, bis ein neuer möglicher Kandidat auftauchte.

An einem Nachmittag mit strahlend blauem Himmel saßen wir in der ersten Reihe einer Gruppe von Zuschauern auf der Djemaa El Fna, die im Kreis um einige Gnaoua-Tänzer saßen. Sie trugen bestickte Mützen mit kleinen Kaurischneckenhäusern um den Rand, die bei jeder Bewegung wie kleine Glöckchen klingelten. Sie tanzten oft zum Klang ihrer großen Trommeln auf dem Platz.

»Woher kommen sie?« fragte ich Mum.

»Sie gehören zu einem senegalesischen Stamm aus Westafrika. Der König von Marokko hat sie schon vor langer Zeit als seine persönlichen Trommler an seinen Hof geholt.«

»Weil sie so schön sind?« fragte ich und bewunderte die geschmeidigen Bewegungen, die die Tänzer mit ihren Handgelenken und Fußgelenken machten, während ihre Glöckchen im Rhythmus ihrer Trommeln klingelten.

»Vielleicht, ja.«

Khadija, ein dickes Bettlermädchen mit ernstem Gesicht, drängelte sich durch die Zuschauer und hockte sich neben mich auf die Erde.

»Hallo, Khadija«, sagte meine Mutter, als sie das Mädchen erkannte, und Khadija lächelte breit, so daß man ihre Zahnlücke sehen konnte. Sie stupste mich am Arm und zeigte zu einer anderen Gruppe Menschen, die sich langsam am anderen Ende des Platzes versammelten. »Hadaoui«, sagte sie, sprang auf und drängte sich durch die Menschenmenge. Dabei sah sie immer wieder über ihre Schultern zurück, ob ich ihr auch folgte.

Ein alter Mann in verblichenen rot-violetten Gewändern breitete einen großen Teppich aus, auf den er mehrere verschieden geformte Kupfertöpfe setzte. In jeden von ihnen steckte er ein paar Plastikblumen. Er sprach zu den Leuten, die stehengeblieben waren, um zu sehen, was er machen würde. An einigen Stellen fingen alle an zu lachen. Als der Teppich ganz ausgerollt war und die Blumengefäße an ihrem Platz standen, merkte man, daß nicht alles, was er sagte, für die Zuschauer bestimmt war, sondern für einen schlanken, wesentlich jüngeren Mann, der ihm seine Antworten ruhig und mit einem verstohlenen Lächeln auf dem Gesicht gab, was die Leute rundherum zum Lachen brachte.

Der alte Mann setzte sich in die Mitte des Teppichs und zog an einer Pfeife, deren langer Schlauch in einem Wassergefäß endete. Bei jedem Zug blubberte es und rauchte.

»Was macht er da?« fragte ich Khadija und zeigte auf die merkwürdige Pfeife.

»Kif«, antwortete sie, umklammerte im Sitzen ihre Knie und konzentrierte sich ganz auf die seltsame Vorstellung.

Bea tauchte auf und setzte sich auf der anderen Seite neben Khadija. »Wo ist Mum?«

Ich suchte sie in der Zuschauermenge und sah sie direkt neben dem jungen Mann stehen, der weiße Tauben aus einer Kiste holte und sie auf den Teppich setzte. Die Tauben plusterten sich und glätteten ihre Federn und stolzierten auf dem Teppich herum, bestimmt waren sie froh, sich endlich wieder frei bewegen zu können.

»Werden sie ein paar Tricks vorführen?«

»Wer?« fragte Bea.

»Die Tauben, natürlich.«

Aber es kam anders. Es war der alte Mann, der Tricks vorführte. Dabei jonglierte er nicht, tanzte oder schluckte Feuer, sondern er schien die Zuschauer zu fesseln, indem er leise vor sich hin sprach und murmelte.

Manchmal klang es wie Beten. Die Zuschauer schienen vollkommen gebannt, gierig nach jedem Wort, das er sagte. Der junge Mann spielte manchmal die Rolle des ergebenen Assistenten, dann verschwand er und mischte sich unter die Zuschauer und rief dem alten Mann Worte zu, die ihn wütend machten, alle anderen aber zum Lachen brachten. Wenn dann die Stimmung allzu gespannt wurde, sprang er wieder in die Mitte und zwinkerte verschwörerisch in die Runde, und alle schienen erleichtert. Bea, Khadija und ich wurden von den Zuschauern immer weiter in die Mitte gedrückt. Wir spürten ihre harten Beine im Rücken.

Nachdem der junge Mann zweimal auf Händen im Kreis gelaufen war und der alte Mann auf einem unsichtbaren Gebetsteppich zu Allah gebetet hatte, schienen die Leute rundherum zu wissen, daß die Vorstellung zu Ende war. Sie warfen ein paar Münzen auf den Teppich und zerstreuten sich wieder. Ich sah, wie Mum auch eine Münze in die Mitte warf, aber sie blieb auf der anderen Seite des Kreises stehen.

Der Assistent des Hadaoui ging herum und sammelte die Münzen auf und steckte sie in einen schwarzen Lederbeutel. Er trug Sandalen und Jeans, die einmal weiß gewesen waren, und ein dünnes marokkanisches Hemd, das vorne nur zur Hälfte mit kleinen Baumwollknöpfen geschlossen wurde. Er hatte welliges schwarzes Haar und war größer als Akari, unser Vermieter, oder die anderen marokkanischen Männer, die ich bislang getroffen hatte. Als die Zuschauer alle gegangen waren, sprang Khadija auf und lief zum Teppich, auf dem der alte Mann immer noch saß und ruhig seine Pfeife rauchte. Sie nahm eine rote Plastikblume aus einem Topf und reichte sie dem jungen Mann, der immer noch dabei war, die Münzen einzusammeln. Er sah sie an. Ich hielt den Atem an. Dann lächelte er, beugte sich zu ihr und nahm die Blume an. Immer eifersüchtiger sah ich zu, wie Khadija nach und nach alle Blumen einsammelte und sie mit feierlicher Miene überreichte. Er lächelte jedesmal und nickte ihr ebenso feierlich zu. Ich rutschte auf meinem Platz hin und her und beneidete Khadija, wie sie mit nackten Füßen immer wieder über den weichen Teppich lief. Dann hielt ich es nicht länger aus, streifte meine Sandalen ab und lief zu ihr. Der junge Mann lächelte fragend, als ich ihm meine erste Blume reichte. Ich merkte, wie er über meinen Kopf meine

Mutter ansah und trotz meines Kaftans und der nackten Füße sofort erraten hatte, daß ich kein marokkanisches Mädchen war.

Khadija und ich sahen zu, wie er die Tauben einsammelte und sie zurück in die Kiste setzte. »Wir haben auch ein Tier«, erzählte ich ihr. »Keine Taube, aber ein Huhn.« Ich zeigte auf die Kiste mit den Tauben. »Zu Hause. Willst du sie mal sehen?«

Khadija schüttelte den Kopf, aber ich wußte, daß sie mich bestimmt nicht verstanden hatte. »Mum, Mum«, rief ich und lief zu ihr. »Wie heißt ›Huhn‹ auf arabisch?« Da sah ich, daß sie mich gar nicht gehört hatte. Sie war ganz in ihr Gespräch mit dem Assistenten des Zauberers vertieft. Sie sprachen halb Englisch und halb Französisch und lachten dabei die ganze Zeit. Als ich kam, drehten sie sich zu mir um.

»Da bist du ja«, sagte sie. »Ich habe gesehen, wie du Bilal geholfen hast.«

Bilal lächelte mich an. Er hatte das schönste und netteste Lächeln, das ich je gesehen hatte. Seine dunklen Augen zwinkerten lustig in seinem glatten und freundlich strahlenden Gesicht. Die Kette aus goldenen und silbernen Perlen, die um seinen Hals hing, hatte ich vorher gar nicht bemerkt.

»Mum«, fragte ich und versuchte sie zu mir herunterzuziehen, damit ich ihr ins Ohr flüstern konnte. Als sie sich schließlich zu mir beugte, preßte ich mein Gesicht dicht an ihres und flüsterte: »Ist Bilal mein Dad?«

Sie richtete sich wieder auf, nahm meine Hand und streichelte sie.

»Auf Wiedersehen«, sagte sie schnell, als hätte sie es sich plötzlich anders überlegt. »Vielleicht sehen wir uns morgen.«

»Oh, ja, natürlich«, antwortete Bilal. »Morgen. Inshallah. So Gott will.« Und rollte den Teppich auf.

Der Hadaoui, Bilal und die weißen Tauben blieben eine Woche in Marrakesch und zogen jeden Nachmittag eine große Zuschauermenge an. Jeden Tag warteten Khadija und ich ungeduldig, bis die Vorstellung zu Ende war und wir unsere Rolle als offizielle Assistentinnen von Bilal spielen durften. Der alte Mann blieb undurchsichtig und geheimnisvoll, wir wagten nicht, uns ihm zu nähern. Ich blieb immer am äußeren Rand des Teppichs und versuchte, ihn nicht anzusehen.

»Wenn du alt bist, wirst du dann auch ein Hadaoui?« fragte ich Bilal nach ihrer letzten Vorstellung.

»Aber ich bin der Hadaoui. Jetzt. Du glaubst mir nicht?« sagte er in seinem komischen holperigen Englisch.

»Aber du bist kein Zauberer«, meinte Bea.

»Und du hast keinen Bart.«

Bilal lachte. »Ihr müßt es ja wissen. Der Hadaoui hört jetzt auf. Und von morgen an werde ich als Maurer arbeiten.«

»Hier? Du wirst hierbleiben?«

»Ja. Der Hadaoui muß auch mal Urlaub machen. Also werde ich jetzt Maurer. Hier in Marrakesch.«

Ich sah zu Mum, ob sie sich auch so darüber freute, daß Bilal nicht wegging. Sie lächelte, aber irgendwie sah sie aus, als hätte sie das alles schon gewußt.

Bilal zog zu uns in die Mellah. Jeden Morgen stand er früh auf und ging zur Arbeit auf die Baustelle. Nachmittags, wenn es zu heiß zum Arbeiten war, ging er mit uns auf den Platz. Am liebsten sah er den Akrobaten zu. Es gab dort eine Gruppe von sieben oder acht Jahre alten Jungen, mit rot-grünen Drachenkostümen aus Seide, die aus dem Stand doppelte Saltos machten und noch andere schwierige Kunststücke, daß den Zuschauern oft der Mund offenblieb vor Staunen. Bilal sagte, wir sollten gut aufpassen und uns ihre Kunststücke einprägen.

Eines Tages, beim Mittagessen in unserer kühlen Küche, eröffnete Bilal uns seinen Plan. »Wir werden bald unsere Vorstellung in der Djemaa El Fna geben!« erklärte er begeistert. Bilal würde der Zirkusdirektor unserer Show sein, Mum sollte auf der Nähmaschine, die wir aus England mitgebracht hatten, unsere Kostüme nähen. Und Bea und ich würden die Stars sein und unsere akrobatischen Kunststücke vorführen. »Die Leute werden begeistert sein, wenn sie zwei kleine Engländerinnen sehen, die Kunststücke machen.« Bilals Augen funkelten vor Begeisterung. »Wir werden mindestens so viele Zuschauer haben wie der Hadaoui, und wir werden nach jeder Show viele Münzen einsammeln.«

»Aber ich kann gar keine Kunststücke«, sagte ich. Ich wollte ihn ja nicht enttäuschen, aber ich bekam allmählich Angst bei der Vorstellung, auf dem Platz aufzutreten.

»Kannst du wenigstens ein paar Kunststücke, Bea?«

Bea schüttelte den Kopf. »Ich kann nur Handstand.«

Aber Bilal ließ sich nicht von seiner Idee abbringen. »Dann werden wir eben trainieren. Wir fangen gleich heute an. Bald werdet ihr das auch können.« Und er machte mitten in der Küche aus dem Stand einen Salto rückwärts.

Am Nachmittag zogen wir Shorts und T-Shirts an und breiteten eine Decke auf dem Pflaster aus. »Bald werdet ihr keine Unterlagen mehr brauchen«, meinte Bilal.

Zuerst schlugen wir Purzelbäume und Räder. Bilal lachte, als er die Namen unserer Kunststücke hörte. Aber als er sah, wie wir sie vorführten, lachte er nicht mehr. Mein Purzelbaum war eher ein schiefes Gekugel, nach dem ich flach auf dem Rücken landete, Arme und Beine wie ein Stern ausgestreckt. Ich fand, das war der beste Teil.

»Ihr müßt auf den Füßen landen«, sagte Bilal und runzelte die Stirn. Er machte ein paar schnelle, kleine Schritte, zog seinen Kopf auf die Brust und überschlug sich einmal in der Luft. Dabei berührte sein gerundeter Rücken nicht den Boden, und er stand wieder auf seinen Füßen. »So geht das, seht ihr«, sagte er. »Das war eine Flugrolle.«

Wir trainierten unermüdlich. Bilal war ein guter Lehrer, er verlor nie die Geduld und machte uns immer wieder Mut. Zum Training gehörte auch, daß wir, so oft es ging, die Akrobaten auf dem Platz beobachteten. Ich bewunderte sie mittlerweile grenzenlos. Sie waren flink und geschmeidig und hatten nie Angst. Sie sprangen durch Reifen, bauten sich zu einer Pyramide auf und machten von oben herunter dreifache Saltos. Ihre Körper rollten sich ganz zusammen, wenn sie durch die Luft flogen. Ich malte mir aus, wie Bea und ich in unseren glänzenden Kostümen mit zurückgesteckten Haaren federleicht und gelenkig durch die Luft wirbelten und uns vor einem begeisterten Publikum verbeugten. Wir würden so viele Münzen einsammeln, daß wir genug davon an Bilals Familie in den Bergen schicken konnten, damit er nicht mehr auf der Baustelle arbeiten mußte, und trotzdem noch genug für uns übrigblieb. Ich nahm Bilals Hand. »Ich verspreche, daß ich jeden Tag trainieren werde, weil...« ich war plötzlich ganz aufgeregt, denn ich hatte plötzlich einen großen Plan für meine Zukunft gefaßt, »weil ich später Seiltänzerin werden möchte. Versprich mir aber, daß du es keinem erzählst.«

Bilal nickte. Ich konnte mich auf ihn verlassen.

An diesem Nachmittag gingen wir durch die überfüllten Gassen nach Hause. Ich saß hoch über Bilals Schulter. Ab und zu bat ich ihn, meine Beine loszulassen, damit ich schon mal üben konnte, mein Gleichgewicht zu halten.

Danach gingen wir zum Trainieren in den Park. Mum meinte, es sei besser, unsere Kunststücke auf dem Rasen zu üben. Es vergingen viele Wochen, aber unsere Körper waren nicht so geschmeidig und schwerelos geworden, wie Bilal es wohl gehofft hatte. Bea war immer noch besser als ich, aber trotzdem nicht gut genug. Nach einiger Zeit gingen wir dazu über, Froschhüpfen zu spielen, oder wir lagen im Gras und erzählten uns Geschichten.

Bilal arbeitete weiter auf der Baustelle. Ich entschied, daß ich nicht unbedingt zuerst eine Akrobatin sein mußte, um später Seiltänzerin zu werden. Ich behielt meinen geheimen Plan und übte Balancieren, wo immer sich eine Gelegenheit bot.

KAPITEL SECHS

Bilal hatte uns versprochen, daß er uns einmal mit in die Berge nehmen würde, wo seine Familie lebte. Wir fuhren einen ganzen Tag in einem Bus, in dem außer uns viele Leute dicht gedrängt saßen. Danach teilten wir uns ein Taxi mit einem Mann, den Bilal kannte. Er freute sich sehr, ihn zu sehen. Wir hatten ein großes Stück Fleisch und drei weiße Zuckerhüte als Geschenk für Bilals Mutter mitgenommen.

Am Ende des schmalen Weges, dem wir nach der Straße gefolgt waren, hatte sich das ganze Dorf zu unserer Begrüßung versammelt. »Sie empfangen dich wie eine Ehefrau«, flüsterte Bilal, als Mum aus dem Taxi stieg. Sie trug einen Umhang aus leuchtendblauem Stoff, der sie von Kopf bis Fuß einhüllte und in schweren Falten bis auf den Boden hing. Beim Gehen hob sie ihn ein wenig hoch und legte den Stoff über ihre Schulter.

Bilal stellte uns seiner Mutter vor. Sie war eine große Frau mit einer rauhen Stimme, die durch ihren Schleier klang. Bilals Vater war ein richtig alter Mann und nur halb so groß wie sie.

Die Frauen warfen Blütenblätter in die Luft und sangen

ein leises, fröhliches Lied, während wir den Weg ins Dorf gingen. Ab und zu strichen sie mit ihren Fingern über meine Haare. Ich hielt Mums Hand ganz fest.

Das Dorf bestand aus niedrigen weißen Häusern am Fuße eines Hügels, der fast schon ein Berg war. Wir folgten Bilal ins das dunkle Innere seines Hauses. Bilals Familie kam hinter uns herein, und dann standen wir alle da und lächelten uns nur an. Bea zupfte an Mums Arm und erinnerte sie an die Geschenke, die wir mitgebracht hatten.

»Siehst du, sie freut sich über die Geschenke«, flüsterte Bilal, als seine Mutter nickte und die Geschenke aus- und dann wieder einwickelte. Ich hatte noch versucht, ihn davon zu überzeugen, daß sie vielleicht lieber ein Tim-und Struppi-Buch oder eine kleine Tontrommel gehabt hätte.

In der Nacht schliefen Mum, Bilal, Bea und ich auf Decken im Haus, das auch nur aus dem einen Zimmer bestand. Bilals Eltern, seine Geschwister, ihre Frauen und Kinder schliefen alle draußen im Garten. Es war eine klare, laue Nacht mit hellem Sternenhimmel.

»Ich würde auch lieber draußen im Garten schlafen«, sagte ich zu Bea, und sie stimmte mir zu.

»Wo ist Abdul?« fragte Bea, als wir am nächsten Morgen beim Frühstück saßen. Wir tranken schwarzen Kaffee, der mit dem Zucker gesüßt war, den wir mitgebracht hatten. Abdul war Bilals jüngster Bruder, genauso alt wie Bea. Wir hatten am Abend versucht, ihm Himmel-und-Hölle beizubringen.

»Abdul hütet die Schafe«, erklärte Bilal. »Er ist schon vor Sonnenaufgang aufgestanden.«

»Und wo sind die Schafe?« fragte ich, denn ich hatte nirgends eins gesehen.

»Auf der anderen Seite des Berges.« Bilal zeigte in die dunstige Ferne. »Dort sind alle Schafe des Dorfes.«

»Helfen ihm die anderen Leute?«

»Nein, er macht das allein.«

Abdul war also ein Schafhirte. Zum erstenmal hatte ich einen Schafhirten getroffen, der nicht alt und runzlig war oder auf einer Weihnachtskarte abgebildet. Um die Mittagszeit kehrte Abdul von seiner Arbeit zurück. Er saß mit dem Rücken in der Sonne und aß *tajine* und Brot dazu. Seine Füße waren von dem langen Weg, den er hinter sich hatte, ganz staubig.

»Bea, wärst du gern ein Schafhirte?« fragte ich sie.

»Nein, ich glaube nicht.«

»Was willst du dann werden?«

»Ich weiß nicht. Normal, glaube ich.« Und sie malte mit ihrer Plastiksandale ein neues Himmel-und-Hölle-Spiel in den Sand.

Als ich am nächsten Morgen aufwachte, war Bea verschwunden. Mum saß am Fußende meiner Matratze und nähte.

»Sie ist auf den Hügel gegangen.«

»Wann?«

»Bei Sonnenaufgang. Sie wollte wissen, wie es ist, ein Schafhirte zu sein.«

Mir kamen beinahe die Tränen. »Du wußtest doch, daß ich gern mitgegangen wäre.«

»Ich habe ja auch versucht, dich zu wecken.«

Ich wußte nicht, ob ich ihr das glauben sollte. »Bin ich denn nicht aufgewacht?«

»Nein«, sagte sie. »Du hast nur angefangen, im Schlaf zu sprechen.«

»Wirklich?« Ich mußte beinahe lachen. Ich fand es sehr komisch, daß ich im Schlaf gesprochen hatte. »Was habe ich gesagt? Erinnerst du dich?«

»Irgend etwas über Dachträger, glaube ich«, sagte sie und faltete das Kleid zusammen, das sie gerade für die Tochter von Akari, unserem Vermieter, nähte. Er hatte gemeint, wir könnten damit unsere Miete bezahlen, bis unser Geld aus England ankommen würde. Dachträger. Ein tolles Wort war das. Dachträger. Dachträger. Häßlich, gräßlich. Vielleicht konnten wir Abdul unser Fangen-Spiel beibringen.

Es war schon Mittag, und ich saß am Eingang des Dorfes und wartete, daß die beiden zurückkamen. Bald tauchten zwei kleine Punkte auf, die zu zwei kleinen Strichen wurden, und dann erkannte ich Bea und Abdul, beide in kurzen Hosen und barfuß. Ich rannte ihnen entgegen. Als ich schon ganz nah war, streckte ich meine Hand aus, berührte Beas Schulter und rief »Dachträger!« Dann lief ich mit Höchstgeschwindigkeit los und schlug ein paar Haken, um meine Verfolgerin abzuschütteln. Erst als ich einige Minuten gelaufen war, merkte ich, daß sie mir nicht gefolgt war. Ich umkreiste sie in einem Bogen, für den Fall, daß es eine Falle war.

»Spielst du nicht mit?«

»Natürlich nicht«, antwortete sie. »Ich habe schließlich hart gearbeitet.« Damit trabte sie weiter Richtung Dorf.

Ich folgte ihnen bis zu dem Platz, wo sich die ganze Familie zum Essen versammelt hatte. Alle aßen aus einer riesigen Schüssel. Es gab Couscous mit einer Soße aus sieben verschiedenen Gemüsen. Ich versuchte, es genauso zu machen wie Bilal, wenn er mit seinen Fingerspitzen in die Couscouskrümel tauchte, sie blitzschnell mit seinem Daumen zu einer Kugel formte und in den Mund schob, ohne auch nur einen Krümel danebenfallen zu lassen.

»Darf ich morgen mit Abdul zu den Schafen gehen?« fragte ich ihn nach dem Essen.

Bilal schüttelte den Kopf. »Das geht nicht, weil wir morgen auf das Fest der *marabouts* gehen werden.«

Das Fest war wie ein kleiner Markt.

»Was ist ein *marabout*?« wollte ich wissen.

Mum zeigte auf ein kleines weißes Haus mit einem kugeligen Dach und einem großen Riegel vor der Tür. »*Marabouts* sind heilige Männer«, erklärte sie. »Wie unsere Heiligen, und sie leben in diesen kleinen Häuschen.«

»Ist er jetzt auch da drin?«

Mum wußte es nicht genau. Sie fragte Bilal.

»Ja, er ist da drin.«

»Wird er rauskommen, wenn das Fest angefangen hat?«

Bilal schien das komisch zu finden. »Nein, wir ehren mit diesem Fest nur seinen Geist.«

Wir gingen zu dem kleinen Häuschen. Ich versuchte, auf Zehenspitzen über die weiße Mauer zu sehen, die rundherum gebaut war.

»Schon seit vielen Jahren liegt sein toter Körper da drin«, erklärte Bilal.

Mum und ich zuckten zurück.

Bilals Brüder waren dabei, ein großes weißes Zelt aufzubauen. Überall auf dem Festplatz wurden solche Zelte aufgestellt. Sie waren alle rund, innen drin war es schön kühl. Die Frauen der Familie begannen, innen Decken und Matten auszubreiten. Sie setzten sich auf die Unterlagen, unterhielten sich durch ihre Schleier hindurch, während die kleinen Kinder sich schlafen legten.

»Sie wollten, daß Mum auch einen Schleier trägt«, flüsterte Bea.

»Wer wollte das?«

»Die Mutter, die Brüder und alle anderen auch.«

»Warum hat sie es nicht gemacht?«

»Sie hat gesagt, sie will nicht.«

»Und sind sie jetzt böse auf sie?« Ich sah hinüber zu den Frauen und ihren dunklen Augen über den schwarzen Schleiern.

»Das weiß man nicht so genau«, sagte Bea.

Wenn man ganz nah war, konnte man manchmal durch die schwarzen Schleier hindurch sehen, ob die Frau Lippenstift trug oder nicht. Ich fragte mich, ob es ein Zaubertuch sei.

»Nylon«, antwortete Mum, als ich sie fragte.

Als ich aufwachte, war Ahmed angekommen. Ahmed war Bilals Schwager.

»Ahmed ist mit Bilals Schwester verheiratet«, erklärte meine Mutter.

»Nein«, unterbrach Bilal sie. »Er ist von meiner Schwester geschieden.«

Ahmed war mit zwei Ehefrauen und mehreren Kindern gekommen. Sie breiteten ihr Lager neben unserem aus, und die jüngste der Ehefrauen versuchte, ihr kleines Baby zu beruhigen. Als sie ihr Kind hochnahm, verrutschte ihr Schleier, und ich konnte ihr Gesicht sehen. Sie war sehr blaß und sah ein bißchen aus wie Bilals Schwester Fatima, die gerade vierzehn Jahre alt geworden war und zum erstenmal einen Schleier trug.

Das Baby hörte nicht auf zu weinen. Ahmeds andere Ehefrau nahm es auf den Arm und ging mit ihm langsam um das Zelt. Dabei wiegte sie es und sprach leise mit ihm.

Bea und ich gingen in der warmen Nachtluft spazieren. Der Kreis weißer Zelte war gewachsen, dicht an dicht standen sie um den Schrein des *marabouts*. Vor den Zelten brannten Feuer, über denen Fleisch gebraten wurde. Ahmed, Bilal und Mum saßen um unser Feuer. Sie rauchten eine Tonpfeife, die sie von einem zum anderen kreisen ließen.

Ahmed fing an zu singen. Seine Stimme klang sehr traurig. Er sang einige von den ägyptischen Liedern, die auch in Marrakesch in den Cafés gespielt wurden. Seine Stimme hob sich und wurde tiefer, dann war sie plötzlich ganz heiser und klang so traurig, daß ich ganz erstaunt war, daß keine Tränen über sein Gesicht liefen. Bilal sang leise mit, aber er lächelte dabei, als ob er zeigen wollte, daß es nicht seine eigene traurige Geschichte war, von der er da sang.

Ich krabbelte auf Mums Schoß und genoß die melancholische Musik und die Wärme des Feuers. Der leicht säuerliche Geruch der Pfeife mischte sich mit dem Geruch des Fleisches, das sich am Spieß über dem Feuer drehte.

Es sah aus wie ein Schaf, und ich fragte mich, ob es wohl eins von Abduls Schafen war. Wenn es so wäre, beschloß ich, würde ich mich weigern, davon zu essen. Ich dachte an Schneeweiß. Später, als vor allen Zelten die Leute saßen und sangen und das Abendessen endlich fertig war, vergaß ich meine Vorsätze und streckte wie Abdul die Hände nach einem Kebab aus.

Mum wusch meine Füße und Hände in einer Schale Wasser und bestand darauf, daß ich mein Nachthemd anzog. Abdul und seine Freunde schliefen dort, wo sie gerade gesessen hatten, eingewickelt in ihre Dschellabahs.

»Tust du mir ein bißchen Puder auf meine Füße?« fragte ich, damit Mum noch ein bißchen bei mir blieb, aber auch, um den weichen Puder zwischen meinen Zehen zu fühlen.

Sie nahm eine Dose Babypuder aus ihrem Rucksack und stäubte mir etwas auf die Füße. Ahmeds jüngste Frau, die immer noch ihr weinendes Baby wiegte, beobachtete uns mit düsteren Augen über ihrem Schleier. Als ich meine Füße leicht aneinanderrieb, damit der Puder etwas abfiel, legte sie ihr Baby auf den Boden und wickelte es aus seinen Tüchern. Man sah einen dunkelroten Strich um seinen Hals. Mum beugte sich vor und bot ihr die Puderdose an. Sie starrte sie verständnislos an, bis Mum eine feine Schicht Puder auf den Hals des Babys streute. Sie verrieb ihn sanft, und das Baby schien sich etwas zu beruhigen. Die Frau nahm Mums Hand. »Danke, danke«, sagte sie auf arabisch.

Mum drückte ihr die Dose in die Hand. »Pudere es jeden Tag ein bißchen«, sagte sie und deutete auf das Baby.

»Und was ist mit mir?« flüsterte ich.

»Schsch.«

»Aber es ist unsere letzte Dose.«

Mum sah mich nur an.

Ich zog die Decke über den Kopf. »Ich will, daß Bilal mich ins Bett bringt«, heulte ich. Als ich mich sogar weigerte, ihr einen Gutenachtkuß zu geben, gab sie nach und versprach, Linda zu fragen, ob sie uns eine Dose Puder mitbringen könnte, wenn sie uns besuchte.

»Wann kommt sie?« fragte ich.

Mum steckte die Decke um mich fest und gab mir einen Kuß auf die Nase, bevor sie nach draußen ging, um weiter mit den anderen zu feiern.

»Wer ist diese Linda?« fragte ich Bea, als sie etwas später ins Bett kam.

»Du weißt doch … Linda«, sagte Bea nur.

»Linda?«

Aber Bea wollte es mir nur sagen, wenn ich ihr vorher eine Geschichte erzählte, und als ich endlich mit den »Abenteuern des Geisterteppichs« fertig war, war sie schon eingeschlafen.

Auf dem Fest konnte man alles mögliche kaufen. Eselskarren voller Wassermelonen, Granatäpfel, Blutorangen, von denen man den Saft durch ein Loch in der Schale heraussaugen konnte. Es gab einen Stand mit Hunderten von *babouches*, den weichsten und schönsten Schuhen, die man sich vorstellen konnte. Die meisten waren aus gelbem oder beigefarbenem Leder, aber es gab auch ein paar schwarze, die mit goldenen und silbernen Sternen bestickt waren. Und es gab ein Paar rote mit grünem Zickzackmuster, bei denen sich die Fußspitzen nach oben bogen wie bei Zaubererschuhen. Ich starrte sie so lange an, bis meine Augen brannten, so sehr wünschte ich sie mir. Ich wagte nicht, sie in die Hand zu nehmen oder sie zu berühren. Der alte Mann, der inmitten seiner Schuhe saß, lächelte auch nicht, so daß ich mich vielleicht getraut hätte.

»Wenn du dir von der ganzen Welt ein Paar *babouches* aussuchen könntest, welche würdest du dir wünschen?« fragte ich Mum.

Sie beugte sich vor und befühlte das Leder. »Ich habe mir überlegt, daß ich dir und Bea ein Paar Sandalen machen könnte...«, sagte sie.

Mein Herz sank.

»Aus Leder und mit Gummisohlen. Sie werden bestimmt hübsch aussehen.«

»Aber sie werden nicht wie diese, oder?«

»Nein, nicht ganz so«, sagte sie und zog mich weiter.

Bis zum Abend hatte sich die Nachricht von Mums Zauberpuder im ganzen Zelt verbreitet.

»Oh, ja, sie ist die weise Frau aus dem Westen«, sagte Bilal stolz und legte seinen Arm um sie.

Als wir am letzten Abend des Festes um unser Feuer saßen, sagte Bilal: »Ahmed kennt eine Frau, der du vielleicht helfen könntest.« Ahmed war von der heilenden Kraft unseres Babypuders besonders beeindruckt gewesen. »Er hat uns zu sich nach Hause eingeladen.«

Das weiße Zelt lag schon zusammengefaltet auf der Erde. Wir verabschiedeten uns von Bilals Familie, die wir in ein paar Tagen wiedersehen würden, von Fatima, die meine Lieblingsschwester geworden war, und Abdul. Wir machten uns mit Ahmed, seinen beiden Frauen und den Kindern auf den Weg. Die wunde Stelle am Hals des Babys war fast abgeheilt, aber es schrie noch immer unaufhörlich. Niemand nahm davon auch nur die geringste Notiz.

Auf unserer Fahrt in dem engbesetzten Bus, mit dem viele Leute vom Fest nach Hause fuhren, erklärte Ahmed mit Bilal als Übersetzer, was Mum machen sollte. »Ahmed hat eine Tante«, erklärte er, »die sehr traurig ist, weil ihr Lieblingsneffe bei einem Autounfall ums Leben gekommen ist. Seit seinem Tod hat sie keinen Mut mehr zu leben.«

»Aber was soll ich dabei tun?« fragte Mum.

Das übersetzte Bilal nicht, Ahmed sollte ihre Zweifel nicht merken. »Sprich einfach mit ihr«, sagte er und lächelte ermutigend. »Du besuchst sie einfach und redest mit ihr.«

Die alte Dame wohnte in einem Zimmer an der Rückseite von Ahmeds Haus. Es war groß und luftig, mit kühlen Fliesen auf dem Fußboden. Durch die Fensterläden fiel gerade genug Licht herein, daß man sehen konnte. Ahmed wollte, daß Mum sofort zu ihr ging.

»Ich will auch mit«, sagte ich. Ich ließ ihre Hand nicht los, ich hielt sie ganz fest. Sie konnte doch nicht allein in dieses dunkle Zimmer gehen, in dem eine Frau lag, die sterben wollte, dachte ich. Vielleicht würde sie nie wieder herauskommen.

»Du bleibst hier bei den Frauen«, befahl sie.

Ich sah die verschleierten Ehefrauen an, die schweigend

dasaßen und auf mich warteten, und ich fühlte plötzlich einen dicken Kloß im Hals. »Bitte«, meine Stimme hallte schrill durch den Raum. »Bilal, bitte!«

Mum zögerte. Ich merkte, wie sie mich anstarrte. »Sie sind müde von der Fahrt«, sagte sie nur, und wir gingen alle schweigend ums Haus zum Zimmer der alten Dame.

Als Ahmed uns eilig durch die Tür schob, sahen wir sie auf ihrem Bett daliegen. Als Licht ins Zimmer fiel, setzte sie sich im Bett auf. Über ihr langes Gesicht zogen sich dunkle Streifen. Es waren die Spuren ihrer Fingernägel, in denen das Blut getrocknet war. Mum setzte sich auf den Rand des Bettes und kramte in ihrer Tasche. Sie zog ein dickes Buch heraus. Es war ihr »I-Ging«. Sie öffnete den Samtbeutel, den Bilal ihr gemacht hatte, und schüttelte drei Münzen in ihre Handfläche. Wie immer wärmte sie sie zuerst einen Augenblick, bevor sie jemandem die Zukunft las. Ahmeds Tante beobachtete jede ihrer Bewegungen mit einem kleinen Lichtschimmer in ihren gelben Augen. Mum gab ihr die Münzen. Es waren arabische Münzen, die auf der einen Seite einen Stern hatten, auf der anderen war der Kopf des Königs abgebildet.

»Ich möchte, daß Sie die Münzen für mich werfen«, sagte Mum. Bilal sprach mit sanfter Stimme und übersetzte ihre Worte auf arabisch. Die alte Dame warf mit ihrer dünnen, knochigen Hand die drei Münzen auf ihre Bettdecke.

Mum zeichnete mit einem Stift eine Linie auf die letzte Seite des Buches und sagte ihr mit einem Kopfnicken, daß sie noch einmal werfen sollte. Die alte Dame warf die Münzen insgesamt sechsmal, während Mum ein Muster aus sechs durchgezogenen und gestrichelten Linien zeichnete, jeweils drei von ihnen auf eine Seite.

Mum öffnete das Buch. Die alte Dame setzte sich noch etwas aufrechter hin und zog ihren Schal fest um ihre Schultern. Mum begann zu lesen. »Ausdauer wird Glück bringen. Es wird gut sein, den großen Fluß zu überqueren. Der Superior Man wird diesmal mit Festen und Freude vergehen...« Bilal übersetzte mit leiser Stimme, während Mum weiterlas, und die alte Dame hörte aufmerksam zu, den Kopf leicht zur Seite geneigt. Mum las immer weiter über Seen und Flüsse und Wendepunkte, bis ich nicht länger zuhören konnte und meine Gedanken sich selbständig machten.

»Meinst du, du kannst uns heute abend ein Kapitel aus Kapitän Blaubart vorlesen?« flüsterte ich.

»Schsch.«

»Wir haben schon so lange keine richtige Geschichte mehr gelesen.«

Endlich hatte sie zu Ende gelesen. Für einen Moment war es totenstill. Dann lächelte die alte Dame und befahl Ahmed mit einer so starken Stimme, daß alle vor Schreck zusammenzuckten, Pfefferminztee und Brot zu bringen. Ahmed lief wie ein kleiner Junge schnell hinaus. Ich konnte hören, wie er im Haus alle zusammenrief und den Wunsch seiner Tante wiederholte.

Als sie schließlich ein Glas Tee getrunken und etwas weiches Brot gekaut hatte, schlug die alte Dame die Decken zurück und stieg langsam aus dem Bett. Ahmed lächelte zufrieden, als sie ihre kleinen, schmalen Füße auf den Boden setzte. Sie ging langsam zu einer bemalten

Kommode, die unter dem Fenster stand, öffnete eine Schublade und nahm einen himmelblauen Kaftan heraus. Sie richtete sich auf und hielt ihn Mum an.

»Danke«, sagte Mum, als sie den Kaftan entgegennahm.

Mit einem kaum sichtbaren Lächeln stieg die alte Dame wieder in ihr Bett und schickte uns alle mit einer Handbewegung hinaus.

Am späten Vormittag kamen wir wieder bei Bilals Familie an. Ich sah Fatima im Eingang zum Haus ihres Vaters stehen. Ich winkte und lief zu ihr. Doch anstatt uns entgegenzulaufen, drehte sie sich plötzlich um und war im Haus verschwunden, und der Vorhang fiel hinter ihr zu.

»Fatima«, rief Bilal hinter ihr her. »Fatima«, wiederholte er mit harter Stimme, und sie trat zaghaft vor die Tür. Sie hinkte etwas und hatte einen Riß quer über ihren Lippen.

»Was ist passiert?« stieß Mum erschrocken hervor, aber Bilal packte seine Schwester bei den Schultern und begann sie auszufragen. Seine Stimme zitterte dabei vor Ärger. Fatima stieß unter Tränen nur ein paar Worte aus und blickte dabei zu Boden.

»Was ist passiert?«

»Es ist nichts«, sagte Bilal, »laßt uns reingehen.«

Die vorher so angenehm kühle Luft im Haus war plötzlich eisig geworden, mir liefen kalte Schauer über den Rücken. Endlich sagte Bilal: »Es ist wichtig, daß Fatima keinen schlechten Ruf bekommt. Wenn sie nicht gut ist, wird sie niemand heiraten.«

Mum sagte gar nichts. Sie sah ihn mit kalten, vorwurfsvollen Augen an.

»Fatima hat sich auf dem Fest schlecht benommen«, sagte er.

»Ja, warum?«

»Sie wurde ohne ihren Schleier gesehen, als sie den Tänzen zugesehen hat. Sie sollte aber nachts im Zelt bleiben.«

»Sie wurde also geschlagen«, sagte Mum mit matter Stimme.

Ich sah zu Fatima, die zusammengekauert in einer Ecke hockte und Bohnen auslas.

»Meine Brüder haben sie im Stall angebunden und sie geschlagen ...« Bilal wich unseren Blicken aus. Er schämte sich. Aber dann fügte er schnell hinzu: »Aber jetzt wird sie gut bleiben, und dann wird sie auch verheiratet werden können.«

Fatima nahm ihre Schale mit Bohnen und humpelte schweigend zur Hintertür hinaus.

Mum sah ihr nach. »Ich denke, wir sollten wieder nach Hause fahren«, erklärte sie.

»Morgen«, bat Bilal, »bleibt noch bis morgen, dann fahren wir alle zurück in die Mellah.«

KAPITEL SIEBEN

Bilal fand in Marrakesch keine Arbeit. Der Hadaoui machte noch Urlaub, und unser Geld aus England war immer noch nicht angekommen. »Ich habe Freunde in Casablanca, bei denen ich arbeiten kann«, sagte er, »sie erwarten mich schon.«

»Casablanca? Wo ist das? Kann ich mitkommen?«

»Ich werde kommen und euch besuchen.« Bilal ging in die Knie, damit ich auf seinen Rücken klettern konnte. Ich schlang die Arme um seinen Hals und hielt mich fest, während er im Haus seine Sachen zusammensuchte.

Bilal fuhr mit einer halbleeren Tasche ab, in denselben ausgeblichenen Kleidern, in denen ich ihn zum erstenmal gesehen hatte. Wir standen an der Gartenmauer und winkten ihm nach, als er fortging.

An diesem Abend aßen wir zu Hause in unserer Küche und gingen nicht wie sonst auf den Platz. Niemand sagte etwas dazu.

»Wenn unser Geld nicht diese Woche eintrifft«, sagte Mum, »werden wir umziehen müssen.«

»Was wird aus Schneeweiß, wenn wir umziehen?« wollte Bea wissen.

»Wir werden sie mitnehmen«, beruhigte Mum sie. Sie klang allerdings, als wäre sie mit den Gedanken ganz woanders. Sie zündete mit einem zusammengerollten Papier die Paraffinlampe an.

»Könntest du nicht wieder ein Kleid für Akaris kleine Tochter machen?« fragte ich.

Mum glaubte nicht, daß uns das helfen würde.

»Luigi Mancini«, platzte Bea heraus. »Laßt uns Luigi Mancini besuchen.«

»Vielleicht schenkt er uns einen ganzen Haufen Geld!« rief ich begeistert.

Bea trat mir unterm Tisch gegen das Schienbein.

Mum überlegte. »Ja, vielleicht sollten wir wirklich Luigi Mancini besuchen.« Sie dachte nach. »Aber tut mir bitte einen Gefallen: Bittet ihn auf keinen Fall um Geld, habt ihr verstanden?«

Wir waren alle sicher, daß genau an dieser Stelle der Palast von Luigi Mancini gestanden hatte. Jetzt gab es hier nichts außer ein paar dünnen vertrockneten Kiefern, die leise im Nachmittagswind knackten. Wir gingen zurück zum Taxi, das uns hergefahren hatte. Es war eine Droschke, die von zwei Pferden gezogen wurde.

»Luigi Mancini...?« Bea versuchte zum hundertsten Mal unserem Fahrer ein erkennendes Aufleuchten in den Augen zu entlocken, aber er schüttelte nur traurig den Kopf.

»Aber wir sind durch dieses Dorf gefahren und dann rechts abgebogen«, beharrte Mum, obwohl wir jede mögliche Abzweigung nach dem Dorf, ob nach rechts oder nach links, schon ausprobiert hatten. Auch im Dorf schien merkwürdigerweise niemand den Namen Luigi Mancini je gehört zu haben. Als wir unsere Suche endlich aufgaben, brach schon die Dämmerung herein.

»Bestimmt hat eine böse Fee das ganze Haus, den Garten und die Pfaue an einen anderen Ort gezaubert. Vielleicht ist er selbst eines Morgens aufgewacht und sein Haus stand plötzlich in Casablanca oder auf einem hohen Berg oder in England, wie in ...«

»Im Zauberer von Oz«, fiel mir Bea gelangweilt ins Wort.

»Seid doch endlich mal still«, schnappte Mum. Sie lehnte sich in ihrem Sitz zurück und schloß die Augen.

Eine Woche später zogen wir ins Hotel Moulay Idriss. Es lag in einer der engen Gassen hinter der Djemaa El Fna und war um einen buntgefliesten Innenhof gebaut, in dem eine Bananenstaude wuchs, deren Blätter sogar das oberste Stockwerk überragten. Es hätte Schneeweiß sicher gefallen, zwischen den Baumwurzeln zu scharren und Staubbäder zu nehmen, aber das einzige freie Zimmer lag im zweiten Stock. Es war ein großes Zimmer mit zwei Türen, die auf die Galerie zum Innenhof hinausgingen, aber sonst ohne Fenster. Wir hatten unsere Matratzen aus der Mellah mitgebracht, auf denen wir sitzen und schlafen konnten, und Mum richtete mit dem *mijmar* in einer Ecke eine Küche ein. Die Blätter der Bananenstaude warfen grünliche Schatten ins Zimmer.

Bea baute ein Nest aus Stroh für Schneeweiß. Sie versuchte sie dazu zu bringen, sich ruhig daraufzusetzen und vielleicht sogar ein Ei zu legen, aber Schneeweiß wollte lieber die neue Umgebung erkunden. Sie rannte auf die Galerie hinaus, die alle Zimmer auf einer Etage miteinander verband.

»Dann werde ich ihr eben beibringen, wie sie allein nach Hause findet.« Bea verstreute eine Handvoll Getreide auf den Stufen zu unserem Zimmer. Schneeweiß fühlte sich im Hotel Moulay Idriss sehr wohl. Schon bald stolzierte sie überall herum, besuchte gackernd und pickend die Zimmer der anderen Gäste und hinterließ auf ihrem Weg kleine weiß-gelbe Häufchen.

Neben uns wohnte eine Familie mit fünf Kindern und einer Großmutter, die als erstes jeden Morgen einen Eimer Wasser über ihren Eingangsstufen ausgoß. Jedesmal, wenn Schneeweiß ihr zu nahe kam, zischte die alte Frau und wedelte mit dem Saum ihrer Dschellabah, um das Huhn zu verscheuchen.

Sobald der Fußboden getrocknet war, tauchte ein kleines Mädchen, ungefähr so groß wie Bea, auf. Sie stand geduldig da und wartete, bis die strenge alte Dame sie zurechtgemacht hatte. Ihre Haare wurden zu zwei straffen Zöpfen geflochten. Sie trug einen weißen Faltenrock und Sandalen. Über der einen Schulter baumelte an einem Riemen eine lederne Schultasche.

»Wo geht sie hin?« fragte Bea.

»Wer?« sagte Mum verschlafen.

»Das Mädchen von nebenan. Komm her, guck mal.«

»Sie geht zur Schule, nehme ich an.« Mum streckte sich unter ihrer Decke und sagte: »Wenn ihr mir einen starken Tee mit Zucker macht, stehe ich auf. Versprochen.«

Am nächsten Morgen wurden wir von unserer Nachbarin geweckt, die laut schreiend und mit den Armen fuchtelnd in unserer Tür stand. Sie trug ein dunkelrotes mit Pailletten besetztes Kissen wie ein wertvolles Tablett vor sich her, auf dem man einen häßlichen gelben Fleck erkennen konnte. Sie zeigte anklagend auf Schneeweiß, die unschuldig auf ihrem Nest hockte, zufrieden und leise vor sich hingackerte und ihre Halsfedern plusterte. Die Frau hielt uns ihr Kissen entgegen und schimpfte so laut, daß sie bestimmt schon das ganze Hotel geweckt hatte. Mum kroch verschlafen aus dem Bett und versuchte sie zu beruhigen, aber die Frau zeigte immer wieder auf das Kissen, auf Bea und auf sich, und mit einem wütenden Fußtritt in Schneeweiß' Richtung drehte sie sich um und verschwand. Bea war aufgesprungen und hielt Schneeweiß schützend im Arm. Von nebenan konnte man die Frau immer noch durch die dünnen Wände schimpfen hören.

Mum setzte sich auf Beas Bett. »Ich glaube, wir müssen ein neues Zuhause für Schneeweiß finden.«

Bea antwortete nicht. Dann schlug sie mit dünner Stimme vor: »Ich werde mit ihr üben.«

»Ich werde Akari fragen«, sagte Mum. »Er weiß bestimmt eine Lösung.«

Am Nachmittag kam Akari und holte Schneeweiß ab.

»Ich werde schon für sie sorgen, besonders gut.« Er strahlte uns an, als er mit Schneeweiß unterm Arm die Treppe hinunterlief.

Wir lächelten nicht zurück. »Zur Hölle mit ihm«, sagte Bea und biß die Zähne zusammen.

Die einzigen, die außer uns den Verlust unseres Haustieres bedauerten, waren die beiden Frauen, die auf demselben Stockwerk in dem Zimmer gegenüber wohnten. Als sie sahen, wie Akari auf der Treppe mit Schneeweiß verschwand und sie in einen Karton verfrachtete, kamen sie zu uns herüber und boten Mum türkische Zigaretten und ein Glas Wein an. Sie waren groß und dick und trugen grellbunte Dschellabahs mit seidenen Kapuzen. Ihre Hände und Füße waren über und über mit feinen Mustern bedeckt.

»Tätowierungen«, flüsterte Bea.

»Henna«, sagte die Frau, die mir am nächsten saß und lachte, als sie merkte, wie ich sie fasziniert anstarrte. Sie legte eine Hand unter mein Kinn und hielt mein Gesicht gegen das Licht, während sie zwischen den Fingern der anderen einzelne Haarsträhnen rieb. Sie gab einen trockenen, zirpenden Laut von sich. »Henna«, sagte sie und redete auf französisch auf Mum ein, um sie zu überzeugen.

»Sie meinen, dein Haar braucht Henna, damit es kräftig und ganz lang wird.«

Ich blickte auf ihre schweren schwarzen Zöpfe.

»In Ordnung«, sagte ich und nickte.

Sie führten mich in ihr Zimmer, das dunkel hinter dem Vorhang abgeteilt lag. Es roch nach schwerem Parfum und Mief, als ob sie schon ewig darin wohnten. Bea wurde fortgeschickt, um ein Handtuch und einen Eimer Wasser zu holen. Währenddessen wurde mein Haar nach hinten aus dem Gesicht gekämmt.

Die Frauen schütteten ein kleines Häufchen grünes Pulver in eine Schale und rührten es zusammen mit dem

Wasser, das Bea gebracht hatte, zu einem zähen Schlamm, der nach nasser Erde roch, aber auch nach einer Mischung aus süß und sauer. Dann strichen sie das kühle, schmierige Henna auf meine Haarsträhnen, verteilten es bis in die Spitzen und legten die einzelnen Strähnen auf meinem Kopf zusammen. Am Ende hatte ich das Gefühl, einen feuchten Lehmhut auf dem Kopf zu tragen. Mit einem nassen Zipfel des Handtuches wischten sie die grünen Hennaspuren aus meinem Gesicht und von den Ohren.

Im Triumphzug führten sie mich zurück nach draußen auf die Galerie, wo Mum in der Sonne stand und an ihrem Wein nippte. Sie lachte, als sie mich sah.

»Wird Bea auch Henna auf ihre Haare bekommen?« fragte ich und hatte plötzlich Angst, daß ich allein mit meinem Hennahaar dastehen würde, das einzige Versuchskaninchen. Die beiden Frauen lächelten, und wie auf meinen Befehl führten sie Bea in ihr Zimmer.

Bald saßen Bea und ich gemeinsam schläfrig und mit schwerem Kopf in der Sonne, während der Schlamm auf unseren Köpfen langsam trocknete und Risse bekam. Wir hatten uns schon damit abgefunden, daß wir einen langen, heißen Nachmittag auf der Terrasse des Hotels verbringen würden, das Kommen und Gehen der anderen Bewohner beobachteten und manchmal vielleicht einen kurzen Blick auf Moulay Idriss, den Hotelbesitzer, erhaschen würden, wenn er aus seinem dunklen Büro auftauchte und unten über den Innenhof eilte.

»Kann ich es jetzt abmachen?« fragte ich Mum, die gerade angefangen hatte, unser Abendessen zu kochen, aber sie schüttelte den Kopf und sagte: »Es muß noch bis morgen früh draufbleiben.«

Ich fing an zu maulen.

»Das haben die beiden Frauen gesagt. Wenn du es bis morgen früh behältst, wird dein Haar länger und glänzender werden als das von allen anderen Mädchen.«

»Bis morgen früh!«

Ich saß auf der Galerie, mit dem Rücken an der Wand zwischen den Türen unseres Zimmers und spielte mit Mums Schachtel voller Perlen und Knöpfe. Bilder aus der Geschichte von Rapunzel gingen mir durch den Kopf, und ich fragte mich, wie ich in der Nacht schlafen sollte.

Als ich am nächsten Morgen gegen meinen Kopf klopfte, klang es wie eine Tontrommel. Mum schickte uns zu den beiden Frauen, damit sie die Hennaschicht entfernten. Die härtesten Stücke wurden einfach abgebrochen, der Rest mußte in einer Schale mit Wasser eingeweicht werden. Das Wasser war zuerst dunkelrot und wurde dann mit jeder Spülung heller, bis keine Farbe mehr zu sehen war. Sie scheitelten meine Haare in der Mitte und kämmten sie glatt. Dann durfte ich nach draußen gehen und in den kleinen runden Spiegel sehen.

Zuerst dachte ich, es läge an dem Sonnenlicht, das durch die Bananenblätter schien, aber als ich meine Haare nach vorne nahm, so daß ich sie selbst sehen konnte, war ich mir nicht mehr so sicher. Ich starrte auf meine Haare, dann wieder in den Spiegel, bis ich mir sicher war. Meine Haare waren orange.

Mit dem Spiegel in der Hand rannte ich hinüber zu Mum.

»Guck mal, sie haben mich reingelegt«, schluchzte ich und warf mich auf den Fußboden. »Es ist furchtbar, ich hasse es, und ich hasse sie.« Und dich hasse ich auch, fügte ich im stillen hinzu, weil du mich auch reingelegt hast.

Mum kniete sich neben mich und nahm meinen Kopf hoch. Sie schob die feuchten Haarsträhnen aus dem Gesicht. »Es ist wunderschön«, versuchte sie mich zu beruhigen. »Wirklich wunderschön. Es ist ein dunkles schimmerndes Rot, wie Kupfer oder Rost.«

»Stimmt gar nicht, es ist orange«, weinte ich.

»Hast du noch nicht gesehen, daß die schönsten Mädchen in Marrakesch hennagefärbte Haare haben?«

Ich schüttelte den Kopf.

»Hast du das wirklich noch nicht bemerkt? Komm, wir machen einen Spaziergang, dann zeige ich es dir.«

In dem Moment stand Bea in der Tür. Von ihr sah man nur den dunklen Schatten, aber ihre Haare umgaben sie wie ein rot und gold leuchtender Heiligenschein.

»Na, was sagt ihr?« fragte sie.

Die Sonnenstrahlen, die von draußen hereinschienen, zauberten tausend Farben in ihr Haar und ließen es flackern wie ein Feuer.

»Es ist wunderschön«, riefen Mum und ich in einem Atemzug, und sie umarmte mich ganz fest.

KAPITEL ACHT

»Lauf bitte schnell rüber und hol unser Handtuch wieder, Bea«, bat Mum, bevor wir zu unserem Spaziergang zum Platz aufbrachen. »Und nimm den Spiegel mit… und sag danke schön«, rief sie hinter ihr her.

Wir warteten unten im Innenhof. Ich hatte meine gefärbten Haare unter einem Hut versteckt, der aussah wie ein Fes. Er war aus Baumwolle, und Bilal hatte ihn mit pink und grün bestickt, bevor er nach Casablanca gefahren war. Mir war heiß, und ich merkte, daß Mum mich immer noch vorwurfsvoll ansah.

»Jetzt mach schon«, grummelte sie.

Endlich tauchte Bea auf. »Sie wollen es uns nicht wiedergeben«, sagte sie.

»Was soll das heißen?«

»Das Handtuch. Es hing in ihrem Zimmer, und als ich es nehmen wollte, haben sie gesagt, daß es ihnen gehört.«

Mum lachte und blickte nach oben zum obersten Stockwerk. Der schwere Vorhang hing vor dem Eingang der beiden Frauen, aber keine von beiden kam heraus, um zu erklären, daß alles ein Mißverständnis sei.

Auf dem Platz drängte sich eine riesige Menschenmenge. Wir saßen draußen in einem Café, Mum trank schwarzen Kaffee, und Bea und ich tranken warme Fanta mit dem Strohhalm. Mir wurde allmählich heiß unter meinem Hut. Der Schweiß lief mir hinter den Ohren entlang und von der Stirn in die Augen. Aber es hatte einen zu großen Kampf gegeben, bis ich ihn endlich aufsetzen durfte, um ihn jetzt schon wieder abzusetzen. Also schwitzte ich weiter vor mich hin und litt.

An einer Ecke stand ein Mann und verkaufte *majoun*. Weil er nicht oft da war, nutzte Mum die Gelegenheit und kaufte ein kleines Stück. Wir durften jede einen Splitter abbrechen. Es schmeckte phantastisch, außen eine Schicht Zucker, die nach Honig schmeckte, innen etwas Scharfes, nach dem man das Bedürfnis hatte, weiterzuessen, um den leicht bitteren Geschmack wieder zu überdecken.

»Können wir noch ein Stück haben? Bitte!« bettelten wir, um wieder diesen herrlich süßen Geschmack zu haben.

»Das ist nichts für Kinder. Es wird euch…«, sie suchte nach dem richtigen Wort, »… betrunken machen.«

»Bitte, bitte«, bettelten wir weiter. *»Majoun, majoun, majoun«*, stimmten wir einen Gesang an, der von Refrain zu Refrain immer lauter wurde.

»Schsch«, versuchte Mum uns ängstlich zur Ruhe zu bringen, aber sie mußte selbst kichern. »Also gut, ihr könnt euch ein Stück teilen, aber posaunt es um Himmels willen nicht so laut herum.«

Wir gaben dem Händler unseren Dirhem, zeigten auf die Waren und flüsterten *»Majoun«*, wie wir es bei anderen gesehen hatten. Wir bekamen ein zusammengerolltes

Stückchen Zeitung, in das ein kleiner Brocken Haschisch eingewickelt war, der mit der Zuckerschicht außen herum aussah wie ein Karamelbonbon. Wir saßen am Tisch und nagten abwechselnd daran herum. Ich fand, es war der herrlichste Geschmack der Welt. Wie Sand mit Honig in heißem Öl gebraten. Wir reichten das Stück zwischen uns hin und her und kicherten verschwörerisch über unser heimliches Abenteuer.

»Es muß für immer und alle Zeit halten«, schlug ich vor und leckte nur ganz vorsichtig mit der Zungenspitze daran.

»Komm, wir sehen nach, ob Luigi Mancini wieder in der Stadt ist«, sagte Bea und rutschte von ihrem Stuhl.

Ich warf einen fragenden Blick zu Mum. »Wir treffen uns hier wieder«, sagte sie.

Nach Luigi Mancini zu suchen, war unser Lieblingsspiel geworden. Wir erforschten ein Café nach dem anderen und alarmierten uns sofort gegenseitig, wenn wir irgendwo einen großen, ganz in Weiß gekleideten Mann entdeckt hatten. Manchmal suchten wir uns denjenigen aus, der Luigi Mancini von allen am ähnlichsten sah, und folgten ihm den ganzen Nachmittag auf Schritt und Tritt.

»Denk dran«, sagte Bea immer, »er könnte seine Haare gefärbt haben oder seinen Schnurrbart abrasiert haben oder das Rauchen aufgegeben haben.«

Heute mußten wir allerdings so viel kichern und bekamen einen Lachanfall nach dem anderen, daß wir uns große Mühe geben mußten, um bei unserer Verfolgungsjagd nicht aufzufallen. Wir schlichen durch Treppenhäuser, schlängelten uns in den Cafés über die Terrassen und zwischen den Tischen hindurch und flüsterten dabei kaum hörbar »Luigi Mancini«. Dann warteten wir, zu Statuen erstarrt, ob jemand reagierte.

Aber heute lief uns niemand über den Weg, der Luigi Mancini auch nur entfernt ähnelte oder auch nur sein Bruder hätte sein können. In den Cafés saßen heute überall nur Marokkaner.

Da hörte ich eine Frauenstimme. »Entschuldigen Sie, hallo, spricht hier jemand Englisch? Hallo?«

»Hör mal«, sagte ich und hielt Bea am Ärmel fest.

Dann hörten wir es beide.

»Hallo, spricht hier denn wirklich niemand Englisch? Ich suche… Oh, nein, das darf nicht wahr sein…«

»Das ist Linda«, sagte Bea.

»Linda?« Aber sie war schon in die Richtung verschwunden, aus der wir die Stimme gehört hatten und wo sich jetzt einige Ober um einen Tisch scharten.

Da saß Linda inmitten ihrer Koffer, ein dickes, schlafendes Baby im Arm. Sie hielt ein zerknittertes Stück Papier hoch.

»Hallo, Linda, was machst du denn hier?« Wir zwängten uns zwischen den Beinen der neugierigen Zuschauer zu ihr durch.

Linda sank auf eine ihrer prallgefüllten Taschen und brach in Tränen aus.

»Ich hole Mum, bin gleich wieder da«, sagte Bea.

»Wie heißt dein Baby?« fragte ich, als sie sich mit einem Stück Klopapier die verheulten Augen wischte.

»Mob«, antwortete sie.

»Darf ich ihn mal halten?«

»Sie«, berichtigte sie und gab mir das Baby.

Sobald ich Mob auf dem Schoß hatte, wachte sie auf und fing an zu schreien.

»Haben wir uns schon mal irgendwo gesehen?« fragte ich.

Linda nickte.

»Hattest du da auch schon das Baby?« Ich mußte fast schreien, um Mob zu übertönen.

»Nein.«

»Wie alt ist sie?«

»Sechs Monate.«

»Warum heißt sie Mob?«

Linda seufzte. »Weil ihr Vater Anarchist war.«

»Was ist ein Anarchist?«

Da kamen Mum und Bea. Linda stand auf und schneuzte sich noch einmal in ihr Klopapier. »Hast du meinen Brief nicht bekommen?«

Und Mum sagte: »Hast du meinen nicht bekommen?«

Dann mußten beide lachen und fielen sich in die Arme. Wir halfen alle, Lindas Gepäck zum Hotel Moulay Idriss zu bringen.

»Ich habe dir von dem Geld, das du geschickt hast, ein Kleid gekauft«, sagte Linda und durchwühlte ihre Reisetasche. »Von Biba.«

Wir sahen zu, wie Mum es anprobierte. Es war aus weichem Baumwollstoff in Braun, Orange und goldschimmernden Farben, wie Herbstlaub im Park. Es hatte glockenförmige Ärmel, die an den Handgelenken zugeknöpft wurden.

»Es ist phantastisch«, sagte Mum und drehte sich wie eine Tänzerin im Kreis.

Ich stieß heimlich einen erleichterten Seufzer aus. Das hieß hoffentlich, daß sie ihre moslemische *haik*, in der sie mit oder ohne Schleier immer aussah wie eine heimliche Ehefrau, nicht mehr anziehen würde.

»Du siehst hübsch aus«, sagte Linda, die immer mehr Kleider aus ihrer Reisetasche hervorkramte.

»Ja, du bist hübsch, richtig hübsch«, stimmte ich zu und hoffte, daß sie das schöne Kleid sofort anbehielt.

Bea sagte kein Wort. Ihr Gesicht wirkte verschlossen, als mache sie sich über etwas Sorgen.

»Und die habe ich für dich mitgebracht«, sagte Linda und hielt mir eine verwaschene schwarze Hose entgegen. »Aus der Portobello Road.«

Ich schnappte vor Überraschung nach Luft und probierte sie sofort an. Sie hatte sogar einen richtigen Reißverschluß!

»Sehe ich aus wie ein Junge?«

»Nein, kein bißchen«, sagte Mum, während sie mir die Hosenbeine auf die richtige Länge krempelte.

»Ich dachte, sie wäre gewachsen...«, sagte Linda.

»Auch nicht mit meinem Hut?« Ich suchte das Zimmer nach ihm ab. In meiner Aufregung hatte ich meine schrecklich orangefarbenen Haare völlig vergessen.

Bea bekam ein gestreiftes T-Shirt mit einem kleinen Loch unter dem Arm. Es war so lang, daß sie es als Kleid anziehen konnte.

»Bist du die Linda, die uns den Babypuder mitbringen wollte?« fragte ich.

Bea sprang auf. »Du wußtest also, daß sie kommen würde. Du wußtest es.« Sie sah Mum vorwurfsvoll an.

»Aber ich wußte doch nicht genau, wann...«

Beas Miene wurde immer düsterer. »Du hättest es mir wenigstens sagen können.«

»Es tut mir leid«, sagte Linda und sah aus, als würde sie gleich wieder in Tränen ausbrechen.

»Sei doch nicht albern«, sagte Mum und hielt Bea mit ausgestrecktem Arm vor sich fest. »Es ist doch alles in Ordnung, ich weiß gar nicht, was du hast. Linda und Mob können bei uns bleiben. Hier ist doch genug Platz.«

»Genug Platz«, wiederholte Bea spöttisch und kaum hörbar, aber es reichte, daß die Luft im Zimmer schlagartig zum Schneiden war. Mob gab auf Lindas Arm einen gurgelnden Ton von sich und übergab sich. Linda wischte sofort mit Klopapier alles wieder weg.

»Hier in Marokko gibt es auf den Toiletten meistens nur ein Wasserbecken, manchmal auch nur Steine«, erzählte ich ihr.

Bea ging nach draußen und ließ ihren Kopf über das Balkongeländer hängen.

Es wurde schon dunkel, und für einen Moment warfen die grauen Schatten draußen genauso ein Zwielicht wie das in unserem Zimmer. Mum zündete eine Lampe an, und Bea wurde draußen von der Dunkelheit verschluckt.

Sie gab dem Türrahmen einen Fußtritt, als sie wieder hereinkam. »Ich muß endlich zur Schule gehen«, sagte sie.

Erleichterung breitete sich in Mums Gesicht aus. »Natürlich. Klar kannst du zur Schule gehen.«

»Kann ich nicht!« Bea ließ sich nicht so leicht beruhigen. »Ich brauche einen weißen Rock, den ich nicht habe. Ich brauche eine weiße Bluse, die ich nicht habe. Und ich brauche eine Schultasche.« Sie stand mitten im Zimmer, triumphierend. »Siehst du, ich kann gar nicht.«

»Morgen früh gehen wir als erstes zur Bank und sehen nach, ob unser Geld da ist. Und wenn es da ist, kaufen wir dir sofort eine Uniform.«

»Und wenn es nicht da ist?«

»Dann müssen wir eben ein paar Tage warten.«

»Und wenn es dann immer noch nicht da ist?«

»Dann finden wir schon eine Lösung für dich«, versprach Mum.

»Wirst du für mich auch eine Lösung finden, Mum?« fragte ich.

»Aber du willst doch nicht in die Schule gehen.« Wie immer, wenn es um mich ging, klang ihre Stimme fest und entschieden. »Die Schule ist nur für Mädchen, die so alt sind wie Bea und Ayesha von nebenan.«

KAPITEL NEUN

Aus ein paar Tagen wurden immer mehr Tage, und schließlich mußte Mum sich Geld von Linda leihen. Wir gingen auf den Markt, um Stoff zu kaufen. Ein großes Stück weiße Baumwolle. Wir überließen es Bea, den Preis auszuhandeln und gingen weiter zum nächsten Stand.

»Wie hat sie so schnell Arabisch gelernt?« fragte Linda, als Bea mit dem Händler um den Preis stritt.

Mum und ich sahen uns kurz an. »Sie scheint es sehr schnell aufzuschnappen.«

»Jetzt kauft Bea immer für uns ein«, erklärte ich, »weil sie braune Augen hat, und Mum und ich grüne.«

»Sie halten sie für eine kleine Marokkanerin«, fügte Mum hinzu. »Auf diese Weise haben wir schon viel Geld gespart.«

Danach saß Mum den ganzen Tag bis in die Nacht hinein zu Hause und nähte für Bea einen weißen Faltenrock und eine weiße kurzärmelige Bluse. Wir luden Ayesha ein, zu uns zu kommen, damit Mum ihre Schuluniform genau ansehen konnte. Sie brachte auch ihr Schulbuch mit.

»Ich will auch mal darin lesen«, jammerte ich, als es schon zum zweitenmal die Runde gemacht hatte. Ayesha beobachtete uns genau, als wir uns über ihr Buch beugten. Vorn auf dem Umschlag waren zwei Kinder abgebildet, ein Junge und ein Mädchen. Sie hielten sich an den Händen und machten gerade einen Schritt vorwärts. Das Mädchen trug ein hellgelbes Kleid, das vor einem roten Hintergrund leuchtete, der Junge war rot vor einem gelben Hintergrund. Beide hatten kurze schwarze Haare. Auf der ersten Seite gab es Bilder von verschiedenen Tieren, immer vor einem andersfarbigen Hintergrund.

»Wespe, Fledermaus, Ameise, Krokodil.« Der Skorpion, der als nächstes kam, machte mir angst.

»Du mußt das natürlich auf arabisch sagen.« Bea sprudelte die Namen der Tiere nur so hervor. Manchmal brauchte sie etwas Hilfe von Ayesha. Bei der Schildkröte zum Beispiel. Jede Seite im Buch war voller Tiere oder Gegenstände. Telefone, Spritzen, Schuhe. Alle in farbigen Kästchen und einige mit schwarzem Gekritzel darüber.

»Was ist das?« fragte ich und zeigte auf das Schwarze.

»Das ist arabische Schrift. Das da«, Mum zeigte auf ein Bild, »heißt wahrscheinlich Schlange.«

»Wirst du auch Arabisch lesen lernen?« fragte ich Bea erstaunt.

»Ja«, sagte sie, »ich weiß auch schon, daß man von rechts nach links lesen muß.«

Ich nickte. Wenn ich doch nur gewußt hätte, wo links und rechts war.

»Guck mal, da ist ein Mädchen mit blonden Haaren.« Ich blätterte weiter, ob ich auch eins mit orangefarbenen Haaren fand. »Warum haben die Leute alle englische

Sachen an?« Es gab nur ein Bild mit einem Jungen in einer Dschellabah und einer runden Kappe, aber er war ein Schafhirte und kein Schulkind. Auf dem Bild sah man ihn in den Bergen wie Abdul, umgeben von seinen Schafen.

Sobald Beas Kleider fertig genäht waren, begann sie mit der Schule. Mein Herz klopfte vor Neid und gleichzeitig vor Stolz und Angst um sie, als sie zum erstenmal morgens zur Schule ging. Mum, Linda, Mob und ich sahen ihr nach, als sie Hand in Hand mit Ayesha loszog. Ihre frisch gestärkte weiße Schuluniform stand steif von ihr ab wie Geschenkpapier. Sogar Ayeshas strenge Großmutter lächelte uns zu, während sie ihre Teppiche auf dem Balkon in den Innenhof abklopfte.

»Meine Windeln«, schrie Linda plötzlich laut auf. »Meine Windeln sind weg. Ich habe sie gestern abend nach draußen gehängt. Fünf Windeln und ein Unterhemd.«

»Das Hemd ist hier«, sagte ich. Es hing noch über dem Geländer. »Es ist trocken.«

»Vielleicht sind die Windeln nach unten geweht«, vermutete Mum und sah nach unten in den Hof.

Linda rannte schon die Treppen hinunter.

»Hier sind sie auch nicht«, rief sie nach einigen Minuten laut nach oben, so daß einige Leute neugierig aus ihren Zimmern kamen und übers Geländer nach unten sahen. »Hat jemand meine WINDELN gesehen?« schrie Linda ihnen zu. »WINDELN?« Sie malte mit ihren Händen ein kleines Quadrat in die Luft.

Ich verkroch mich in unserem Eingang. Mir war plötzlich eiskalt vor Verlegenheit. Die Henna-Frauen waren auch aus ihrem Zimmer gekommen und winkten mir zu.

Ich nahm schnell Mob auf den Arm, damit ich eine Entschuldigung hatte, in unserem Zimmer zu verschwinden.

»Dir macht das alles nichts, oder?« fragte ich sie und sah in ihre hellblauen Babyaugen. »Windeldiebe und so?«

Mob und ich saßen nebeneinander auf der Matratze, die jetzt Beas und mein Bett war, und hörten die schrillen, empörten Schreie und das laute Gezeter, als Linda die Hotelgäste einen nach dem anderen verhörte.

»Wenn wir nach draußen gehen, kann ich dann Mob auch auf dem Rücken tragen, wie die marokkanischen Mädchen auf dem Platz?«

Linda hatte sich über ihre gestohlenen Windeln immer noch nicht beruhigt.

»Du kennst doch Khadija? Und die anderen Bettelmädchen von der Djemaa El Fna?«

»Ja«, sagte Linda.

»Sie tragen ihre kleinen Brüder oder Schwestern auch immer auf dem Rücken mit sich herum. Sie binden sie mit einem Stück Stoff auf ihren Rücken. Wir könnten ein Betttuch nehmen.«

Linda zählte ihren Stapel Windeln in unterschiedlichen Grauabstufungen, die ihr noch geblieben waren. »Also gut, wenn du es unbedingt willst«, stimmte sie endlich zu.

Eine Klingel ertönte, als wir vor Beas Schule warteten. Die Schulkinder strömten in Scharen heraus.

Ich zog das Bettuch hervor. »Bindest du sie mir jetzt auf den Rücken?«

Ich stellte mich mit leicht gegrätschten Beinen hin, um nicht das Gleichgewicht zu verlieren, als sie mir das strampelnde Gewicht auf den Rücken band. Mobs feuchtwarmer Körper wurde gegen meinen Rücken gepreßt, während Linda das Tuch über meine Schulter und um meinen Brustkorb wickelte. Bei dem Gedanken daran, mich wie Khadija mit einem Baby auf dem Rücken durch die Menschenmenge auf dem Platz zu drängen, brach mir jetzt schon der Schweiß aus. Am liebsten hätte ich mich sofort irgendwo hingesetzt.

Bea kam gerade im richtigen Moment aus der Schule. Ich machte ein paar wackelige Schritte auf sie zu. Mob fing an zu weinen und zog an meinen Haaren.

»Bea, huhu!« riefen Mum und Linda und winkten.

Meine Beine begannen schon unter dem Gewicht zu zittern. Bea hatte mich kaum gesehen, als sie schon leise flehte: »Darf ich gleich auch mal?«

Ich verzog den Mund und zögerte so lange, wie ich es noch aushalten konnte. »Aber nur, weil es dein erster Schultag ist...«, sagte ich und setzte mich viel zu eilig hin, um den Knoten des Tuches zu lösen.

Mob wanderte also auf Beas Rücken, und gemeinsam gingen wir zum Mittagessen auf den Platz. Ich beobachtete ihr Gesicht und fragte mich, ob es ihr nicht anstrengend werden würde. Nach kurzer Zeit stellte ich befriedigt fest, daß sie ganz blaß wurde und schwer atmend immer weiter hinter uns zurückblieb. Völlig aus der Puste sagte sie: »Sie ist doch ganz schön schwer.«

Linda lachte laut los. »Du hast ungefähr fünf Minuten länger ausgehalten als deine Schwester«, sagte sie und kniff ihr in die Backe. »Nicht umsonst bekommt sie gesunde Heinz-Babynahrung.«

Als wir unser Weißbrot in das Olivenöl tauchten, das auf unserer Suppe schwamm, erzählte Bea, wie ihr erster Schultag gewesen war.

»Wir saßen alle in einem Raum und mußten alles mitschreiben, was die Lehrerin sagte. Ein Mädchen hat sie mit dem Stock geschlagen.«

Mum war entsetzt. »Warum denn das?«

»Weil sie ins Klassenzimmer gepinkelt hat. Die Lehrerin hat sie so lange geschlagen, bis der Stock zerbrochen ist. Und als der Stock kaputt war, waren wir alle froh, aber ein Junge von der Schule neben uns hat ihr einen neuen Stock gebracht, er ist nämlich ihr Lieblingsschüler.«

»Mein Gott.« Mum schlug die Hände vors Gesicht.

»Und, wirst du morgen wieder hingehen?« fragte ich.

»Na klar, was denkst du.« Bea schien durch nichts zu erschüttern.

»Linda sind fünf Windeln gestohlen worden.« Sie sollte ruhig wissen, was sie zu Hause verpaßt hatte. »Mum glaubt, daß es die Henna-Frauen waren.«

»Nein, das ist nicht wahr. Der Wind hat sie wahrscheinlich weggeweht.«

Linda murmelte etwas vor sich hin und gab Mob ein zweites Stück Brot. »Huren«, zischte sie.

KAPITEL ZEHN

Jeden Morgen zog ich meine neue schwarze Hose an und versteckte meine Haare unter einem Hut. Ich hielt Ausschau nach Bilal. Ich wartete unten im Hof und vertrieb mir die Zeit damit, auf den weißen Linien zwischen den Fliesen entlangzubalancieren, vorsichtig einen Fuß vor den anderen setzend, als wäre ich auf einem Drahtseil hoch in der Luft. Gleichzeitig hielt ich Ausschau nach den abhanden gekommenen Windeln. Linda hängte jeden Tag ihre Wäsche auf das Geländer, und egal zu welcher Tages- oder Nachtzeit, jedesmal, wenn sie sie wieder reinholen wollte, fehlte mindestens eine. Ich war sicher, daß ich eine von den Henna-Frauen gesehen hatte, wie sie von der Toilette kam und eine unserer Windeln als Turban auf dem Kopf trug. Bisher war noch keine einzige wiederaufgetaucht.

»Wenn das so weitergeht, fahre ich bald wieder nach Hause«, sagte Linda jedesmal, wenn wieder eine Windel fehlte.

Ich wurde von einem lauten Krach geweckt. Es hörte sich an, als ob jemand mit Händen und Füßen auf eine Holzwand trommelte, vermischt mit einer laut schimpfenden

Frauenstimme. Ich sprang mit einem Satz auf. Linda war nicht in ihrem Bett. Mum setzte sich verschlafen auf, doch als sie den Krach und das Geschrei hörte, war sie im Nu auf den Beinen und rannte im Nachthemd vor die Tür. Ich sah, wie sie über die Galerie rannte, dorthin, wo Linda den Lärm veranstaltete. Sie trommelte mit aller Kraft gegen die verschlossene Tür zum Zimmer der Henna-Frauen – den Windel-Diebinnen. Sie schrie, sie sollten rauskommen. Ayeshas Großmutter erschien vor ihrer Tür. Sie stolperte nach gegenüber, um Mum zu helfen, Linda von der Tür wegzuziehen. Linda klammerte sich laut fluchend am Balkongeländer fest und war nicht zu beruhigen. Da öffnete sich die Tür, und die beiden Frauen kamen heraus. Sie standen entgeistert da in wallenden Seidengewändern und gelöstem Haar.

»Beeil dich, Bea«, rief ich, »komm schnell.«

Vor dem Zimmer gegenüber sah man plötzlich nur noch ein Durcheinander aus wehenden Gewändern und fliegenden Haaren. Unsere Nachbarin, die Frau, deren schönstes Kissen durch einen häßlichen gelben Fleck ruiniert worden war, warf unserer Mutter Schuhe an den Kopf. Schuhe, Früchte, alles, was sie so schnell zu fassen bekam. Ihr Mann stand im Eingang zu ihrem Zimmer und schrie. Ich warf einen Blick übers Geländer nach unten, ob Moulay Idriss schon aus seinem Büro herbeigelaufen kam, aber er schien nicht zu Hause zu sein. Mum schnappte sich eine Orange, die über den Boden rollte und warf sie unserer Nachbarin mit solcher Wucht ans Ohr, daß sie mit einem schmatzenden Geräusch zerplatzte. Für einen Moment war es totenstill.

Ich schlüpfte so schnell ich konnte in meine Hose und rannte hinüber auf die andere Seite. Ich wollte versuchen, das Nachthemd meiner Mutter am Saum zu packen und sie zurück in unser Zimmer zu ziehen. Ich wollte, daß sie endlich still war und Ruhe gab und unser Zimmer nie wieder verlassen würde. Ich rannte so schnell, daß ich stolperte und mir die Knie auf dem Steinboden aufschlug. Ich hockte auf dem Boden und sah nur einen langen Riß in der Hose, quer über dem Knie. Blut sammelte sich in der Wunde. Ich fing an zu schluchzen. Jetzt würde Bilal niemals meine Hose mit dem echten Reißverschluß sehen. Ich rappelte mich hoch, blind vor Selbstmitleid. Auf meiner Stirn wuchs schon eine riesige Beule. Ich wollte nur noch zurück in unser Zimmer und alles vergessen.

Ich sah nur, wie Mum den alten Kocher aus Johns kaputtem Bulli nach draußen zerrte. Sie schaffte es kaum, ihn durch die Tür zu schieben, nach draußen, auf den Balkon. Die Leute rundherum wichen entsetzt vor ihr zurück. Sie versuchte, ihn hochzuheben, um ihn zu werfen. Schließlich gab sie ihm einen solchen Stoß, daß er über den Boden schlitterte. Ihre Hände bluteten. Der Kocher schoß über den Balkon, schrammte an den Wänden entlang und schleuderte hin und her, so daß die Leute sich in den Eingängen zu ihren Zimmern in Sicherheit bringen mußten. Mum kam wie eine Furie hinterher, Blut tropfte von ihren Fingern. Ich hörte mich schreien: »Hör auf! Hör doch auf!« Aber es klang gar nicht wie meine eigene Stimme. Bea kam hinter mir her und schrie irgend etwas auf arabisch. Der Kocher schleuderte immer weiter und schlug mit lautem Krach ab und zu an das Metallgeländer.

Da fühlte ich, wie sich eine Hand auf meine Schulter legte und mich festhielt. Der Arm einer Frau zog mich durch eine Tür in einen hellerleuchteten Raum. Bea und ich kauerten uns hinter einen Berg Kissen an einer mit Teppichen dichtbehängten Wand. Der Raum hallte wider von dem Lärm draußen auf dem Balkon, und die Frau stand in der Mitte des Zimmers und behielt ängstlich die Tür im Auge. Sie war jung und sehr schön, ihr Kaftan war an den Rändern mit Goldfäden bestickt. Ich hatte einmal ihren Mann gesehen, einen reichen Mann, als er vor der Toilette am Treppenabsatz gewartet hatte, daß frei wurde.

»Sie wollen sehen, wie die armen Leute leben«, hatte Ayesha uns erzählt. »Eigentlich haben sie ein großes Haus mit vielen Bediensteten. Aber im Moment leben sie hier.«

Die Frau sah uns freundlich an. Sie kniete auf dem Boden und berührte den ausgefransten Riß in meiner Hose.

»Du sollst sie ausziehen«, übersetzte Bea.

Meine Ohren dröhnten von dem Kampflärm, der von draußen hereindrang. Der Widerhall wurde lauter, dann wieder schwächer, wie in Wellen. Die Frau zog mich hoch und begann vorsichtig, mir meine kostbare Hose auszuziehen. Sie hob jeden Fuß einzeln hoch und streifte die Hosenbeine ab. Ich bewegte mich nicht. Sie setzte mich auf einen Stuhl und wusch meine Wunde mit warmem Wasser und einem weichen Lappen aus. Dann schmierte sie eine rote Salbe darauf, die aussah wie Blut. Ich mußte lachen, es sah wirklich furchterregend aus.

»Kommt mit«, bedeutete sie uns mit einem Blick. Bea und ich folgten ihr in ein kleines Zimmer. Auf einem Bett mit unzähligen Kissen schlief ein Baby. Wir legten uns vorsichtig daneben. Die Frau brachte uns ein Glas Milch und ein paar Stück orangefarbenen Kuchen, der mit Honig gefüllt war, so süß, daß einem der Mund zuklebte. Ich streckte mich auf dem Bett aus und machte die Augen zu. Immer noch tanzten Mums blutüberströmte Hände vor meinen Augen.

Ich wurde durch grelles Sonnenlicht getragen. Ich versuchte, mich loszustrampeln, aber unbekannte Arme hielten mich fest.

»Laß mich runter.« Ich trat um mich, und ein dunkles Gesicht tauchte wie durch einen Nebel vor mir auf. Es lächelte mich an.

»Bilal!« Ich warf die Arme um seinen Hals und klammerte mich ganz fest. Wir waren draußen vor unserem Zimmer. Das Hotel lag in der schläfrigen Mittagshitze da, aus den Zimmern kam der Geruch von Essen. Mum ging dicht hinter uns, sie hielt Bea an der Hand, meine Hose in der anderen.

»Hallo, wie geht's?« sagte sie, als hätte sie mich lange nicht gesehen.

Unser Essen war schon auf einem Tuch auf dem Fußboden ausgebreitet. Bilal setzte mich ab und bewunderte die rotleuchtende Wunde an meinem Knie. »Es tut richtig weh«, sagte ich, obwohl er natürlich wußte, daß es nicht stimmte.

Linda war dabei, Mob zu wickeln.

»Hast du die Windeln wieder?« fragte Bea.

»Nur eine.« Sie zeigte auf ein zerfetztes Stück, das sie in

einem Eimer Wasser einweichte. »Sie haben es als Geschirrtuch benutzt.«

»Sie haben Mobs Windeln gestohlen und sie als Turban getragen«, erzählte ich Bilal.

Er lachte, als ob er die Geschichte schon kannte. Dann fiel mir das Loch in meiner Hose wieder ein. Ich zog sie an und sah traurig auf mein Knie. »Findest du, daß ich wie ein Junge aussehe?«

Bilal wuschelte durch meine Haare. Sie waren kräftiger und länger geworden, wie die Henna-Frauen es versprochen hatten, und sie waren auch nicht mehr so orange wie vorher. Bilal lud sich Brot und Tomatensalat auf den Teller. »Und du bist jetzt ein richtiges Schulmädchen?« fragte er Bea.

Bea nickte.

»Und hätte das Schulmädchen nicht gern ein bißchen Ferien? Ferien am *Barage*?«

»Aber ich habe doch gerade erst angefangen.«

Mum sah sie stirnrunzelnd an. »Sicher möchtest du mit uns ein paar Tage ans Wasser fahren, oder nicht?«

»Ich werde im Unterricht alles verpassen.«

»Vielleicht wird sie ja auch mit dem Stock geschlagen«, warf ich ein, um sie vielleicht umzustimmen.

Bea starrte auf ihren Teller.

»Ich werde es mir überlegen«, sagte sie.

KAPITEL ELF

Wir packten die Lebensmittel, die wir gekauft hatten, in einen Pappkarton. Mehrere Päckchen Reis, Linsen, Tomaten. Einen Weichkäse in einer runden Pappschachtel, Granatäpfel und einen ganzen Berg kleiner Orangen. Mum zog uns für die lange Reise, auf der es sicherlich heiß werden würde, weite, schlabberige Kaftane an.

»Wir frühstücken im Bus«, sagte sie und trieb uns zur Eile an.

Linda hatte eine Arbeit gefunden. Sie schrieb für einen blinden Dichter von der Djemaa El Fna Gedichte auf. Sie und Mob blieben im Hotel. Wir winkten Ayesha zum Abschied zu, der schönen Frau in dem goldbestickten Kaftan und den beiden Windeldiebinnen, die lächelten und winkten, als sei das Leben zu kurz, um nachtragend zu sein.

Bilal trug den Karton mit unserem Essen, oben drauf eine Pfanne, eine Schale und ein scharfes Messer. In seiner Tasche klapperten Tassen und ein Dosenöffner. Mum trug die Reisetasche mit dem Karomuster, die wir uns von Linda geliehen hatten, und Bea und ich hatten jede eine Decke unter dem Arm. Wie eine Karawane zogen wir durch die engen Gassen.

Als unser Bus vom Stadtrand von Marrakesch abfuhr, zog Bilal ein leuchtendgrünes Stück Cord aus der Tasche, strich es sorgfältig glatt und sagte: »Das ist für dein Knie.«

»Aber ich habe die Hose nicht mitgenommen.«

Bilal zeigte auf die Reisetasche und grinste. Er nahm eine Lage seidenes Stickgarn und lieh sich von Mum eine Nadel und eine winzige Schere. Ich lehnte mich an Bilals Arm, während er nähte, und vergaß fast, ab und zu aus dem Fenster zu sehen, wo sich die orangefarbene Landschaft allmählich in Sand verwandelte. Auf dem grünen Stoff erschien nach und nach eine Blume aus grün und blau schimmernden Fäden, ein pinkfarbenes Blatt rollte sich seitlich am Stiel. Während die Stunden vergingen und die Sonne immer heißer auf das Dach unseres Busses knallte, entstand ein Vogel. Man sah ihn von der Seite auf der Blüte sitzen, sich mit seinen winzigen Krallen festhalten und mit geöffnetem Schnabel ein Lied zwitschern. Die Gespräche und das Gelächter der anderen Mitreisenden verstummten, als aus dem Kassettenrecorder des Busfahrers statt der aufgenommenen Gebete eine durchdringende Stimme aus dem Koran las und mit voller Lautstärke durch den Bus dröhnte.

Der Bus hielt mit einem Ruck plötzlich an. Der Fahrer rief den Fahrgästen laut etwas zu und stellte den Motor ab. Wir hielten in einem Ort, in dem alles entweder rot oder grün aussah. Die Straße war eine lange gebogene Reihe rostroter Häuser mit grünen Fensterläden an jedem Fenster und einer Reihe grüner Fliesen, die einmal um den Rand der flachen Dächer lief. Schlaftrunken und mit steifen Beinen kletterten wir aus dem Bus. Man hatte uns offenbar erwartet. Am Straßenrand brieten einige Männer kleine Fleischröllchen über einem Feuer, und die kleinen runden Brote, die es dazu gab, waren noch warm. Es gab hartgekochte Eier, die aus einer zur Spitztüte gedrehten Zeitung mit gesalzenem Kumin bestreut wurden, und fritierte Süßigkeiten aus Orangenblütenwasser. Bilal kaufte für jeden von uns eine heiße Suppe, die in bemalten Tonschalen serviert wurde. Sie wurde aus einem Bottich geschöpft, der über einer kleinen Flamme hing.

»Was ist das?« fragte Mum, als wir am Straßenrand standen und mit Holzlöffeln die dampfende weiße Suppe aßen.

Bilal probierte einen Löffel und strahlte genießerisch. Er gab eine begeisterte Erklärung ab.

»Kutteln«, sagte Mum nur, als er geendet hatte. Aber sie wollte es nicht näher erklären.

Nach dem Mittagessen saßen Bea und ich im Schatten eines der rundgebogenen Häuser und blätterten in ihrem Buch. Sie brachte mir gerade die Tiere bei.

»Was meinst du, welches davon ist eine Kuttel?« fragte ich.

Sie wußte es auch nicht. »Vielleicht ist es auch eine Art Rübe«, meinte sie und zeigte auf ein Tier, dessen Namen ich schon wieder vergessen hatte.

»Helufa«, rief ich triumphierend, als wir zu einem Schwein mit kleinem Ringelschwanz kamen.

Der Busfahrer hatte den Motor angelassen, rief mit seinen zwei Hupen die Fahrgäste zusammen und rumpelte dann langsam los. Alle liefen neben dem Bus her, hingen an den Türen und zogen sich hoch.

»War das die *Barage*?« fragte ich Mum.

»Nein«, sagte sie, »das war nur die Mittagspause.«

Die *Barage* war kein Strand am Meer, sondern ein riesiger See. Wenn man morgens am Ufer stand, bevor die Luft vor Hitze zu flimmern begann, konnte man das andere Ufer erkennen, später war es im Dunst verschwunden, und es sah aus, als gäbe es weit und breit nur Wasser.

Der Busfahrer setzte uns am sandigen Ufer ab, wo ein paar eng zusammenstehende Kiefern etwas Schatten warfen. Wir waren die einzigen, die ausstiegen. Es war später Nachmittag, und der Sand war so heiß, daß er einem die Fußsohlen verbrannte. Wir warfen unser Gepäck unter einen Baum, neben dem fünf weitere im Halbkreis standen, und Mum breitete unsere Tücher und Decken aus. Sie baute eine weiche Schlafkuhle, die groß genug war für uns alle.

Bilal nahm die Pfanne und pfiff vor sich hin. Er drehte sich vom See weg und stapfte durch den Sand davon. An seinem Gürtel baumelte eine große Plastikflasche und eine stoffbezogene Feldflasche. Bea und ich folgten ihm die sanft ansteigende Uferböschung hinauf bis zu einer kühlen Baumreihe. Wir folgten im Gänsemarsch einem schmalen Pfad und atmeten die Luft, die süß nach Kiefern duftete, tief ein. Von Zeit zu Zeit traten wir fest auf und sahen, wie Salamander und Eidechsen davonhuschten und verschwanden. Auf der einen Seite sah man den See blau durch die Bäume schimmern, auf der anderen die Straße, auf der unser Bus weitergefahren war.

Bilal half uns über eine niedrige Mauer, und wir standen

in einem trockenen gelbbraunen Feld voller Schafe. Die Schafe hoben den Kopf und beobachteten uns, als wir durch sie hindurchgingen. Sie zwinkerten und scheuchten dabei die Fliegen, die um ihre Augen krabbelten, und ließen uns nicht aus den Augen. In einer Ecke des Feldes, wo ein paar Palmen Schatten warfen, war eine halbrunde Mauer aus Steinen aufgeschichtet.

»Ein Brunnen«, rief Bea und beugte sich über den Rand. Ihre Stimme hallte tief aus dem Brunnen wider. »Brunnen-nen.«

Von unten kam ein abgestandener, feucht-kühler Geruch. Ich sah einen glänzenden schwarzen Widerschein, als ich in die Tiefe blickte. Seitlich an einem Strick war ein Plastikeimer festgebunden. Bilal ließ ihn in die Tiefe sausen. Stille. Dann ein lautes Klatschen, als er ins Wasser traf. Der Eimer schwamm eine Weile an der Oberfläche und sank dann langsam tiefer. Das Seil straffte sich, und man hörte ein blubberndes Geräusch. Schnell zog Bilal den Eimer hoch. Er stellte die beiden Flaschen und den Topf auf den Boden und füllte sie vorsichtig mit Wasser. Ich kniete auf den Boden, um zu sehen, ob er nicht doch einen Tropfen verschüttete. Wir durften als erste aus seiner Feldflasche trinken. Große, tiefe Schlucke von dem klaren Wasser. Es gurgelte laut in meinem Magen und brachte ihn wie einen Fußball zum Hüpfen. Bilal füllte die Flasche wieder auf. Das übrige Wasser goß er in den Brunnen zurück.

Als wir zurückkamen, war in unserem Lager niemand zu sehen. Wir riefen nach Mum und schirmten unsere Augen gegen die Sonne ab, die schon fast in den See gesunken war. Das Wasser schimmerte goldfarben, und die Stämme der Kiefern warfen lange, dünne Schatten. Ich hörte ein Lachen, und jemand rief uns über die leichte Brise etwas zu. Da war sie, im Wasser, und winkte uns zu.

»Kommt doch herein«, rief sie, als wäre der See ihr Königreich.

Bilal streifte seine Kleider ab und watete in den See. Ein paar Meter von Mum entfernt, tauchte er plötzlich unter und schwamm unter ihr hindurch. Sie gab einen Schrei von sich und kippte um. Bilal kraulte weiter hinaus, bis er fast in der Mitte des Sees war.

»Zieht einfach alles aus«, rief Mum, als ich vorsichtig ins Wasser stakste und dabei das lockere Gummiband meiner Unterhose ängstlich festhielt. Ich setzte mich ganz schnell hin, damit sie nicht rutschte. Ich saß bis zum Hals im Wasser. Mum lachte und drehte sich im Wasser wie eine Meerjungfrau.

Ich blieb dicht am Ufer im Flachen und legte mich auf den Rücken. Auf dem weichen Sand ließ ich mich von den Wellen sanft hin und her schaukeln. Mit einer Hand hielt ich meine Hose fest, die vom Wasser ganz schwer geworden war, mit der freien suchte ich den Grund nach einer Muschel oder einem Stein ab, die groß genug waren, um mich daran festzuhalten, wenn die Wellen mich Richtung See ziehen wollten.

»Soll ich dir zeigen, wie man schwimmt?« fragte Bea.

»Nein, danke«, sagte ich und klammerte mich an einem Büschel Seegras fest.

»Hundepaddeln«, sagte sie und planschte dicht vor mir los, dabei strampelte sie wild mit den Beinen. »Siehst du, ganz einfach. Du hältst die Luft an und machst die Augen zu. Auf die Plätze, fertig, los.«

Nach ein paar Sekunden machte ich die Augen wieder auf. Ich war nur ein paar Zentimeter vorwärts gekommen. Dafür hatte ich rund um mich herum nur Sand und Seegras aufgewühlt.

»Meine Hose!« Ich sprang durchs Wasser hinter ihr her und landete bis zum Hals im Wasser, als ich nach einem dunkelblauen Schatten greifen wollte.

»Mum, meine Hose ist…« Aber sie war weit hinaus zu Bilal geschwommen. Man sah von den beiden nur noch zwei kleine schwarze Punkte vor der untergehenden Sonne.

Ich kämpfte mich zurück ans Ufer, bei jedem Schritt gab der Sand unter meinen Füßen nach.

»Mum«, schrie ich über den See. Ich wußte, daß sie mich nicht hören würde. Tränen, so warm wie das Wasser des Sees, liefen mir übers Gesicht.

Bea hielt ihre blaue Hose hoch, die genausso aussah wie meine. Ich sah sie an. Sie wollte sie mir geben, so tun, als hätte sie meine Hose gefunden. Dabei war es ihre eigene.

Aber dann überlegte sie es sich anders. Sie wickelte die Hose zu einem Ball und warf sie, so weit sie konnte, in den See. Wir sahen ihr hinterher, als sie davongetrieben wurde.

»Tock, tock«, sagte sie.

»Wer ist da?«

»Ist jemand zu Haus?«

»Ja, niemand.«

Wir fielen vor Lachen um und platschten ins Wasser. Und dann ließen wir uns auf dem Bauch von den Wellen schaukeln und überlegten, was wir lieber wären, ein Wasserbaby oder ein Schornsteinfeger. Und wem wir auf keinen Fall unter Wasser begegnen wollten. Mrs. Wiedumirsoichdir. Oder Mrs. Geschiehtdirrecht. Ich dachte, ich würde lieber Tom der Schornsteinfeger sein, der sich in ein Wasserbaby verwandelt hat. Nur unsere Köpfe sahen aus dem Wasser, das jetzt wärmer war als die Luft.

Mum und Bilal tauchten plötzlich hinter uns lautlos aus dem Wasser und erschreckten uns zu Tode.

»Seid ihr bis zur anderen Seite geschwommen?« fragte ich.

»Nein, nur ein Stück am Ufer entlang. Habt ihr den Sonnenuntergang gesehen?«

Ich drehte mich um. Die Sonne war nur noch ein Halbkreis, wie ein riesiger roter Mund, der in den See tauchte. Feine Strahlen färbten eine Wolke darüber rot und zeigten goldleuchtend in den Himmel. Wir standen da, naß und mit den Zähnen klappernd, und sahen, wie die Sonne im See versank und den Himmel freigab für den Mond, der schon den ganzen Nachmittag am Himmel gestanden und auf die Stunde gewartet hatte, in der er endlich auch strahlen durfte.

KAPITEL ZWÖLF

»Bist du schon mal hier gewesen?« fragte ich Bilal, als wir im Schneidersitz um die Asche unseres Feuers von der letzten Nacht saßen und den Saft aus den süßen Orangen schlürften.

Er zeigte auf den See. »Sieh mal, da!«

Ich sprang auf. Ein roter Trecker glitt lautlos über das Wasser. Er hatte vier riesige Räder, die sich wie von Geisterhand drehten, ohne unterzugehen. Jemand saß drin. Ein Mann. Dann sah ich auch eine Frau in einem pinkfarbenen Bikini, die neben ihm saß.

»Werden sie nicht untergehen?« Ich hatte das merkwürdige Fahrzeug bestimmt schon fünf Minuten lang mit klopfendem Herzen beobachtet.

»Es ist aus Plastik«, erklärte Bilal mit einem kurzen gleichgültigen Blick auf den See. »Mit Pedalen.«

Ich rief nach Bea. »Komm schnell! Da ist ein riesiges Tretauto auf dem See.«

Bea stand wie verzaubert da. »Habt ihr gesehen, wo er hergekommen ist?«

Bilal zeigte ein Stück den Strand hinauf, noch weiter als die Stelle, wo der Bus uns abgesetzt hatte. Dort reichte das

Land weit in den See hinein, dann machte es wieder eine Kurve, eine Bucht, die man von uns aus nicht sehen konnte. »Dort ist ein großes Hotel. Mit Booten und einem Swimmingpool.« Seine Stimme klang flach, beinahe gleichgültig. »Ich habe mal einen Sommer da gearbeitet.«

Bea und ich sprangen ihm um den Hals. »Können wir gehen und es ansehen? Bitte! Wirst du mit uns Tretauto fahren?«

Bilal schüttelte uns ab. Ich hatte ihn noch nie so ärgerlich erlebt. »Das ist nichts für uns. Alles Unsinn. Nutzlos.« Er trat nach einem halbverkohlten Stück Holz, daß es nur so über den Strand flog. Bea und ich sahen ihm sehnsüchtig nach. »Hier haben wir alles, was wir brauchen.« Er breitete seine Arme aus. »Alles, was das Herz begehrt.«

Das Tretboot drehte langsam um und fuhr zurück zu dem unsichtbaren Hotel.

Mum räkelte sich unter ihrer Decke. »Ist der Tee schon fertig?«

Bilal zwinkerte uns zu. »Fast, einen Augenblick noch.« Wir halfen ihm, die weiße Asche von der Feuerstelle zu fegen und ein neues Feuer zu machen. Die Plastikflasche war noch halb voll. Bilal goß das Wasser in den Topf. »Für jeden eine Tasse«, sagte er, als ob der Tee schon fertig wäre.

Als das Wasser kochte, warf er eine Handvoll getrocknete Minze hinein. Mum stand auf und kam zu uns ans Feuer. Sie hatte in ihrem blauen Kaftan geschlafen, den Ahmeds Tante ihr geschenkt hatte, als sie ihr das Leben gerettet hatte. Ich kuschelte mich in die weichen Falten, die vom Schlaf noch ganz warm waren. Während wir dasaßen und unseren Tee tranken, ging das Feuer langsam aus, und die Sonne brannte ein heißes Muster auf meinen Rücken.

Ich ging mit Bilal Wasser holen. Ich hätte ihn gern nach dem Hotel gefragt, ob man am Strand entlang dorthin gehen könnte oder ob man es nur vom Wasser aus erreichen konnte. Aber er machte ein so steinernes Gesicht, daß ich nicht zu fragen wagte. Als wir außer Sichtweite unseres Lagers waren, hob Bilal mich auf seine Schultern, damit ich üben konnte, den Topf auf meinem Kopf zu balancieren. Doch als er ihn zum drittenmal aufheben mußte, gab er ihn mir nicht wieder. Wir gingen schweigend weiter.

»Halt dich an meinen Händen fest«, sagte er, als wir am Brunnen angekommen waren.

Ich faßte seine Hände.

»Jetzt zieh den Kopf ein und laß dich nach vorne rollen.«

Ich rührte mich nicht.

»Es ist ein Trick«, flüsterte er, »ein Spezialkunststück.«

Ich hielt die Luft an und beschloß, ihm zu vertrauen. Ich rollte nach vorn ins Leere. Ich spannte mich an, fühlte, wie ich durch die Luft wirbelte, und landete mit beiden Füßen auf dem Boden. Bilal ließ mich los und klatschte in die Hände.

»Das war ein richtiges Kunststück, oder?«

Bilal nickte.

»Kann ich es noch einmal probieren?«

Er hob mich wieder auf seine Schultern. Diesmal machte ich die Augen nicht zu. Kopfüber nach vorne, eine Rolle und sicher auf dem Boden landen. Bilal löste seinen

Griff etwas, so daß sich meine Hände in seinen mitdrehten und meine Arme nicht auskugelten. Beim vierten Mal kam es mir schon ganz leicht vor.

»Jetzt müssen wir nur noch an deiner Geschwindigkeit arbeiten. Du mußt richtig schnell durch die Luft pfeifen.«

»Bin ich diesmal schon gepfiffen?« Ich rieb meine Handgelenke.

»Ja, ganz leise, wie ein Moskito.«

Er warf den Eimer in den Brunnen. Als wir auf das klatschende Geräusch aus der Tiefe horchten, raschelte es hinter uns. Bilal fuhr herum. Vor uns stand ein junger Mann mit sehr blonden Haaren und einem sonnenverbrannten Gesicht. Er begrüßte uns auf arabisch.

»Hallo«, antwortete ich.

Er lachte und kniete sich vor mich hin. »Ihr seid also der fahrende Zirkus, den ich von der Straße aus gesehen habe. Ich dachte, der Mann wollte dich in den Brunnen werfen.« Er sah zu Bilal.

»Ich kann auch singen«, sagte ich.

»Singen? Na, dann mußt du mal zu uns kommen und uns was vorsingen.«

Ich wußte nicht so recht.

»Ich schenke dir auch etwas«, sagte er, um mir Mut zu machen.

»Und was?«

Er dachte kurz nach. »Ein Auto, das man aufzieht, und dann fährt es von ganz allein?«

»In Ordnung.« Ich versuchte, nicht allzu begeistert zu klingen.

»Wo finde ich euch?«

Bilal zeigte auf die Bäume am Strand, unter denen wir unser Lager aufgeschlagen hatten. »Da unten am See.«

»Charlie«, sagte der junge Mann und streckte uns seine Hand entgegen. »Ich werde nachher mal bei euch vorbeischauen.«

»Meine Frau ist Engländerin«, sagte Bilal, als wollte er etwas erklären.

Ich sah ihn streng an. Ich hatte noch nie gehört, daß er Mum seine »Frau« nannte. Ich fragte mich, ob sie geheiratet hatten und vergessen, es uns zu sagen.

»Bii-lal«, sagte ich und zog dabei seinen Namen in die Länge, während wir Hand in Hand zu unserem Lager zurückgingen.

»Ja, was ist?«

»Bin ich dein kleines Mädchen?«

Eine Weile sagte er gar nichts.

»Ja«, antwortete er dann und drückte dabei meine Hand ganz fest.

Bilal zeigte Bea und mir, wie man das Wasser, das wir geholt hatten, kühl halten konnte. Er band die Flasche an einen Stein, so daß sie im Wasser treiben konnte. Wir nahmen die Steine, mit denen wir die Feuerstelle begrenzt hatten, weg und verteilten mit ein paar Zweigen die Asche. Dann ließen wir einige Handvoll Sand darüber rieseln, damit alles wieder sauber aussah. Mum zog eine Leine zwischen den Bäumen und hängte unsere Decken zum Lüften auf.

»Hier könnte Linda sogar ihre eigene private Wäscheleine haben«, sagte sie.

Unter den Bäumen lagen überall kleine Zweige und Holzstücke, die wir schon mal für unser Feuer abends sammelten. Bilal brach die größeren Äste mit dem Fuß in kleine Stücke, während wir ihm Nachschub zusammensuchten.

»Okay«, sagte er, »jetzt haben wir genug.«

Bea und ich liefen hinunter zum See, zogen unsere Kleider aus und ließen uns ins Wasser gleiten. Nur im ersten Moment war es kalt. Wir ließen uns auf dem Rücken treiben, bis auf den Kopf mit dem ganzen Körper im kühlen Wasser. Die Augen hielten wir in dem grellen Sonnenlicht geschlossen.

Als ich den Mund aufmachte, um Bea etwas zu sagen, tropfte etwas von dem schlammigen Wasser hinein. »Wußtest du, daß sie geheiratet haben?« fragte ich. Es sollte halb wie eine Frage, halb wie die neueste Nachricht klingen.

Bea lag ruhig neben mir. »Mum und Bilal?«

»Ja.«

»Wer sagt das?«

»Bilal hat es Charlie gesagt, als wir am Brunnen waren.«

Sie ließ sich auf die Seite rollen und sah mich an. »Lügnerin!« spuckte sie mich an. »Du lügst ja.« Ihre Augen hatten sich in graue, kalte Steine verwandelt.

»Doch. Wir haben einen Mann am Brunnen getroffen. Er heißt Charlie, und er wird mir ein Auto zum Aufziehen schenken.«

Bea hielt ihre Ohren unter Wasser und tat, als könnte sie nichts hören.

»Es ist die Wahrheit, Ehrenwort. Sonst will ich auf der

Stelle tot umfallen.« Mir fiel nichts Besseres ein, was sie überzeugt hätte.

Eine ganze Weile lagen wir nebeneinander so im Wasser. Das Sonnenlicht, das hell durch meine Augenlider schimmerte, machte mich ganz schwindelig.

»Ich hole mir was zu trinken«, sagte ich schließlich. Bea öffnete nicht einmal ein Auge.

Als ich ankam, war unser Lager verlassen. Ich kramte in unserer Kiste nach etwas zu essen und nahm zwei Tomaten und ein Stück Brot. Dann schlüpfte ich zwischen die Decken, die von der Leine bis auf den Boden hingen und wie ein kleines Zelt waren. Ich aß die saftigen Tomaten abwechselnd mit dem Brot, so daß das trockene Brot mit dem Saft eingeweicht wurde.

Ich hörte, wie jemand meinen Namen rief. Mehrere Stimmen, ein paar davon kannte ich, die anderen nicht. Es war dunkel, und die dünnen Decken schlugen im Wind gegen meinen Körper. Ich rollte nach draußen ins Freie. Die Stimmen fluchten und riefen abwechselnd meinen Namen, aber ich konnte niemanden sehen.

»Ich bin hier«, sagte ich, »hier.« Dann stand ich auf und schrie laut: »Ich bin hier. HIER!«

Mum kam unter den Bäumen zu mir gelaufen. Sie packte mich am Arm und schüttelte mich. »Wo hast du denn gesteckt?«

»Ich habe geschlafen«, sagte ich und fing an zu weinen.

Sie gab einen erleichterten Seufzer von sich und nahm mich fest in den Arm, daß sie mich beinahe erstickt hätte. »Wir dachten schon, jemand hätte dich entführt oder so was. Wir haben die Schäfer gefragt, ob sie uns suchen helfen.«

Bilal kam mit zwei Männern. Ihre Hunde sprangen um sie herum, aber bellten nicht. Einer der Schäfer pfiff, und die Hunde streckten sich ruhig auf dem Boden aus. Bea zog nur eine Augenbraue hoch, als sie an mir vorbeiging, um mit den Hunden zu spielen. »Häßlich, gräßlich«, wisperte sie leise.

Die Schäfer aßen mit uns und saßen mit um unser Feuer. Im Schutz der Dunkelheit fütterten wir die Hunde heimlich mit kleinen Stückchen Brot. Sie waren groß und zottelig und wußten, wie sie mit ihren sanften Augen betteln konnten. Ihr Fell war wie eine dicke Matte und völlig verfilzt.

»Vielleicht könnten wir sie mit in den See nehmen und etwas waschen«, meinte Bea.

Unter dem Fell hatten die Hunde überall kleine Beulen, die ich mit den Fingern fühlen konnte.

»Wenn wir ihnen viel zu essen geben, kommen sie bestimmt zurück.«

Die Hunde waren nicht wählerisch. Sie aßen Reis, Karotten, Bohnen und das Innere der Granatäpfel.

Am nächsten Nachmittag waren sie tatsächlich wieder da. Alle drei. Sie streckten sich im Sand aus und wedelten mit den Schwänzen.

»Komm mal her«, rief Bea. Sie hatte auf dem Rücken des größten Hundes eine dicke Beule entdeckt. Wenn man das Fell zur Seite strich, sah man, daß sie dick und dunkelrotviolett angeschwollen war wie eine Heidelbeere. Ich strich mit meinem Finger darüber. Der Hund rührte sich nicht.

»Zecken«, erklärte Bilal. Er beugte sich über den Hund. »Sie saugen sich mit Blut voll.«

»Du meinst, sie sind lebendig?« Ich machte einen Schritt zurück. Wie Läuse, dachte ich, nur noch viel größer.

Bilal fuhr mit der Hand durch das Fell des Hundes, so daß man ganze Kolonien von dicken violetten Beulen erkennen konnte.

Bea starrte auf die traurigen Augen des Hundes. »Können wir sie nicht wegmachen?« fragte sie.

Bilal schüttelte den Kopf. »Das wäre für den Hund noch viel schlimmer. Wenn man versucht, sie herauszuziehen, bleiben ihre Beine drin, und es wächst eine neue Zecke.«

Wir waren entsetzt.

»Die einzige Möglichkeit ist«, Bilal nahm eine Zigarette und steckte sie an, »sie zu verbrennen.«

Ich war sicher, daß ich einen kleinen Schrei gehört hatte, als die Zecke ihre Beine einzog und wie eine kleine graue Kugel in den Sand fiel. Der Hund blieb dabei ruhig liegen, die Schnauze auf den Pfoten. Als hätte er verstanden, daß wir ihm helfen wollten. Bilal gab uns die Zigarette und eine Schachtel Streichhölzer. Wir arbeiteten den ganzen Nachmittag weiter, spürten die Blutsauger auf und sahen zu, wie sie tot in den Sand fielen. Wir hatten längst nicht alle erwischt, als wir die lauten Pfiffe der Schäfer hörten. Die Hunde stellten die Ohren auf, sprangen auf und trotteten unter den Bäumen davon.

Am nächsten Nachmittag waren die Hunde wieder da. Wir belohnten sie mit Brot und Kichererbsensalat, den wir extra vom Mittagessen übriggelassen hatten. Sobald sie alles aufgefressen hatten, machten wir uns an die Arbeit. Es war nur noch ein Hund übrig, der noch voller Zecken saß.

»Gleich haben wir es geschafft.« Ich hüpfte auf einem Bein herum, als Bea die nächste Zigarette anzündete, daß die Spitze rot aufglühte. Ich wuschelte dem Hund, den wir zuerst behandelt hatten, durchs Fell, als er sich zum Schlafen ausgestreckt hatte und nur seine Augenbrauen zuckten. Als ich mit der Hand durch sein dichtes Fell fuhr, fühlte ich an seinem Hals wieder etwas Dickes. Ich untersuchte sein Fell. Überall fand ich neue Spuren von Zecken, sie waren noch nicht so rot und dick, aber sie wurden schon wieder größer.

»Bilal!« schrie ich so laut, daß er erschrocken halbnackt von seinem Mittagsschlaf aufsprang und angerannt kam. »Er hat schon wieder neue Zecken«, schluchzte ich und zeigte auf den Hund.

Doch Bilal sagte nur: »Wenn sie sich im Gras wälzen, springen die Zecken wieder in ihr Fell, dagegen kann man nichts machen.«

»Wälz dich nicht im Gras«, drohte Bea mit erhobenem Zeigefinger. Der Hund wedelte träge mit dem Schwanz.

Jeden Tag, wenn die Hunde zum »Schnorren«, wie Mum es nannte, zu uns kamen, versuchten Bea und ich, die Zecken mit der restlichen Zigarette, die Bea in einem zusammengefalteten Taschentuch aufbewahrte, in Schach zu halten. Ich machte mir im stillen Sorgen, daß wir sie nie richtig heilen würden. Unsere Vorräte wurden langsam knapp, und Mum paßte auf wie ein Luchs, daß wir nicht den Hunden heimlich etwas zusteckten. Und ohne Belohnung würden die Hunde sicher bald die Geduld verlieren und nicht mehr wiederkommen. Dann würden die Zecken ihnen alles Blut aussaugen, und sie müßten sterben.

KAPITEL DREIZEHN

Jetzt waren immer einige Tretboote auf dem See, und abends wurde es so kalt, daß wir uns in eine Decke wickelten und warteten, bis das Essen fertig war. Mum kochte eine Suppe aus Kartoffeln und etwas Reis und Linsen.

»Nicht schon wieder Suppe«, maulten wir wie jeden Abend. Wir kauften von einer Schäfersfrau Brot, das sie jeden Morgen in aller Frühe backte. Sie gab uns auch Ziegenmilch in einer Feldflasche, aber Bea und ich weigerten uns, sie zu trinken. Unsere Essenskiste war fast leer. Kein Honig mehr, keine Orangen. Nur noch Päckchen mit getrockneten Sachen. Deshalb, meinte Mum, sollten wir die Milch trinken.

Eines Morgens wachte ich später auf als sonst, und Bilal war verschwunden.

»Ist er ohne mich zum Brunnen gegangen?«

Mum antwortete nicht. Sie saß im Schneidersitz mit geradem Rücken da und hatte die Augen geschlossen.

»Sie meditiert«, erklärte Bea.

»Oh.«

»Erinnerst du dich nicht mehr? Als wir noch in England waren, hat sie auch manchmal meditiert.«

Ich schüttelte den Kopf. Am Strand? fragte ich mich.

»Wo ist Bilal?«

Mums Augenlider zuckten ärgerlich, und Bea flüsterte mir zu: »Er versucht, etwas zu essen zu beschaffen.«

»Woher?«

»Ich weiß auch nicht.«

Unsere Augen wanderten in die Richtung des großen Hotels, von wo die Tretboote immer kamen. Wir wußten, daß es weit weg sein mußte. Zweimal waren wir zu einer heimlichen Expedition gestartet, um es zu finden. Wir waren immer am Ufer entlanggegangen, immer in der Hoffnung, es würde hinter der nächsten Biegung in all seiner Pracht auftauchen. Aber jedesmal war Stunde um Stunde vergangen, und die Sonne war allmählich untergegangen, so daß wir umkehren mußten, ohne auch nur einen Zipfel davon gesehen zu haben.

Wir warteten den ganzen Tag auf Bilals Rückkehr. Wir wagten nicht einmal, im See baden zu gehen. Am Nachmittag, als die Hitze ihren Höhepunkt erreicht hatte, bauten wir aus den Decken ein Lager und hielten abwechselnd Wache. Ich hielt nach allen Richtungen nach Bilal Ausschau, aber am meisten sah ich in die Richtung, in der das Hotel liegen sollte.

Der Himmel hatte schon eine staubig rote Farbe angenommen, als ich am Ufer einen schmalen schwarzen Schatten aus der Biegung auftauchen sah. Es war Bilal. Er ging mit den Füßen im flachen Wasser. Als er näher kam, sah ich, daß er einen Baumwollsack über der Schulter trug. Bei jedem Schritt schwang er gegen seine Hüften. Wir rannten ihm entgegen.

»Sardinen«, rief er, als er uns kommen sah. Er nahm ein paar silberne Dosen aus dem Beutel und jonglierte im Laufen mit ihnen.

»Sardinen ... und sonst nichts?« Mum versuchte, ihre Enttäuschung nicht zu zeigen.

Bilal leerte die Tasche. Die Dosen fielen wie Silbermünzen in den Sand. Siebenundzwanzig waren es im ganzen. Siebenundzwanzig Dosen mit Sardinen. Bilal öffnete eine mit seinem Messer, fischte eine kleine silbrige Sardine heraus. »Schmeckt wunderbar«, sagte er und grinste, als ihm das Öl übers Kinn lief. Wir tauchten unsere Finger in die Dose und nahmen uns jeder ein Stück von dem dicht zusammengepreßten Fisch. Es schmeckte scharf und salzig und triefte vor Öl. Sogar Mum gab zu, daß es hervorragend schmeckte.

Wir saßen um unser Feuer, und jeder hatte einen Teller mit Sardinen und kleingeschnittenen Tomaten vor sich. Es herrschte eine genießerische Stille, als wir alle an unserem ersten Bissen kauten.

»Hier seid ihr also.«

Ein Mann stand außerhalb des Feuerscheins, man sah nur seine ausgeblichenen Haare, die rotleuchtende Nase und Wangen.

»Hallo, Charlie«, sagte ich mit meinem Mund voller Sardinen.

Er trat einen Schritt näher zu uns. Er streckte Mum seine Hand hin. »Sie müssen die englische Ehefrau sein?«

Mum lachte und warf Bilal einen kurzen Blick zu. »Nun, nicht ganz ...«

Bea gab mir mit ihren spitzen Ellenbogen einen Rippenstoß. »Siehst du.«

Charlie setzte sich und sah auf unseren Sardinenteller.

»Heute abend können wir dir sogar was zu essen anbieten«, meinte Mum.

Charlie grinste. »Sardinen.« Er sah aus, als ob er wüßte, woher sie kamen. »Ja, gern.«

Ich wartete, bis Charlie seinen ersten Bissen gegessen hatte, und stieß ihn heimlich an. »Hast du mein Auto mitgebracht?«

Er wühlte tief in den Taschen seiner Shorts. »Da ist es.« Es paßte genau in seine Handfläche und war ungefähr so groß wie eine Maus. Charlie drehte den winzigen Schlüssel, bis es ganz aufgezogen war, dann ließ er es rasselnd über seinen Arm fahren, bis es am Rand abstürzte und mit surrenden Rädern auf dem Rücken im Sand landete. Ich wollte danach greifen, aber Charlie hielt meine Hand fest.

»Ich dachte, du wolltest ein Lied für mich singen.«

Er sah mich erwartungsvoll an. Bei all den Wanderungen zum Brunnen, den vielen Übungen mit meinem Kunststück und den drei Hunden, die wir von ihren Zecken befreien mußten, war keine Zeit geblieben, für Charlie ein Lied einzuüben. Ich sah das Spielzeugauto an und dann die vier erwartungsvollen Gesichter, die um das Feuer saßen. Alle warteten auf mein Lied. Ich stand zögernd auf und schloß die Augen. Ich kannte doch überhaupt keine Lieder. Ich hatte doch nie welche gelernt. Ich wußte nur, daß ich das Auto haben wollte. Also öffnete ich den Mund und stieß einen heulenden Gesang aus. Es war eine schlechte Imitation von Ahmeds traurigen Liedern. Es hatte keinen richtigen Anfang und kein richtiges Ende. Ich erfand noch ein Wort dazu. Einen Tiernamen aus Beas Schulbuch. Ich machte vorsichtig ein Auge auf und sah nur Charlies lächelnden Mund. Da wurde ich etwas mutiger und ließ meine Stimme in Wellen lauter und leiser werden. Ich streute ein paar englische Wörter ein, alles, was mir gerade in den Kopf kam. »Haarspange«, jaulte ich, dann »Marzipan«. Dann alle Laute, die für mich wie Lieder klangen: Wie der Wasserhändler »L-ma« durch die Stadt sang und dabei seine Becher klappern ließ. Wie die Kinder auf dem Marktplatz bettelten: »Coca-Cola, Coca-Cola«. Dann das Türglöckchen von Mrs. Maynards Süßigkeitenladen zu Hause in Turnbridge Wells. Ich beendete mein Lied mit »Helufa, helufa, helufa«, in das sich begeisterter Applaus mischte. Charlie drückte das Auto in meine Hand.

Ich zog es vorsichtig auf und setzte es auf den Boden. Die kleinen Räder kämpften sich durch die Kiefernnadeln und Kieselsteine, aber es kam doch ein paar Zentimeter vorwärts. Ich dachte, wie gut es auf der glatten Steinterrasse vom Hotel Moulay Idriss fahren würde. »Danke«, sagte ich und knotete es sorgfältig in den Saum meines Kaftans.

KAPITEL VIERZEHN

Als wir immer noch fünf Sardinendosen übrig hatten, trugen Bea und ich sie an den See und warfen sie in hohem Bogen hinein.

»Und was werden wir jetzt machen?« fragte ich und sah in unsere leere Vorratskiste. Mum und Bilal schliefen in unserem Wäscheleinezelt. Es war mitten am Nachmittag. »Wir könnten Charlie besuchen«, schlug ich vor. »Ich glaube, er wohnt irgendwo in der Nähe des Brunnens.«

Wir schlichen uns durch die Bäume davon. Die Hunde liefen uns nach, über die Straße, bis zum Brunnen. Wir hatten unsere Jagd nach Zecken irgendwann aufgegeben, und wir hatten schon seit Tagen kein Essen mehr gehabt, das wir ihnen geben konnten. Trotzdem kamen sie immer noch jeden Nachmittag und besuchten uns. Wir hockten uns neben den Brunnen und warteten auf Charlie, ohne sicher zu sein, ob er überhaupt kommen würde.

»Sind wir eigentlich schon lange hier?« fragte ich Bea.

»Wo?«

»Hier am See.«

»Ich glaube schon.« Sie spritzte sich Wasser aus dem Plastikeimer ins Gesicht.

»Wenn wir wieder zurückfahren, wirst du dann wieder in die Schule gehen?«

»Vielleicht ja«, sagte sie.

»Was wünschst du dir am meisten in der ganzen Welt?«

Bea machte die Augen zu. Kleine Wassertropfen glitzerten an ihren Wimpern. »Kartoffelbrei...«, sagte sie, »und ein Mars.«

Ich warf den Hunden Stöckchen hin. Sie lagen auf der Seite und ließen zu, daß sich die Fliegen auf ihren Lefzen niederließen. »Los, hol den Stock. Guter Hund, hol ihn.« Sie sahen mich nur mit ihren schläfrigen Augen an.

»Sie sind doch nicht blöd«, sagte Bea.

Ich reckte mich nach einem anderen Stock. Etwas raschelte neben meiner Hand. Ich zog sie schnell zurück und sah gerade noch einen wütenden Skorpion auf seinen dünnen, messerscharfen Beinen auf mich zurennen. Er hatte Gift in seinem Schwanz, und seine Arme waren kräftig wie Eisen. »Ein Biß von einem Skorpion und du bist innerhalb von drei Stunden tot«, hatte ich jemanden sagen hören. »Und wenn du nicht spätestens nach einer Stunde ins Krankenhaus kommst...« Ich war wie gelähmt vor Angst. Was, wenn es in der Nähe des Sees keine Krankenhäuser gab? Ich spürte schon den Stachel des Skorpions durch meine dünne Plastiksandale stechen. Er glitt wie ein Blitz über den Sand und verschwand im letzten Moment unter einem Stein.

Ich schnappte nach Luft. »Hast du ihn gesehen?«

»Was? Was soll ich sehen?«

»Ein Skorpion.« Ich zeigte auf die Stelle, wo er verschwunden war, und meine Hand zitterte immer noch.

»Wahrscheinlich war es eine Eidechse.« Bea nahm einen Stock und wollte den Stein anheben.

»Nicht«, flehte ich, »mach das nicht.«

»Stell dich hinter mich«, befahl sie. »Und wenn er rauskommt, laufen wir weg.«

Ich dachte an den Mann, der uns in der Mellah besucht hatte. Er ließ sechs Skorpione über seine Hand laufen, als wäre es Wasser. Dann verschloß er sie wieder in seiner Kiste und bat um Geld. Mum meinte, er hätte bestimmt etwas mit ihnen gemacht, ihnen die Stacheln herausgezogen oder so etwas, aber sie hatte ihm trotzdem etwas Geld gegeben. Der Skorpion-Mann. Als ich einmal einen toten Skorpion in unserem Garten gefunden hatte, hatte Akari ihn mit zwei Steinen zerquetscht und vor unsere Tür gelegt. »Das wird andere Skorpione abschrecken«, sagte er, »daß sie nicht ins Haus kommen.« Wie ein Zauberspruch.

Bea drehte den Stein um. Als er zur Seite fiel, ergoß sich ein wimmelndes Nest über den Boden und breitete sich wie ein züngelndes Feuer überall aus, kleine Schwänze zuckten im Licht. Bea griff nach meiner Hand, und wir rannten weg. Unsere Füße berührten kaum den Boden, und mein Herz klopfte so laut, daß mir die Ohren dröhnten. Wir rannten über das Feld mit den Schafen und über die Straße. Wir rannten, bis wir den Brunnen nicht mehr sehen konnten. Als wir anhielten, hatte ich Seitenstechen und bemerkte, daß wir die Hunde zurückgelassen hatten. Bea pfiff laut auf ihren Fingern, aber sie kamen nicht.

Um nicht wieder zu rennen und uns zu beruhigen, gingen wir mit großen Schritten und zählten dabei: Und eins und zwei und drei und vier und vorwärtsrückwärtsseitwärtsran und eins und zwei ... Bis wir wieder ruhig und gleichmäßig atmen konnten.

Wir verließen die Straße und gingen weiter Richtung See. An dieser Stelle gab es keinen Strand, nur einen Streifen Steine, durch die das Wasser gluckerte und gurgelte. Es war ein beruhigendes Geräusch, wenn es ans Ufer spülte und wieder ablief. Wir saßen am Ufer und warfen Steine ins Wasser. Wir beobachteten, wie die Sonne langsam tiefer sank, und versuchten zu erkennen, wie sie sich bewegte. Manchmal sah es so aus, als würde nicht die Sonne tiefer gehen, sondern als ob der See anstieg, um ihr entgegenzukommen.

Als wir uns auf den Rückweg machten, war der Himmel schon mit goldenen, pinkfarbenen und grünen Streifen überzogen, und wir wußten, daß es im nächsten Augenblick ganz dunkel sein würde. Bea erzählte mir von Missis Piggin und den vierzig Räubern. Das war eine Geschichte über mich, die sich Bea ausgedacht hatte. Ich war Missis Piggin und Bea, das war von Anfang an klar gewesen, war die vierzig Räuber.

Mum hielt uns mit ausgestrecktem Arm von sich und schüttelte uns. »Wo zum Teufel seid ihr gewesen?«

Ich konnte sehen, wie ihre weißen Zähne in der Dunkelheit leuchteten. Die silbernen Armreifen, die sie am Handgelenk trug, schnitten in meine Haut. Ich sah immer noch das Skorpionnest vor mir und dachte, daß das alles schon eine Ewigkeit her sein mußte.

»Ein Mann mit einem Messer hat uns verfolgt«, sagte

Bea mit einem unheimlichen Flüstern. Mum lockerte ihren Griff.

»Wir haben uns versteckt, bis es dunkel war. Wir haben uns hinter einem Baum versteckt.«

Mum fiel vor Schreck beinahe um. »Mein Gott!« sagte sie und umarmte uns beide so fest, daß ich kaum noch Luft bekam. »Bitte, bitte, lauft nicht mehr alleine weg.« Sie wandte sich zu Bea und sah ihr fest in die Augen. »Ich sage dir das, weil du die ältere bist.« Ihre Stimme wurde ganz ernst. »Es gibt auch manchmal Menschen, die gefährlich sind. Dieses Mal habt ihr noch Glück gehabt, aber ihr müßt mir versprechen, daß ihr vorsichtig seid.«

»Ich verspreche es«, sagte Bea feierlich.

»Ich verspreche es auch«, schwor ich, obwohl ich ja eigentlich nicht angesprochen war.

KAPITEL FÜNFZEHN

Schon als wir die staubigen Fliesenstufen im Hotel Moulay Idriss hinaufgingen, hörten wir Mobs vertrautes Geschrei. Es war niemand zu sehen, weder im Hof noch auf der Terrasse, aber in der Luft hing der schwere Geruch von frischem Koriander und dampfendem Couscous – Bea und ich fanden immer, daß »Kußkuß« ein lustiger Name für ein Essen war, so etwas gab es in England nicht. Gedämpftes Gemurmel und leises Klappern von Geschirr kam aus den geöffneten Zimmern. In unserem Zimmer brannte etwas. Linda stand über die *mijmar* gebeugt, und der ganze Raum war voller Rauch.

»Gott sei Dank, ihr seid wieder da.« Sie war den Tränen nahe, als sie uns begrüßte. »Ich habe mir solche Sorgen gemacht.«

Mobs Geschrei übertönte alles. Mum nahm sie hoch und lachte überrascht. »Und was ist mit dir passiert?« fragte sie und schaukelte sie auf ihrem Arm hin und her.

»Wir hatten keine Trockenbabynahrung mehr«, erklärte Linda. »Und anscheinend mag sie nichts anderes.«

Mob war nicht mehr das runde rosige Baby, sie hatte sich in ein dünnes braunes Kind verwandelt. Nur an den ständig leicht verwirrt guckenden Augen konnte man sie wiedererkennen.

»Außerdem«, Linda setzte sich auf eine Matratze, »ist uns das Geld ausgegangen.«

»Was ist mit deinem Job?«

»Es stellte sich heraus, daß er nur zehn Gedichte im Kopf hatte, also gab es nicht viel für mich zu schreiben.«

»Konnte er sich nicht noch ein paar mehr ausdenken?«

»Das habe ich ihm auch vorgeschlagen.« Mum und Linda fingen an zu kichern. »Aber offensichtlich nicht.«

Mum holte ihre Briefe vom Postamt ab und das Geld, das bei der Bank angekommen war, und wir gingen alle zum Essen in unser altes Café auf der Djemaa El Fna. Der Ober, der Koch und der Besitzer, alle begrüßten uns, als wären wir eine Ewigkeit weggewesen. Wir nahmen einen Tisch direkt in einer Ecke des Platzes, halb in der Sonne und halb im Schatten.

Mum hatte ihr Biba-Kleid angezogen, und ihre Augen strahlten. »Bestellt euch, was ihr wollt«, verkündete sie.

»Fanta, bitte«, sang ich jedesmal, wenn der Ober an unserem Tisch vorbeikam. »Fanta, bitte.«

Wir aßen marokkanischen Salat und eine Hühnchen*tajine,* die fast so groß war wie der Tisch und mit der typischen Haube, die aussah wie ein umgedrehter Blumentopf, abgedeckt war.

Während wir aßen, blätterte Mum in ihren Briefen. »Meine Mutter betet, daß wir alle heil und gesund zu Weihnachten wieder zu Hause in England sein werden«, las sie vor.

»Weihnachten? Gibt es hier auch Weihnachten?«

»Und sie hofft, daß die Kinder auch immer ihre Zähne putzen.« Sie runzelte die Stirn. Unsere einzige Tube Zahnpasta hatten wir schon in der ersten Woche aufgebraucht, und das war im Frühling, als wir noch in der Mellah gewohnt hatten. Meine Fanta gluckerte durch den Strohhalm.

»John und Maretta erwarten ein Baby.« Sie drehte sich zu Linda.

»Ein Baby? Haben sie nicht schon eins, ein kleines Mädchen?«

»Ja.« Mum senkte ihre Stimme. »Aber sie wurde in Pflege gegeben.«

Linda seufzte. »Ja, ich erinnere mich.«

»Was ist Pflege?«

Mum faltete den Brief zusammen und schob ihn wieder in den Umschlag. »Das ist jetzt aber genug Fanta für heute«, sagte sie.

»Wenn Mob jetzt nicht mehr so schwer ist, kann ich sie doch auf meinem Rücken tragen, oder?« fragte Bea schnell und schlürfte ihre restliche Fanta aus der Flasche, bevor ein ernstes Verbot ausgesprochen werden konnte.

Linda löste ihren Schal und band Mob eng auf Beas Rücken. »Geht nicht zu weit weg«, rief sie hinter uns her, als wir uns durch die Menschen auf dem Markt drängten, um nach Khadija und den anderen Bettelmädchen zu suchen.

Wir sahen den Gnaoua zu, die wie Russen zu ihren Messingklappern und Trommeln tanzten. Mob starrte gebannt über Beas Schultern auf die tanzenden Männer, die in die Hocke gingen und ihre Beine in die Luft warfen.

»Da ist der Verrückte«, flüsterte Bea und zeigte auf eine schmutzige, zerlumpte Gestalt, die am Rand des Zuschauerkreises einen wilden Tanz vollführte. »Ich habe ihn schon mal gesehen.«

In dem Moment machte der Verrückte einen irren Sprung, stolperte und fiel auf den Rücken. Dabei zerriß seine ohnehin schon zerfetzte Dschellabah, und er lag halbnackt auf dem Boden. Die Zuschauer kicherten. Der Verrückte kam schnell wieder auf die Beine, raffte seine Dschellabah zusammen und war schon wieder in seinen Tanz versunken.

Als die Musik eine Pause machte, boten ihm die Gnaoua etwas zu trinken an. Er grinste, plapperte auf seine neuen Freunde ein und versuchte, sie zu umarmen. Sie lächelten freundlich zurück. Neben seinem staubigen Gesicht schimmerte ihre Haut beinahe blauschwarz.

Die Trommlermädchen riefen uns etwas zu, als wir vorbeigingen. Sie sprangen von ihren bunten Trommeln auf und umringten uns wie Schmetterlinge in ihren bunten Kaftanen. Sie banden Mob von Beas Rücken los und ließen sie zwischen den Trommeln krabbeln, dabei spielten sie ihr etwas vor. Die Trommlermädchen hatten bunte Kordeln in ihre Zöpfe eingeflochten. An ihren großen farbigen Plastikohrringen hingen viele bunte Perlen. Sie drückten uns die Trommeln, die wir am meisten bewunderten, in die Hände, und bevor wir es verhindern konnten, hatte Mob ihre auf den Steinboden fallen lassen, so daß sie in tausend Scherben zersprang. Mob stopfte sich die Tonscherben eine nach der anderen in den Mund. Eines der Mädchen, das auch so ein kleines Baby hatte, schüttelte Mob, bis sie die Scherben aus ihren Händen und dem Mund fallen gelassen hatte. Dann half sie uns, die Kleine wieder auf Beas Rücken zu binden. An dem Blick, den Bea mir zuwarf, konnte ich sehen, daß sie Mobs Benehmen unmöglich fand.

»Sie hören nicht auf, den Kindern Sachen zu schenken«, sagte Mum gerade zu Linda, »und dabei sind sie selbst so arm.«

»Ärmer als Khadijas Mutter?« fragte ich.

Aber sie murmelte nur ungläubig vor sich hin. »Nichts, sie selbst haben nichts, und dann geben sie auch noch ihre Trommeln weg...« Als ob sie dieses Rätsel mit beschwörenden Worten lösen könnte.

Wir hielten unsere Trommeln ganz fest, als wir zwischen den Obstständen hindurchgingen. Wassermelonen, Orangen, Kaktusfeigen, die gefährlich zu essen waren. Wir kamen an den Frauen am Eingang des Marktes vorbei, die wie Schiedsrichter in ihren Ständen thronten und Brot verkauften. Einige hatten runde weiße Brote, andere fast schwarze. Eine alte Frau hockte hinter einem kleinen Stapel aus sechs Orangen. Wir sahen, wie sie eine verkaufte, die Münzen sorgfältig in ihre Dschellabah steckte und sich dann wieder zu den restlichen fünf Orangen setzte und geduldig auf den nächsten Käufer wartete.

»Was machen sie wohl, wenn sie einmal gar nichts verkaufen?« fragte ich Bea, als wir an einem Mann vorbeigingen, der neben einer Kiste mit Paprika saß und döste.

»Dann essen sie eben alles selbst«, meinte sie.

Khadija, Zara und Saida waren gerade dabei, wieder einen Touristen zu verfolgen. »Tourist, Tourist«, kreischten sie. Wir sahen, wie ein Mann dem Wasserverkäufer einen Becher Wasser abkaufte und eine Frau mit einem blauen Kleid ihn dabei fotografierte. »Tourist, Tourist«, sangen sie wieder und streckten bettelnd ihre Hände aus.

»Tourist«, versuchte ich leise, aber meine frisch gewaschene Hose mit dem Flicken von Bilal, der auf meinem Knie prangte, hielt mich davon ab mitzumachen.

»Waa Khadija«, riefen wir. »Waa Saida, waa waa Zara.« Und sie kamen angerannt und ließen die Touristen ungestört in ihr Hotel entkommen. Wir hockten uns im Kreis zusammen, um uns zu erzählen, was es Neues gab. Mob starrte auf die schwarzen Augen von Khadijas kleiner Schwester, während ihr Kopf gegen Beas Schulter rutschte. Saida untersuchte Bilals Flicken. Saida war kleiner als ich und viel dünner, mit riesigen schwarzen Augen und glatten, glänzenden Haaren. Sie begann an dem Flicken zu zupfen, und als er nicht abging, hielt sie ihre Hand auf. Ich sollte ihr den Flicken geben. Aber ich schüttelte so heftig meinen Kopf, daß sie von mir abrückte.

Als ich abends auf Bilals Knien saß und um ein Stück *Majoun* bettelte, fragte ich: »Kann ich meine Hose behalten und sie nur anziehen, wenn wir in England sind?«

»Wenn sie dir dann noch paßt«, sagte Bea.

»Ja, natürlich«, stimmte Mum zu und bestellte einen neuen Becher Pfefferminztee.

Der Platz wurde von den Hunderten von kleinen Lampen erleuchtet, die rundherum an den Ständen brannten.

Bei Sonnenuntergang wurden sie angezündet und hingen reihenweise über einem, wenn man zwischen den Ständen entlangspazierte, um sich auszusuchen, wo man an diesem Abend essen wollte. Es gab Stände, mit Schafsköpfen geschmückt, wo Kebabfleisch an langen Spießen gegrillt wurde. An anderen Ständen aß man Schnecken, die mit einem dünnen Draht aus ihren Häusern gepult wurden. In riesigen Töpfen dampfte *Harira,* eine Suppe, die es immer nur abends gab. Ganze Reihen von Ständen verkauften nichts anderes als gebratenes Fleisch, andere nur Spinat in Öl und dicht mit Oliven belegt wie ein Kuchen. Jeder Stand hatte seine eigene Lampe, manchmal auch zwei, und an drei Seiten rundherum Metallbänke, auf denen man sitzen und essen konnte. Einzelne Frauen hockten in dem Gewirr von Ständen und Gassen auf dem Boden und verkauften Eier, die sie unter ihren Röcken hervorholten.

Ich lehnte mich an Bilals Schulter. »Wenn wir in England wohnen«, sagte ich, in Gedanken immer noch bei einem ganz anderen Leben, »wirst du auch mitkommen?«

Bilal schloß die Augen und summte ein Lied von Om Kalsoum mit, das aus dem Radio in einem der Cafés ertönte.

»Morgen«, sagte Mum, als der Gesang geendet hatte, »wird Bilal wieder mit dem Hadaoui arbeiten.«

»Hier? Auf der Djemaa El Fna?«

»Ja, für ein, zwei Tage. Und danach auch in anderen Städten.«

»Auch in Casablanca?«

»Ja, da auch.«

»Kann ich wieder das Blumenmädchen sein?«

Bilal nickte, immer noch mit geschlossenen Augen.

»Und Bea? Kann sie auch Blumenmädchen sein?«

»Ich bin dann wahrscheinlich in der Schule«, sagte Bea. »Ab morgen«, verkündete sie und setzte sich ganz gerade, »gehe ich wieder in die Schule.«

»Aber sind deine Sachen denn auch fertig?«

»Ja«, sagte sie, »ich habe sie heute nachmittag gewaschen und zum Trocknen aufgehängt.«

»Das heißt, wenn sie nicht geklaut wurden«, murmelte Linda.

KAPITEL SECHZEHN

Hand in Hand mit Ayesha war Bea die Treppe im Hotel Moulay Idriss hinunter verschwunden. Die Henna-Frauen hatten keine Verwendung für ihre weiße Schuluniform gehabt. Sie kamen über den Gang zu uns und strichen mir durchs Haar, das mir jetzt schon halb auf den Rücken reichte. Sie setzten sich zu mir und Mob auf unsere Türschwelle und erzählten uns etwas, während Mum drinnen ihre Morgenmeditation machte. Linda kam nicht heraus, weil sie mit den Henna-Frauen immer noch nicht Frieden geschlossen hatte. Ich wünschte, die Henna-Frauen würden mit zur Djemaa El Fna kommen und Bilal bei seinen magischen Kunststücken sehen, aber die beiden verließen nie das Hotel. Sie verließen nicht einmal die Etage, ruhten sich die ganze Zeit mit gelösten Haaren, in ihren abgetragenen *Babouches* und ihren Kaftans, die sie statt Nachthemd trugen, aus. Sie hatten Freunde, die manchmal zu Besuch kamen. Männer, die in ihren stillen, parfümschweren Hinterzimmern verschwanden und manchmal ganze Nachmittage lang rauchend und teetrinkend vor ihrer Tür saßen, während die Henna-Frauen erhaben über sie hinweglächelten wie zwei stolze Mütter.

»Hast du gemerkt, daß sie nicht klauen, wenn ein Mann im Haus ist«, hatte Linda gesagt. Es war an dem Morgen, nachdem Bilal weggegangen war, um mit dem Hadaoui zu arbeiten, und wieder eine Windel verschwunden war.

Eine Woche lang war der Hadaoui jeden Nachmittag, umringt von einem riesigen Kreis Zuschauer, auf dem Platz aufgetreten. Alle kamen, um ihn zu sehen. Akari, unser früherer Vermieter, Moulay Idriss, die Trommlermädchen, einige Tänzer von den Gnaoua und der Verrückte. Sogar Bea war immer sofort nach der Schule gekommen.

Khadija und ich beobachteten den Hadaoui, wie er fast bewegungslos in der Mitte des Teppichs hockte und nur sein violetter Turban ein wenig nickte, wenn er den Rauch in Ringen aus seiner Pfeife blies. Wir lungerten am Rand des Teppichs, bis unser Einsatz kam. Bilal hatte alle Tauben aus der Kiste geholt und bahnte sich lästernd und zeternd seinen Weg durch die Zuschauer, bis der Hadaoui schließlich den Kopf hob und »Umwi, Umwi« rief und die Zuschauer sich vor Lachen bogen, daß so ein alter Mann nach seiner »Mama« rief.

»Umwi, Umwi«, rief ich, aber Mum war gerade in ihr Gespräch mit einer der Gnaoua-Frauen vertieft und sah nicht einmal auf.

Die Gnaoua-Frauen sahen genauso aus wie ihre Männer, groß und schlank. Ihre Gesichter hielten sie hinter einem Schleier verborgen. Die Frau, mit der Mum gerade sprach, sah aus wie die anderen, aber als sie mit dem Rücken zu mir stand, sah ich, daß ihre langen Unterarme und die feinen Hände, die aus den Ärmeln ihres Kaftans hervorsahen, weiß waren. Eine Gnaoua-Frau mit weißen Händen! Ich wollte sie Khadija zeigen, aber die sah nur noch den Hadaoui.

»Umwi, Umwi, Mum…«, rief ich wieder und hoffte, daß sich wenigstens die Gnaoua-Frau umdrehen würde. Aber sie unterhielten sich weiter, und Khadija zog an meinem Ärmel, daß ich wieder die Vorstellung des Hadaoui ansehen sollte. Der Verrückte hatte angefangen, hinter Bilal herzugehen und alles, was er sagte oder machte, nachzuahmen. Dabei schüttelte er sich vor Lachen, aber er achtete darauf, daß seine Füße die Troddeln an den Ecken des Teppichs nicht berührten. Der Hadaoui rauchte weiter seine Pfeife und rollte die Augen. »Umwi, Umwi«, seufzte er von Zeit zu Zeit und schüttelte den Kopf. Irgendwann stand er auf und begann eine hitzige Diskussion mit Bilal. Ich verstand kein Wort, aber Khadija wippte auf ihren Hacken und kicherte, und sie strahlte plötzlich. Ich hockte neben ihr und hielt den Atem an, das Ende der Vorstellung rückte näher. Ich zählte die Minuten, bis wir an der Reihe waren und auf den Zauberteppich des Hadaoui treten durften, um die Blumen aufzusammeln.

Bilal war unterwegs nach Casablanca, und Bea war in der Schule. Jetzt sprach sogar Linda davon, nach London zurückzufahren. Sie hatte einen Brief von ihrer Mutter bekommen, die gerade herausgefunden hatte, wo Linda war und daß sie ein Baby hatte.

»›Sie ist unser einziges Enkelkind‹«, las sie laut vor. »›Sie müßte jetzt fast ein Jahr alt sein, und wir wissen nicht einmal ihren Namen.‹«

Mum und Linda bekamen einen solchen Lachanfall, daß ich ihnen auf den Rücken klopfen mußte, damit sie sich nicht verschluckten.

»Meine Mutter wüßte es auch noch nicht«, sagte Mum, als sie sich wieder erholt hatte, »wenn nicht eine ihrer Freundinnen mich an der Bushaltestelle in Camden Town gesehen hätte, mit einem Kinderwagen und daneben Bea, die mittlerweile schon drei war. ›Ich wußte gar nicht, daß deine Tochter verheiratet ist‹, hat sie zu meiner Mutter gesagt.« Mum wischte sich die Lachtränen aus den Augen. »Ich hätte gern ihr Gesicht gesehen.«

Sie hatte Linda überredet, noch bis nach Weihnachten zu bleiben.

»Werden wir auch Geschenke bekommen?« fragte ich ängstlich und stellte zum erstenmal fest, daß es im Hotel keinen Schornstein gab, durch den der Weihnachtsmann kommen konnte.

»Der Weihnachtsmann läßt sich bestimmt etwas einfallen«, beruhigte Mum mich.

Letztes Jahr hatten wir ein Paar von Mums langen Strümpfen aufgehängt. Einen Strumpf für Bea, einen für mich. Aber dieses Jahr hatte sie keine Strümpfe, sie hatte gar keine eingepackt. Ich dachte an unseren Weihnachtsbaum mit dem silbernen Lametta und fragte mich, ob er wohl noch immer im Vorgarten stand, wo wir ihn eingepflanzt hatten, mit dem Stern aus Goldpapier an der Spitze. Bea und ich hatten ihm durch das Rückfenster von Johns Bulli zugewinkt, als wir abgefahren waren. Ich saß auf der Türschwelle und versuchte mich an all die Leute, Städte und Sachen zu erinnern, denen Bea und ich zugewinkt hatten, während Mum drinnen meditierte und Linda Windeln zählte.

»Hast du Lust, Luna und Umbark zu besuchen?« fragte Mum und setzte sich neben mich auf die Treppe. Von drinnen hörten wir Linda zählen und leise vor sich hin zischen: »... fünf, sechs ... Aha! ... Ich bin sicher, ich hatte hiervon acht. Eins ... zwei ... Verdammt.«

Luna war die Frau mit den weißen Händen. Sie war mit Umbark, einem der Gnaoua-Tänzer, verheiratet. Luna war eigentlich aus Dänemark. Wir hatten am Abend vorher mit ihnen in einem Café gesessen und auf den Sonnenuntergang gewartet. Bis Sonnenuntergang durften wir nichts essen, nicht einmal Fanta trinken, weil es der erste Tag des Ramadan war.

»Was ist Ramadan?« fragte ich.

»Das ist ein moslemisches Fest. Achtundzwanzig Tage darf man in der Zeit von Sonnenaufgang bis Sonnenuntergang nicht essen, trinken oder rauchen. Und einen Monat lang darf man keinen Sex haben.«

»Was ist Sex?«

Linda wollte es mir gerade erklären, als Mum sagte, wir wollten lieber Lunas Geschichte zuhören.

Luna war vor drei Jahren nach Marokko gekommen. »Auf der Suche nach etwas Spaß und Abenteuer.« Sie zwinkerte Mum über ihren Schleier hin zu. »Aber dann habe ich Umbark getroffen.« Sie hatte Umbark kurz nach ihrer Ankunft in Marokko kennengelernt, und sie hatten sich ineinander verliebt.

Umbark saß still daneben und hörte zu. Er war groß

und schlank und dunkel, so wie Luna groß und schlank und hell war. Die beiden sahen aus wie Zwillinge aus einem Märchen. Seit ihrer Hochzeit lebte Luna streng nach den Gesetzen des Islam. Sie blieb sogar zu Hause in Marrakesch, wenn Umbark im Sommer nach Deutschland fuhr, wo er in einem Zirkus als Teil einer lebenden Pyramide auftrat. Als Luna ihre Geschichte zu Ende erzählt hatte, war die Sonne beinahe untergegangen. Die Tische in unserem Café und in den Cafés nebenan füllten sich rasch, und die Ober eilten hin und her, um jedem der Gäste eine dampfende Schüssel *Harira* zu bringen.

»Es ist eine alte Tradition, das Fasten jeden Abend mit dieser Suppe zu brechen«, erklärte Luna uns.

Also bestellten wir auch *Harira* und sahen auf die dampfenden Schüsseln, bis die Sonne offiziell untergegangen war. Auf dem Platz wurde es ganz still. Als sich dann der Himmel hinter der Koutoubia rot färbte, ertönte eine Sirene, und auf den Minaretts der Moscheen rundherum wurden Lampen entzündet. Die laut anschwellende Stimme eines heiligen Mannes verkündete das Ende des Tages von der obersten Spitze des Turmes. Der Wind brachte den Gesang direkt zu uns oder wehte ihn weg, und als das Gebet langsam ausgeklungen war, hatte sich über der ganzen Stadt eine tiefe Ruhe ausgebreitet.

KAPITEL SIEBZEHN

Luna und Umbark wohnten in einem kleinen Zimmer in einer Straße in der Mellah, nicht weit von unserem ersten Haus. Luna öffnete die Tür. Diesmal trug sie einen schlichten weißen Kaftan und keinen Schleier. Sie hatte ein rundes Gesicht und goldgelbe Haut, und ihre blauen Augen sahen aus wie Meerwasser, wenn sie lächelte.

»Kommt herein, kommt herein«, sagte sie.

Der Raum war leer bis auf eine Matratze, auf der gewebte Decken und Kissen lagen, und eine *mijmar*, auf der ein eiserner Topf blubberte und zischte. Es duftete nach *tajine*.

»Bitte, ich denke nicht, daß ihr auch fastet.« Luna wies auf den Topf. »Deshalb habe ich euch etwas zu essen gemacht.«

Mum wurde rot. »Ich hätte es dir vielleicht sagen sollen, aber während des Ramadan, denke ich ... ich habe beschlossen, auch zu fasten.«

»Und zu beten?«

Mum antwortete nicht gleich. »Ja, auch zu beten. Außerdem, es interessiert mich wirklich sehr ... wie soll ich sagen? Ich möchte eine Sufi werden.«

»Heißt das, daß ich auch nichts essen darf?« wollte ich wissen.

»Die Sufis beten nicht fünfmal am Tag wie wir, sie beten siebenmal am Tag«, warnte Luna.

Luna stellte ein Tablett mit kleinen, mit Honig gefüllten Kuchen vor mich hin.

»Wo ist Umbark?« fragte ich sie.

»Er wurde zu einer kranken Frau gerufen.«

»Ist Umbark ein Doktor?«

»Alle Gnaoua haben heilende Kräfte, die von Generation zu Generation weitergegeben werden«, erklärte Luna stolz. »Sie bleiben am Lager der Kranken, beten und schlagen ihre Trommeln. Sie verbrennen Weihrauch in der *mijmar*, bis der Kranke in eine Trance fällt. Dann treiben sie den Teufel aus.«

»Wie lange dauert es?« Ich stopfte mir einen kleinen süßen Kuchen in den Mund.

»Das ist unterschiedlich. Manchmal nur ein paar Stunden, manchmal mehrere Tage.«

»Und sehen sie dann wirklich, wie der Teufel rauskommt?«

»Nein, sie sehen nur, daß es dem Kranken wieder bessergeht.«

»Auch wenn man von einem Skorpion gebissen wurde?«

»Ja, gerade, wenn du von einem Skorpion gebissen wurdest. Die Gnaoua besitzen nämlich besondere magische Kräfte, die das Gift aus dem Körper ziehen.«

Ich wollte noch viel mehr fragen, über Skorpionbisse und ob es ein Mittel gegen Hundezecken gab und ob man an Läusen sterben konnte, aber Mum wollte sich mit Luna über die Sufi unterhalten. Luna sagte, Sufi sei die unorthodoxe Seite des Islam. Die mystische Seite.

»Während des Ramadan beginnen die Sufis wie wir ihre Gebete bei Sonnenuntergang. Sie beten auch in der Nacht, bei Sonnenaufgang, am Mittag, am Nachmittag und wieder bei Sonnenuntergang. Außerdem«, Luna kniff konzentriert die Augen zusammen, »führen sie vor jedem Gebet eine rituelle Waschung von Nase, Ohren und Armen durch, bei der man unbedingt die Schuhe ausziehen muß.«

»O Mum, bitte ...«, flehte ich, »bitte werde kein Sufi.«

Mum nahm mich mit, als sie sich einen Gebetsteppich aussuchte. Es gab Tausende, alle zu riesigen, bunten Ballen aufeinandergestapelt, so daß es unmöglich war, einen auszusuchen, ohne einen ganzen Stapel zum Einstürzen zu bringen. Mum hatte extra ihre *haik* angezogen und sie sich halb übers Gesicht gezogen. Als wir durch die Stände der Teppichhändler spazierten, riefen sie uns zu, rollten mit Kennermiene einen Teppich nach dem anderen aus und hielten sie hoch, damit wir sie genau betrachten konnten.

Schließlich entschied sie sich für einen kleinen Wollteppich. »Den kann ich überallhin mitnehmen«, sagte sie.

Ich wollte sie überreden, einen dicken, gewebten Teppich zu kaufen, den man auf keinen Fall mit auf die Straße nehmen konnte.

»Ich weiß«, sagte sie, »Kindern sind ihre Mütter oft peinlich.« Als hätte sie meine Befürchtungen erraten. Sie klemmte ihren kleinen Teppich wie eine Schriftrolle unter den Arm. »Meine Mutter hat sich immer mitten auf dem oberen Deck die Lippen geschminkt, wenn wir in einem vollbesetzten Bus fuhren.«

Ich trat den ganzen Rückweg mit den Füßen nach den Steinen auf der Straße und widerstand ihrer warmen Hand, die sie mir anbot.

Wochenlang war die Stadt tagsüber ruhig, friedlich und hungrig, und sobald abends die Gebete von der Moschee verhallt waren, brach ein Fest los. Mum war ganz versessen darauf, die Regeln des Ramadan streng zu befolgen. Sie stand bei Sonnenaufgang auf, machte ihre Waschungen, betete und ging wieder ins Bett. Manchmal wachte ich auf und hörte ihr Gemurmel, das oft nur aus langen Vokalen zu bestehen schien, ein bißchen wie das Lied, das ich für Charlie am See erfunden hatte. Und meist lullten mich die Laute wieder in den Schlaf.

Mum schaffte es sogar, Linda zum Fasten zu überreden, aber was das Beten anging, so fand Linda, daß es schon genug wäre, eine Diät zu machen, bei der man doch nicht dünner wurde. Man müßte nicht auch noch im Morgengrauen aufstehen und Worte murmeln, die man nicht einmal verstand. Bea, Mob und ich durften essen und trinken, was wir wollten, solange wir es hinter verschlossenen Türen machten.

Mum sah mit strengem Blick zu, wie Linda Apfelmus in Mobs Mund löffelte. »Einen für dich, und einen für... mich. Einen für dich und einen für... Mama.«

»Es ist nicht wirklich essen«, entschuldigte sie sich. »Es ist nur zum Ermutigen.«

Abends brach Mum ihr Fasten mit einer Schale *harira*

in einem Café auf der Djemaa El Fna. Wir blieben bis spät in die Nacht da, tranken zuckersüßen Pfefferminztee und redeten mit den Leuten, die kamen und sich einen Stuhl an unseren Tisch zogen: Männer von den Gnaoua, die wir durch Luna und Umbark kennengelernt hatten, ab und zu auch Lindas blinder Dichter und Akari, unser früherer Vermieter, der immer wichtig von seinen »Geschäften«, wie er es nannte, berichtete und uns die neuesten Nachrichten von Schneeweiß, unserer alten schwarzen Henne, mitbrachte, die inzwischen schon wieder sieben Küken ausgebrütet hatte.

»Glaubst du, sie erinnert sich an uns, wenn wir sie mal besuchen?« fragte Bea, als er uns erzählt hatte, wie Schneeweiß sein jüngstes Kind vor einem Hund beschützt hatte.

Akari klatschte in die Hände und wandte sich eilig an Mum, um ihr von einem Freilichtkino zu erzählen, das er gerade in seinem Heimatdorf gebaut hatte. Damit waren unsere dunkelsten Befürchtungen bestätigt.

»Sie haben Schneeweiß gegessen«, sagte Bea düster, und ich mußte ihr versprechen, nie wieder ein Wort mit Akari zu reden.

Während Mum weiter Tee trank und an einem Stück *majoun* knabberte, gingen Bea und ich auf den Platz, um etwas zu spielen. »Häßlich, gräßlich« – Fangen spielen oder nach Luigi Mancini suchen, gehörte immer noch zu unseren Lieblingsspielen.

Meistens war Mob schon viel zu müde, um sich tragen zu lassen, und Linda wickelte sie in eine Decke und legte sie unter dem Tisch schlafen. Manchmal, wenn ich in der Nacht vor Müdigkeit oder vor Kälte anfing zu frieren, wickelte ich mich in Mums Burnus und legte mich dazu.

Als wir eines Nachts müde nach Hause gingen und ich an Mums Hand jammerte, daß ich getragen werden wollte, merkten wir, daß uns jemand folgte. Ein Mann folgte uns durch die Straßen, der Schatten seiner spitzen Kapuze bewegte sich drohend an den Häuserwänden entlang. Wir gingen schneller, spitzten unsere Ohren und horchten auf das Klappern seiner *babouches*, die mit uns Schritt hielten. Mum hielt meine Hand fest umklammert, und Linda trug Mob in ihrem Tuch vor sich. Beas schnelle Schritte wurden schon fast ein Laufen, als sie nach hinten blickte, um zu sehen, ob wir noch eine Chance hatten, ihm zu entkommen. Ich flog beinahe an der Hand meiner Mutter, meine Finger waren von ihrem Griff schon ganz weiß geworden, und meine Sandalen streiften den Boden kaum noch.

Außer Atem erreichten wir den Eingang des Hotels, und als wir in den sicheren Innenhof huschten, drehte sich Bea noch einmal um und rief: »Seht nur, es ist nur der Verrückte.«

»Es ist der Verrückte, es ist der Verrückte«, fing ich erleichtert an zu singen, und der Verrückte machte eine Verbeugung und hob seine Hände zur Begrüßung.

Der Verrückte wurde unser privater Schutz, der uns bis nach Hause folgte, wenn wir in der Dunkelheit noch unterwegs waren. Und bald hatten wir uns so an ihn gewöhnt, daß wir uns fragten, wie wir es nur gewagt hatten, die ganze Zeit allein irgendwohin zu gehen.

Bea ging weiter zur Schule. Sie kannte jetzt die Namen von allen Bildern in ihrem Buch, sogar die Wörter für Lampenschirm, Schubkarre und Gipsverband, wenn man sich den Arm gebrochen hatte.

»Und wann werde ich in die Schule dürfen?« sagte ich, als ich Bea am Rand des Schulhofs kommen sah. Es gab gerade einen Kampf zwischen zwei Jungen aus der Schule nebenan und einem dritten, der außerhalb stand, und nach dem trat, der am Verlieren war. Bea machte einen Bogen um die Kampfhähne und kam zum Tor, wo Mum und ich auf sie warteten.

»Und wie war es heute?« fragte Mum.

»Ganz in Ordnung.« Bea schwenkte den baumwollenen Sardinenbeutel, den sie immer noch als Schultasche benutzte.

Wir folgten ihr auf die Straße.

»Und wann darf ich? Darf ich?« Ich wollte endlich eine Antwort haben.

»Was darfst du?«

»In die Schule gehen?«

»Noch nicht so bald«, sagte Mum. Und obwohl ich insgeheim erleichtert war, bohrte ich weiter.

»Aber wann dann?«

»Wenn du ein bißchen älter bist.«

»Und wann ist das?«

»Das weiß ich jetzt noch nicht.« Sie wurde langsam ungeduldig.

»Also nie«, murmelte ich leise.

Ich dachte an den Jungen mit dem Stock und das Mädchen, das zu viel Angst hatte zu fragen, ob sie aufs Klo gehen durfte. Niemals, beschloß ich. Dann fiel mir plötzlich ein, daß ich gar nichts könnte, wenn wir irgendwann wieder nach Hause kamen. Ich würde noch nicht lesen können, nicht einmal meinen Namen schreiben oder die Uhr lesen. Oder überhaupt irgendwas.

Bea und ich hatten es eilig, ins Hotel zu kommen, bevor es Zeit war für Mums nächstes Gebet. Ein paar Tage vorher hatte sie auf dem Nachhauseweg vom Flohmarkt kurz vor dem alten Stadttor plötzlich angehalten, den Stand der Sonne geprüft und sich dann zum Beten auf die staubige Straße geworfen, weil sie ihren Teppich zu Hause vergessen hatte. Sie deutete mit einigen Gesten ihre Waschungen an und streckte dann die Arme Richtung Mekka. Ohne uns vorher abgesprochen zu haben, versteckten Bea und ich uns hinter der nächsten Mauer. Wir waren uns einig, daß wir sie noch nie gesehen oder vorher irgendwo getroffen hätten, wenn uns jemand fragte. Von Zeit zu Zeit spähten wir um die Ecke und sahen, wie eine Gruppe Kinder sie aus der Entfernung verwirrt beobachtete und ein Händler ihr einen merkwürdigen Blick zuwarf, als er mit seinem beladenen Eselskarren ausweichen mußte. Ich erzählte Bea von Mums Mutter, die sich im Bus die Lippen geschminkt hatte, und sie fand auch, daß das längst nicht so schlimm klang.

»Sie wußte nicht, was für ein Glück sie hatte«, sagte sie.

Endlich erhob Mum sich und klopfte den Staub von ihren Kleidern. Wir kamen hinter unserer Mauer hervor und straften sie mit Schweigen, während wir ihr mit etwas Abstand nach Hause folgten.

KAPITEL ACHTZEHN

An einem nieselgrauen warmen Nachmittag trafen wir Tante Rose zum ersten Mal. Bea und ich schleppten das gekaufte Obst vom Markt nach Hause, und ich war gerade mitten in einer Geschichte über zwei Schwestern, die von einem netten alten Mann mit gold-und-silber-glänzender Weste adoptiert werden, als wir in eine große, lachende Frau mit einem Blümchenkleid rannten.

»Wo wollt ihr beiden denn so eilig hin?« fragte sie und warf einen Blick in unseren Korb voller Orangen. »Ihr wollt doch wohl nicht ausreißen?«

Ihre Sätze endeten alle mit einem fröhlichen Lachen, und sie redete, als würde sie uns schon lange kennen. Ihre runden Wangen waren von feinen rosa Äderchen durchzogen, die sich kräuselten, wenn sie lachte, und ihr weiches graues Haar war zu einem hohen Turm hochfrisiert, der von einer Unzahl Haarnadeln festgehalten wurde.

»Aber ich habe mich ja noch gar nicht vorgestellt«, sagte sie, stemmte ihre Hände fest in die Hüften und lächelte. »Ich heiße Rose. Aber für euch«, ein leichtes Stirnrunzeln huschte über ihr fröhliches Gesicht, »Tante Rose.«

»Tante Rose«, wiederholten wir gehorsam.

»Und jetzt, finde ich, solltet ihr mit zu mir kommen und ein Glas Limonade mit mir trinken.«

»Vielleicht könnten wir auch ein paar Kekse dazu essen«, schlug ich eilig vor. »Mum sagt nämlich immer, wir müssen nicht fasten, wenn wir nicht wollen.«

Bea trat mir vors Schienbein.

Tante Rose nahm meine Hand und sagte: »Das finde ich aber auch«, in sehr verächtlichem Ton. Dann marschierte sie mit uns die Straße hinunter.

Tante Rose wohnte in einem Haus, das geschrumpft war. Es hatte irgendwann sicher auf gleicher Höhe gelegen wie die Straße, doch jetzt mußte man zwei steile Stufen hinabsteigen, um zur Eingangstür zu kommen. Tante Rose zog den Kopf ein, als sie die Tür mit einem großen Eisenschlüssel öffnete, und richtete sich erst drinnen wieder zu voller Größe auf. Die Zimmer waren alle ganz weiß und sehr klein, und durch die rundgebogenen Fenster sah man von den Menschen, die im Hof vorbeigingen, die Beine nur bis zum Knie aufwärts.

Tante Rose hatte richtige Möbel. Bei uns war alles auf dem Fußboden, aber Tante Rose hatte ein Bett aus Holz mit vier Füßen und einen Tisch, um den Stühle mit hohen Lehnen standen. Auf dem Tisch lag eine karierte Tischdecke, darauf stand ein Glas mit gelben Rosen.

Aus weißem Zucker und Zitronensaft rührte sie eine Limonade. Sie schenkte jeder von uns ein Glas ein und tat ein Blatt Pfefferminze dazu, das obendrauf schwamm. Dann stellte sie einen Teller mit hauchdünnen Plätzchen hin.

»Man weiß nie, wann man überraschend Besuch bekommt.« Tante Rose lächelte und strich ihr Kleid über den Knien glatt. Sie nahm einen großen Schluck Limonade und fragte: »Na, seid ihr schon aufgeregt wegen morgen?«

Wir sahen sie an. »Morgen?«

»Gütiger Himmel, Kinder«, schnaubte Tante Rose belustigt, dann sagte sie mit sanfter Stimme etwas mitleidig angesichts unserer Unwissenheit: »Weihnachten.«

»Weihnachten? Morgen?«

Wir waren sprachlos.

»Schwöre, daß es wahr ist«, verlangte ich.

»Wie... richtig Weihnachten, das, wenn der Weihnachtsmann kommt?«

»Woher weißt du das so genau?«

»Wenn man einen Strumpf an den Kamin hängt?«

»Aber wir haben nicht mal ein Geschenk für Mum«, fiel Bea besorgt ein.

Tante Rose überzeugte uns schließlich mit dem kleinen Bäumchen im Eimer in einer Ecke ihres Zimmers. Es war eine Minitanne noch ohne Weihnachtsbaumschmuck. Daneben standen kleine Tonfiguren und ein brauner Tonstall mit einer Kuh. »Maria, Joseph und das Jesuskind«, erklärte Tante Rose. »Ich habe sie selbst gemacht.«

Ich wäre gern noch geblieben und hätte sie gefragt, wie man Sachen aus Ton macht, besonders Tiere, aber Bea hatte es plötzlich eilig zu gehen. Tante Rose packte den Rest Kekse ein und gab sie Bea in die Hand. »Ich esse sie sonst doch nur alle auf«, sagte sie und klopfte auf ihren Bauch. Wir mußten ihr versprechen, daß wir wiederkommen und unsere Weihnachtsgeschenke abholen würden.

»Aber sie hat nicht ›Geschenk‹ gesagt«, berichtigte ich Bea, als wir draußen waren. »Sie hat ›Geschenke‹ gesagt.«

Bea war mit den Gedanken schon woanders. »Was wollen wir Mum bloß schenken?«

Alles, was mir einfiel, war eine Tontrommel.

»Eine Tontrommel?« schlug ich also vor.

»Nein.«

So sehr ich auch nachdachte, mir fiel nichts anderes ein. Schweigend gingen wir die Straße entlang nach Hause, knabberten ganz in Gedanken die Kekse und versuchten, dem Schwanz des Esels auszuweichen, der dicht vor uns ging. In der Djemaa El Fna hielten wir Ausschau nach etwas, das sich wie von Zauberhand in ein Geschenk für Mum verwandeln würde. Berberfrauen verkauften Armbänder mit blauen Steinen, ein Mann aus den Bergen hatte auf einem Tuch Anhänger aus geschliffenem Amethyst ausgelegt.

Bea zählte unser Geld. Es war das Geld, das wir vom Einkaufen übrig hatten. Fünfunddreißig Centimes. Wir gingen an den Gewürzständen vorbei, an riesigen schwarzen Broten, Wassermelonen, Granatäpfeln und Kartoffeln, Mandeln und Erdnüssen, Kürbiskernen, Pistazien und Kichererbsen. Dann sah ich etwas. Einen Stand, der vorher noch nie dagewesen war. Einen Stand mit reifen, roten Erdbeeren.

»Erdbeeren«, flüsterte Bea ehrfurchtsvoll.

Die Erdbeeren wurden in Spitztüten aus Korbgeflecht verkauft. Eine Tüte sollte fünfzig Centimes kosten. Bea fragte, ob wir nicht eine halbe kaufen könnten, aber der Mann sagte nein. Dann versuchte sie, zwei Orangen gegen die übrigen fünfzehn Centimes einzutauschen, aber der Mann war nicht interessiert. Wir starrten fast eine halbe Stunde sehnsüchtig auf die Erdbeeren und hofften, ihn vielleicht doch zu erweichen. Schließlich gaben wir auf.

Als wir enttäuscht abzogen, sahen wir plötzlich die Frau von morgens noch immer neben ihrem Stapel Orangen vor sich hindösen.

»Los, komm.« Bea zog mich zu ihr hinüber. Eine Reihe anderer Leute hockte neben ihren Waren. »Los, komm.«

Wir häuften unsere sechs Orangen auf und stapelten sie vorsichtig zu einer Pyramide. Als wir mit unserer Präsentation zufrieden waren, setzten wir uns stolz zurück und warteten. Bea sagte, wenn wir jede Orange zu fünf Centimes verkauften, brauchten wir nur drei zu verkaufen, um genug Geld für die Erdbeeren zu haben.

Wir schlossen über die Vorbeigehenden Wetten ab. »Ich wette, daß die fünfte Frau, die vorbeigeht, stehenbleibt und...«

»Was?«

»Drei Orangen kauft.«

Als die fünfte Frau vorbeigeeilt war und uns keines Blickes gewürdigt hatte, fingen wir von vorn an.

»Ich wette, daß...«

Wir hatten dieses Spiel schon ziemlich lange gespielt, als wir merkten, daß die fünfte Frau, die direkt auf uns zukam, Mum war. Sie war zu schnell, als daß wir es geschafft hätten, unsere Orangen zusammenzupacken und wegzulaufen. Also steckten wir unsere Köpfe zusammen, so daß uns die Haare übers Gesicht fielen, und taten, als wären wir in ein Gespräch vertieft. Bea auf arabisch und ich in der Sprache, die ich für meine Lieder gelernt hatte, mit denen ich versuchte, Dinge zu bekommen, die ich sonst nie bekommen hätte. Wir sahen den Saum ihrer *haik* um ihre Knöchel wehen, als Mum nur ein paar Zentimeter an uns vorbeiging. Sie ging an unserem Stand vorbei und zielstrebig weiter, wobei sie unterwegs nur ein Brot kaufte. Dann bog sie um eine Ecke und verschwand im Gewirr der Gassen, die vom Platz wegführten.

Wir waren so stolz auf unseren Schachzug, daß wir erst gar nicht merkten, daß wir einen Kunden hatten. Es war der Verrückte. Er hatte eine neue Dschellabah, und seit er mit den Gnaoua tanzte und mit ihnen befreundet war, trug er sogar etwas darunter. Er kaufte eine Orange. Bea überließ sie ihm für vier Centimes. Er setzte sich neben uns und aß sie gleich auf, saugte den Saft aus dem einen Loch, das er mit dem Daumen gemacht hatte. Er hatte nur einen Zahn. Er war braun und spitz und saß an einer Seite in seinem Mund. Bea fragte ihn, was mit seinen anderen Zähnen passiert war, aber er schüttelte den Kopf und sagte, er hätte immer nur den einen gehabt. »Nur diesen einen, immer nur einen.«

Der Verrückte saugte immer noch an seiner Orange, als eine Frau stehenblieb und anfing zu handeln. Sie wollte uns zehn Centimes für vier Orangen geben. Bea weigerte sich und verlangte zwanzig. Dann wurden sie sich einig: vier Orangen für fünfzehn Centimes. Als sie gegangen war, schälten wir die übriggebliebenen Orangen und teilten sie, bevor wir gingen, um die Erdbeeren zu kaufen.

Fest davon überzeugt, daß ich nie richtig eingeschlafen war, wachte ich vor Morgengrauen auf und ging sofort nachsehen, ob etwas in meinem Strumpf war. Eigentlich war der Strumpf einer von Lindas *babouches* mit den abgetretenen Absätzen. Ich hatte einen von Lindas Schuhen ausgesucht, weil Linda die größten Füße hatte. Es war noch dunkel im Zimmer, und ich tastete vorsichtig, um die anderen nicht aufzuwecken, nach den Schuhen, die wir neben der Tür für den Weihnachtsmann aufgestellt hatten. Ich hätte mir gar keine Sorgen zu machen brauchen, weil wir keinen Kamin hatten, durch den er kommen konnte, denn als sich meine Augen an die Dunkelheit gewöhnt hatten, sah ich, daß der Schuh gefüllt war.

»Bea.« Ich rüttelte sie wach. »Er war da.«

Ich wollte ihr zuerst sagen, daß ein langes, dünnes Paket im Schuh steckte, das nach Rosenblättern duftete, aber ich wußte, daß sie es mir nie verziehen hätte, wenn ich die Überraschung kaputtgemacht hätte. Sie sprang aus dem Bett und lief zur Tür, um sie zu öffnen. Vielleicht hoffte sie, daß sie den Weihnachtsmann in seinem roten Mantel mit dem weißen Kragen noch unten bei den Toiletten die Treppe herunter verschwinden sehen konnte. Durch die offene Tür fiel das dämmrige Licht ins Zimmer und malte ein grünliches Muster aus Bananenblättern auf den Boden. Die Luft war erfüllt vom ersten Gezwitscher der Vögel, die unten im Hof gerade aufgewacht waren und ihr Gefieder plusterten. Ab und zu hallte ein heiserer Hahnenschrei über die Dächer.

Bea nahm ihren *babouche* mit zurück ins Bett. Ich wartete auf sie. Ich war inzwischen bei solchen Gelegenheiten sehr vorsichtig geworden mit ihr. Letztes Weihnachten in Turnbridge Wells hatte sie mich gezwungen, unter den Weihnachtsbaum zu kriechen und heimlich meine Geschenke zu öffnen, um zu sehen, was drin war. Und am nächsten Tag mußte ich dann überrascht tun und mich freuen, als ich das Puzzle mit der Lokomotive auspackte, das ich ja schon kannte. Es war furchtbar.

Bea begann, ihr Geschenk auszuwickeln. Irgend etwas an der Spitztüte, die aus ihrem Schuh sah, kam mir sehr bekannt vor. Als ich sie herausnehmen wollte, kullerten viele kleine, weiche Früchte auf das Laken.

»Erdbeeren!« riefen wir beide wie aus einem Mund. Davon wachte Mob auf und fing an zu schreien. Mum bewegte sich unter ihrer Decke und stand schließlich auf. Es war ohnehin Zeit für ihr Gebet.

»Danke, wie schön«, sagte sie, als wir ihr ihr Geschenk gaben. »Maulbeeren.«

»Maulbeeren!« Wir waren tief geknickt.

Mum versuchte, unsere Enttäuschung zu mildern. »Sie sind fast genauso wie Erdbeeren, nur noch leckerer und viel seltener.« Bea warf ihr einen Blick zu, wie sie ihn sonst nur für Akari, unseren früheren Vermieter, reserviert hatte. Aber weil Weihnachten war, sagten wir nichts weiter. Wir saßen im Bett und aßen unsere Maulbeeren. Mob hatte auch welche bekommen, und Mum gab Linda die Hälfte von ihren ab.

»Die Sonne ist ja noch nicht richtig aufgegangen«, meinte Linda schuldbewußt, »und außerdem ist schließlich Weihnachten.«

Mum bewahrte ihren Teil für später auf.

Sie sagte, es gäbe noch eine Überraschung für uns. Wir mußten die Augen fest zumachen. Mein Herz klopfte ganz laut. Bilal. Es war bestimmt Bilal. Vor meinen Augen sah ich, wie er mit Sardinenbüchsen und Weihnachtsgeschenken jonglierte und Purzelbäume quer durchs Zimmer schlug.

»So, jetzt dürft ihr die Augen wieder öffnen«, hörten wir Mums Stimme von ganz weit weg sagen.

Bea gab mir einen Schubs. »Los, mach die Augen auf.«

In der Mitte des Zimmers stand ein großes, braunes Paket. Es war mit vielen Klebestreifen umwickelt und überall mit Briefmarken beklebt. Mum schnitt es mit einem Messer auf. Wir zogen und zerrten am Packpapier, bis eine Seite des Kartons aufging und Berge von Süßigkeiten herausfielen. Aber das wirkliche Geschenk waren drei große Bücher mit Tieren auf der Vorderseite. *Orlando der Kater, Babar der Elefant* und ein *Rupert-der-Bär*-Buch. Bea und ich fielen über die Süßigkeiten her.

»Wollt ihr nicht wissen, von wem es ist?« fragte Mum, als wir schon Bonbonpapier und Tüten überall verstreut hatten.

»Es ist von eurem Vater«, sagte sie, »aus England.«

Meine Zähne waren von Karamelbonbons zusammengeklebt. Ich sah mir *Babar der Elefant* an. Ich fragte mich, ob unser Vater da zusammen mit Luigi Mancini war. Bea sagte gar nichts. Sie begann mir die Geschichte von Orlando und seinem Zauberteppich zu erklären. Sie zeigte mir ein Bild von Orlandos Frau Grace und ihren drei Kindern Pansy, Blanche und Tom. Ich sah mir jedes Bild genau an, und sie mußte mir von allen die Namen sagen. Für eine Weile vergaß ich Bilal und den Zauberer, der Süßigkeiten aus einem Karton gezaubert hatte, und war völlig hingerissen von Graces eleganten Hüten, Ruperts Freund Bill, dem Biber und Babars drei Kindern Flora, Alexander und Pom.

KAPITEL NEUNZEHN

Linda fuhr ab nach London. Bea und ich bestanden darauf, zum Abschied unsere Schlafanzüge zu tragen, die Tante Rose uns zu Weihnachten geschenkt hatte. Immerhin winkten wir nur dem Bus nach, der zum Flughafen fuhr, und nicht dem Flugzeug.

Mit den Schlafanzügen war ein schrecklicher Fehler passiert. Einer war hellblau und offensichtlich für Bea bestimmt, der andere, kleinere war honigfarben mit lauter kleinen Teddybären, die über den Stoff sprangen, liefen oder Kopfstand machten. Ich hatte schon meine Hand danach ausgestreckt, als Tante Rose mich zurückhielt und sagte: »Bea, weil du die ältere bist, such du aus, welchen du am liebsten hättest.«

Ich wagte mich nicht zu rühren, hielt den Atem an und wünschte im stillen »den blauen, den blauen«, bis ich sah, wie Bea ihren Kaftan über den Kopf zog und den falschen nahm. Die Hose war ihr viel zu kurz, und die Ärmel reichten ihr nicht mal bis zum Handgelenk. Sie knöpfte ihn zu und strahlte: »Ich nehme diesen.«

Sie sagte auch noch: »Vielen Dank.«

Tante Rose zog mir den blauen Schlafanzug an. Sie zog

mir das Hosenband enger und band es einmal um meinen Bauch und krempelte die Ärmel dreimal um. Ich hoffte immer noch, daß ihr auffallen würde, daß etwas nicht stimmte, aber sie summte zufrieden vor sich hin und rollte mir auch noch die Hosenbeine hoch.

Wir zogen unsere Schlafanzüge auf dem Weg nach Hause an. Mum bewunderte sie kurz und sagte dann nur, wir sollten sie ausziehen, bevor wir ins Bett gingen.

Wir standen an der Bushaltestelle und winkten Linda und Mob nach. Linda weinte, und Mob krabbelte auf dem Sitz herum. »Paßt auf euch auf«, sagte Linda immer wieder.

Der Bus zockelte los. »Viel Glück!« rief Mum, und Linda winkte mit einer von Mobs Windeln aus dem Rückfenster, um uns zum Lachen zu bringen.

Ramadan war zu Ende, und Mum durfte wieder mit uns essen. Keiner sagte etwas, als wir darauf warteten, daß unsere Suppe etwas abkühlte. Ich bot mich freiwillig an, ein Lied zu singen, aber ausnahmsweise war Mum einmal nicht begeistert. Sie kaufte ein Stück *majoun* und kaute still daran herum. Ich fragte mich, ob jetzt, wo Linda und Mob abgefahren waren, vielleicht Bilal wieder zu uns kommen würde. Jedesmal, wenn ich nach ihm fragen wollte, blieben mir die Worte im Hals stecken. Die Stimme einer guten Fee flüsterte mir dann jedesmal zu, daß ein Wunsch leichter in Erfüllung geht, je länger man ihn geheimhält. Also biß ich mir auf die Lippen und schwieg.

Akari, unser früherer Vermieter, zog einen Stuhl zu uns

heran. Ich vergaß, daß wir eigentlich nicht mehr mit ihm reden wollten, und bot ihm einen Schluck Fanta an. Akari hatte einen Plan. Er sagte, er hätte diesen Plan ganz besonders für uns erfunden. Sein Kino war ein Reinfall gewesen. Niemand in Sid Zouin wollte ins Kino gehen, also hatte er beschlossen, den Garten hinter seinem Haus, in dem auch schon ein Café war, in ein Hotel umzuwandeln. Und er hatte beschlossen, daß wir seine ersten Gäste sein sollten.

»Es ist der schönste Garten auf der ganzen Welt«, seufzte er, die Augen halb geschlossen. »Und wenn die Kinosessel erst mal weggeräumt sind ... Ha.« Er klatschte in die Hände. »Dann werdet ihr staunen.«

Mum meinte, das klänge ja wunderbar, aber Bea hatte Akari nicht verziehen, daß er Schneeweiß auf dem Gewissen hatte, und ich hatte Angst, daß Bilal uns nicht finden würde, wenn wir aus Marrakesch wegziehen würden. Akari schwärmte von den wunderbaren Vorzügen von Sid Zouin, bis er selbst fast zu Tränen gerührt war. Mum drückte seine Hand und versicherte ihm, daß es eine Ehre für uns sei, seine ersten Gäste zu werden.

Mum hatte Akari versprochen, daß wir nach Sid Zouin kommen würden, sobald unser Geld aus England angekommen war. Jeden Tag ging sie zur Bank und fragte nach, aber der Mann mit dem Turban am Schalter schüttelte immer nur den Kopf und blickte sie ernst an. Wir aßen nicht mehr in den Cafés auf der Djemaa El Fna, sondern kochten zu Hause auf unserer *mijmar*, die mittlerweile furchtbar qualmte, so daß man nur im Zimmer atmen konnte, wenn beide Türen geöffnet waren. Die Nächte waren sehr kalt geworden, und Mum meinte, es sei wahrscheinlich gar nicht so schlecht, wenn wir bis zum Frühling warten mußten, bevor wir aufs Land ziehen konnten.

Eines Morgens wachte ich von ihrem Gemurmel auf, als sie auf ihrem Gebetsteppich kniete. Sie schniefte zwischen den einzelnen Gebeten. Als eine Pause kam und ich dachte, daß das Gebet vielleicht zu Ende war, sagte ich vorsichtig: »Mum ...«

»Hallo, guten Morgen.«

Ich wußte nicht, was ich eigentlich sagen wollte. »Ich kann nicht schlafen.«

»Ich auch nicht«, antwortete sie. Sie kniete sich neben mein Bett und flüsterte: »Wollen wir einen Spaziergang machen?«

Wir zogen uns schnell an, leise, damit wir Bea nicht weckten, und schlichen nach draußen, wo es schon dämmerig wurde. Hand in Hand spazierten wir durch die gefrorenen, leeren Straßen, die weichen Kapuzen unserer Burnusse wärmten unsere Ohren. Das Gewirr der Gassen wurde immer enger und verwinkelter, als wir in den alten Teil der Stadt kamen, der von einer Mauer umgeben war. Im Morgenlicht leuchteten die brüchigen Mauern blaßrosa.

Schon von weitem sahen wir sie: die Wollstraße, die von den ersten Sonnenstrahlen weiß angeleuchtet wurde. Vor uns breitete sich ein Teppich aus Farben aus. Rechts und links der Gasse gab es nur Fabriken, in denen die Wolle gefärbt wurde und an hoch oben zwischen den Häusern gespannten Leinen zum Trocknen aufgehängt war. Nachts, wenn die Wollstränge abgeschnitten wurden, fielen kleine Fäden und Wollfussel auf den Boden und bedeckten ihn mit einem dünnen, weichen Teppich aus tausend Farben. Wir waren wie Diebe noch vor den Straßenfegern gekommen und sammelten handvollweise die weiche, frischgefärbte Wolle auf.

Mum hielt inne. Sie stand da mit einem breiten Lächeln auf dem Gesicht und ließ die weichen Wollfäden durch die Hand gleiten. »Ich werde Puppen machen«, sagte sie, »mit Haaren aus Wolle.«

»Für uns?« fragte ich.

»Nein«, rief sie, »zum Verkaufen. Versuch, rote, schwarze und gelbe Wolle zu finden. Lang genug für Haare.«

Ich suchte den Boden ab und legte die gesammelten Fäden über meinen Arm, bis ich genug Wolle hatte, um einer lebensgroßen Puppe Haare daraus zu machen. Mum teilte die Wolle in verschiedene Stränge und band sie um ihr Handgelenk. Dann kniete sie sich hin und fegte mit den Händen einen bunten Haufen Restwolle zusammen. Ich sollte mich umdrehen, damit sie sie in meine Kapuze stopfen konnte.

»Das wird die Füllung«, erklärte sie.

Mum verbrachte den ganzen Tag damit, Puppen zu nähen. Die Körper machte sie aus einem alten weißen T-Shirt von Bea und stopfte sie mit Wollresten. Sie stickte blaue Augen und rote Lippen auf ihre ovalen Gesichter und nähte die Haare mit einem Mittelscheitel an. Die erste Puppe, die fertig wurde, hatte lange schwarze Haare, die ihr bis zur Taille reichten.

»Sie sieht aus wie Mum«, meinte Bea.

Sie nähte ein Kleid aus einem rosa-grau geblümten Rock, den ich nicht mehr getragen hatte, seit wir in der Mellah gewohnt hatten. Mum hatte ihn in Turnbridge Wells aus einem Kissen genäht, das ich unbedingt hatte mitnehmen wollen.

»Es macht dir doch nichts aus, oder?«

Ich schüttelte den Kopf.

Sie arbeitete den ganzen Tag an ihrer Nähmaschine, bis drei wunderschöne Puppen fertig waren. Mary, Mary-Rose und Rosemary. Mum war begeistert. »Morgen verkaufen wir sie auf dem Markt«, sagte sie lachend. »Und dann haben unsere Sorgen ein Ende.«

Am nächsten Tag standen wir früh auf und gingen zum Flohmarkt am Südtor der Medina. Wir breiteten eine Decke auf dem Boden aus und setzten unsere drei Puppen in die Mitte. Der Flohmarkt lag am Rande einer Ebene, die sich bis zu den Bergen erstreckte. Es waren dieselben Berge, die man auch vom Dach des Hotels Moulay Idriss sehen konnte und auf denen das ganze Jahr Schnee lag. Von meinem Platz auf der Decke sah der Platz aus wie ein Meer von Menschen, die lauter geheimnisvolle Dinge auf ihren Decken verkauften.

Mary, Mary-Rose und Rosemary zogen viel Aufmerksamkeit auf sich, manchmal versammelte sich eine ganze Menschenmenge um uns, aber niemand machte Anstalten, sie zu kaufen.

»Es ist doch keine Ausstellung«, grummelte Mum, als die Puppen befühlt und bewundert wurden, aber niemand anfing zu handeln.

Am späten Nachmittag begannen die anderen Händler ihre Decken einzurollen. Wir mußten aufgeben.

»So muß Akari sich gefühlt haben, als niemand ins Kino gehen wollte«, überlegte Mum.

Ich hatte noch nie eine Puppe gehabt, und jetzt hatte ich gleich drei auf einmal. Sie schliefen mit in meinem Bett und nahmen mehr und mehr von meiner Zeit in Anspruch. Es gab viele verschiedene kleine Dienste zu verrichten und bestimmte Rituale jeweils zu unterschiedlichen Tageszeiten, besonders morgens, wenn Bea in der Schule war, oder wenn Mum betete oder ihren täglichen Gang zur Bank machte.

KAPITEL ZWANZIG

Akari schloß sein Büro, um uns nach Sid Zouin zu bringen. Wir fuhren in einem Gemeinschaftstaxi zusammen mit drei anderen Männern und einem Käfig Kaninchen. Akaris Haus war das erste Gebäude im Dorf. Ein großer dunkler Raum voller Tische und Stühle. Männer mit weißen Turbanen saßen im Dämmerlicht und tranken Kaffee.

Als wir das Café betraten, hörten sie auf zu reden, und die Männer starrten Mum an. »Dies ist Akaris Café«, erklärte Akari und schob uns eilig wieder hinaus auf die Straße.

Er öffnete die Tür in der Mauer, die durch einen riesigen Torbogen führte.

Jetzt verstanden wir, warum Akari auf der Djemaa El Fna gesessen und von seinem Garten geschwärmt hatte. In Marrakesch hatte der Frühling gerade erst begonnen, aber in Akaris Zaubergarten stand er schon in voller Blüte. Die Zweige der Mandelbäume bogen sich unter Schneewehen von kleinen Blüten. Weiße Blütenblätter von Pfirsich- und Aprikosenbäumen bedeckten den Boden wie ein federleichter Teppich. Entlang der Gartenmauer leuchteten kleine Orangen und Zitronen durch die grünen Blätter der Bäume, über die Mauer rankten pinkfarbene Rosen, die alles mit ihrem Blütenmeer überschwemmten. Im Gras wuchsen überall, wo sie noch Platz finden konnten, Gänseblümchen, Malven und Löwenmäulchen.

Ein Weg durch den Garten führte zu unserem Zimmer. Es war an der Rückseite des Cafés angebaut, und wenn man sich an die hintere Wand stellte, konnte man das Gemurmel der Männer vorne im Café hören. Der Raum war frisch weiß gestrichen, in eine Wand war eine Nische mit einem Regal eingebaut. In einer Ecke gab es eine *mijmar* und einen Topf zum Kochen. Zum Schlafen lagen auf dem Fußboden Strohmatten und Decken. Nirgends war ein Skorpion oder eine Kakerlake zu sehen.

Am anderen Ende des Gartens war ein langer, niedriger Raum auf die Mauer gebaut, den man nur mit einer Holzleiter erreichen konnte. Er sah aus wie das Hexenhaus bei Hänsel und Gretel. Das war der Projektionsraum. Gegenüber dem Projektionsraum ragte eine weißgetünchte Wand auf.

»Darauf«, erklärte Akari, »werden die Filme gezeigt. Die Leute sitzen auf Bänken im Garten und sehen den Film auf der Mauer ablaufen.«

Jetzt stand die weiße Wand da im Garten, als ob sie wüßte, daß sie nicht mehr gebraucht wurde; die Bänke waren verschwunden.

»Bitte, Akari«, bettelte Bea, »laß das Kino doch weiterlaufen.« Aber er schüttelte stur den Kopf. »Ich bin jetzt im Hotelgeschäft«, erklärte er.

Ich hatte bisher erst einen Film gesehen. Es war *Ham-*

let auf russisch mit arabischen Untertiteln. Nicht mal Mum hatte etwas verstanden. Mum behauptete, Bea und ich hätten zweimal hintereinander *Bambi* im Classic gesehen, aber ich konnte mich nicht erinnern.

Abends, als wir gerade schlafen gehen wollten, platzten zwei Männer in unser Zimmer. Sie hatten weite Hosen und lange Hemden an, wie die Männer, die auf dem Feld arbeiteten. Sie sahen Mum mit leuchtenden, hoffnungsvollen Augen an. Mum starrte zurück. Niemand sagte etwas. Dann machte der eine mit Daumen und Zeigefinger einen Kreis und zeigte mit der anderen Hand da durch. Ermutigt machte der andere es ihm nach, und ich versuchte fasziniert, ihre Zeichensprache zu entschlüsseln. Bea schlug sich die Hand vor den Mund und fing an zu kichern, und Mums zuerst verständnisloses Stirnrunzeln verwandelte sich plötzlich in rasende Wut. Sie sprang auf und scheuchte die beiden Männer wie Hühner aus dem Zimmer.

»Was wollten sie?« fragte ich, aber Mum mußte so lachen, daß sie mir nicht antworten konnte, und Bea schwor hoch und heilig, daß sie es nicht wußte.

Jeden Morgen tauchten in aller Frühe Männer in weiten Hosen, die beinahe aussahen wie Röcke, auf und brachten Akaris Traum von einem Hotel ein Stück näher. Dort, wo die Bänke fürs Kino gestanden hatten, sollte eine Reihe kleiner Zimmer gebaut werden. Die Bauarbeiter machten zuerst Ziegel aus Lehm und Stroh, die sie in kleinen Holzkästen formten. Wenn der Ziegel angetrocknet war, wurde er aus der Form geschlagen und in der Sonne steinhart gebacken. Während ihrer Arbeit sangen die Männer, und ihre seltsamen Klänge hallten von den Gartenmauern wider. Der Vorarbeiter war auch gleichzeitig der Vorsänger und gab mit den Atempausen, die er zwischendurch einlegte, den Rhythmus an. Der Refrain wurde von einem zum anderen weitergegeben, bis er wieder beim Vorsänger landete, der dem Lied wieder eine neue Strophe anfügte, die weitergegeben wurde.

Die weiße Mauer blieb. Manchmal krochen Bea und ich in den Projektionsraum und starrten stundenlang auf die Mauer, in der Hoffnung, daß aus den Schatten der arbeitenden Männer eine Geschichte wurde. Wenn doch nichts passierte, bettelte ich, daß Bea mir die Geschichte von Bambi immer und immer wieder erzählte. An ein paar Stellen konnte sie sich nicht mehr erinnern, und sie behauptete, bei dem Gesang der Arbeiter könne sie sich nicht richtig konzentrieren.

Die Männer arbeiteten bis mittags, dann legten sie ihr Werkzeug beiseite, aßen etwas und schliefen unter den Mandelbäumen ein. Während ihrer Siesta begannen Bea und ich unser eigenes Haus zu bauen. Ich hatte gehofft, es würde ein Sommerhaus für Mary, Mary-Rose und Rosemary, aber Bea plante etwas viel Größeres. Sie wollte ein Haus für uns bauen. Wie die Bauarbeiter begannen wir damit, Ziegel herzustellen. Wir formten mit den Händen Lehm und Stroh zu einem Klumpen und formten ihn dann mit Wasser. Unseren ersten Ziegel legten wir an einen geheimen Ort und bewachten ihn, während er trocknete. Als wir zwölf Ziegel gebacken hatten, meinte Bea, wir könnten mit dem Bau beginnen.

Am selben Tag bemerkten wir, wie sich im Projektionsraum etwas bewegte. Bea legte den Finger auf die Lippen und winkte mir, ihr zu folgen. Wir schlichen uns durch den Garten, getarnt von den wilden Blumen, und gingen hinter einem Baum in Deckung. Als wir an der Gartenmauer angekommen waren, zog sich Bea am trockenen Stamm einer Kletterrose hoch und hievte mich hinterher. Ich untersuchte mein leicht aufgeschrammtes Knie, während Bea schon auf Zehenspitzen oben auf der Mauer entlanglief. Wir duckten uns unter dem Fenster im Projektionsraum und lauschten. Wir hörten gedämpfte Stimmen von einem Mann und einer Frau, die sich stritten, dazwischen kurz anklingende Töne einer Gitarre. Bea richtete sich langsam auf, um etwas zu sehen.

»Da ist eine Frau mit weißen Socken«, berichtete sie. »Ein Mann mit einem Bart, und noch ein Mann mit Bart und Flicken hinten auf der Hose.«

»Kann ich auch mal sehen?«

»Okay, aber sei vorsichtig.«

Ich reckte meinen Hals und spähte durch das Fenster. Ein Mann versuchte, die *mijmar* anzuzünden, ohne Kerzenwachs oder Papier. Jedesmal, wenn die Frau ihm helfen wollte, sagte er warnend: »Jeannie ...«

Der andere Mann stimmte seine Gitarre.

Wir rannten auf der Mauer zurück, kletterten am Rosenstamm wieder runter und liefen zurück, um Mum davon zu berichten. Mum bürstete ihre Haare und zog ihren violetten Kaftan an. Dann ging sie mit uns durch den Garten, stieg die Holzleiter hoch und klopfte an der Tür zum Projektionsraum.

Jeannie zuckte zusammen, als sie Mum erblickte, aber

der Mann, der Scott hieß, unterbrach seine Versuche, Feuer zu machen, kam zu uns und schüttelte uns die Hand. Mum erzählte ihnen, daß wir am anderen Ende des Gartens wohnten und daß wir eigentlich aus England waren. Jeannie und Scott sagten, sie seien gerade erst aus Kanada angekommen, als sie das Glück hatten, Akari zu treffen.

»Wir mußten aus dieser Stadt raus«, erklärte Scott. »Die arme Jeannie konnte es nicht mehr ertragen, einen Bettler zu sehen.«

Jeannie zitterte.

Pedro kam aus Argentinien. Er hatte dunkle lockige Haare, mit ein paar hellen Strähnen, die von der Sonne ausgebleicht waren. Er hockte in der Fensteröffnung und spielte leise auf seiner Gitarre.

»Pedro Flickenpo, Pedro Flickenpo«, riefen wir durch die Tür in unser Zimmer, wo Pedro und Mum über ausgelegte Karten gebeugt saßen, mit denen man die Zukunft vorhersagen konnte. »Bitte, Pedro Flickenpo, komm und bau ein Haus mit uns.«

»Später, später, das verspreche ich.« Pedro nahm eine Karte, auf der eine große Frau mit einer Krone abgebildet war, die in einen Zaubermantel gehüllt war. »Diese Karte hast du gewählt« – dabei sah er Mum lange tief in die Augen –, »es ist eine Karte voller Kraft …« – er machte eine Pause –, »voller Liebe.«

Mum wurde ganz rot und sah schnell woandershin.

»Mum.« Ich schlüpfte ins Zimmer und setzte mich dicht neben sie. »Wann wird Bilal wiederkommen?«

Mum ließ die Hand, die sie nach Pedros Karte ausgestreckt hatte, in den Schoß fallen. »Bilal?«

»Bilal«, erinnerte Bea sie und blieb im Türrahmen stehen.

Und ich wiederholte: »Wann kommt Bilal wieder?«

Pedro mischte die Karten immer und immer wieder von vorn.

Mum suchte nach einer Antwort. Sie sah Bea und mich an, als ob wir nach der langen Zeit Bilal vergessen haben sollten. Mein Arm war eingeschlafen und kribbelte wie tausend Ameisen. Ich kratzte, bis die Haut schon ganz rot war, meine Kehle wurde immer zugeschnürter, meine Nase juckte, und irgend etwas drückte Tränen in meine Augen.

»Ich will Bilal sehen«, heulte ich und trommelte mit beiden Fäusten auf den Boden. »Ich will Bilal sehen.« Mein Brustkorb zog sich vor Schmerz zusammen, und Tränen liefen mir in den Mund. Jetzt, wo ich einmal angefangen hatte, konnte ich nicht wieder aufhören. Ich hörte meine eigene Stimme, die dumpf und verzweifelt und heiser vor Tränen nach Bilal rief. Obwohl ich wußte, daß es unmöglich war, ihn zu finden, bevor ich aufhören mußte zu weinen. Ich sah Bea verzerrt und verschwommen durch meinen Tränenschleier, wie sie mich von der Tür aus beobachtete. Man konnte sehen, wie sie sich fragte, was plötzlich mit mir los war, und daß ich ihr ein bißchen leid tat. Zwischen einzelnen Schluchzern suchte ich nach einer Entschuldigung, um mit dem Weinen aufzuhören, aber jedesmal, wenn Mum eine Bewegung machte, mich zu trösten, schlug ich mit den Armen um mich und hielt sie von mir fern. Ich lag mit meinem vor Tränen salzigen Gesicht auf den kühlen Fliesen und heulte vor Wut und Erschöpfung. Ab und zu kratzte ich wie wild meinen Arm, auf dem sich rote Striemen entlangzogen.

»Es wird schon wieder gut sein, wenn sie aufwacht«, hörte ich Mum noch zu Pedro sagen, bevor ich in einen totenähnlichen Schlaf fiel.

Mum las aus dem Ameise-und-Biene-Buch vor, und ich saß in eine Decke gehüllt auf ihrem Schoß.

»Geht es dir jetzt besser?« fragte sie, als sie zu Ende gelesen hatte. Das ging ziemlich schnell, denn es gab meist nur ein Wort auf jeder Seite.

»Wirst du Bilal einen Brief schreiben und ihm sagen, daß er nach Hause kommen und uns besuchen soll?« fragte ich.

Mum antwortete nicht, sondern blätterte wahllos ein paar Seiten um. »Das werde ich«, sagte sie schließlich zögernd, »aber zuerst müssen wir warten, bis er uns schreibt, denn sonst weiß ich gar nicht, wo ich den Brief hinschicken soll.«

Schweigend saßen wir da, während Mum wieder in dem Buch herumblätterte. Bea lag auf dem Rücken und starrte an die Decke.

»Weiß er denn nicht, wo wir sind?« fragte sie.

»Nein«, antwortete Mum.

»Aber wenn wir nicht wissen, wo Bilal ist, und Bilal weiß nicht, wo wir sind«, versuchte ich zu kombinieren, »dann kann er uns doch gar nicht schreiben, selbst wenn er wollte, oder?«

Ich war sehr stolz auf meine Theorie.

Mum schob mich von ihrem Schoß herunter. »Aber er wußte, wohin er hätte schreiben können, als wir die ganzen Monate im Hotel waren...« Sie nieste, und dann fing sie an zu weinen. »Da hätte er uns schreiben können.«

Bea kam und hielt Mums Hand und strich ihr übers Haar. Mum hörte nicht auf zu weinen. Immer wieder schneuzte sie sich die Nase in ihre Hand und schlug die Finger nach draußen zum Gras ab, wie die Marokkaner es auch immer machen, weil sie nichts von Taschentüchern halten. Mum meinte, die Vorstellung, seinen Schnodder in ein Tuch gewickelt tagelang mit sich herumzutragen, sei einfach ekelhaft. Bea redete die ganze Zeit auf sie ein. Sie versuchte alles, um Mum etwas aufzuheitern. Ich wußte nicht, was ich sagen sollte, außer: »O Mum, bitte hör auf zu weinen«, was zur Folge hatte, daß sie nur noch lauter schluchzte und ihre Schultern bebten.

Irgendwann ging Mum zur Tür und schneuzte sich ein letztes Mal. Bea machte Abendbrot von dem Brot und Honig, der vom Frühstück übriggeblieben war. Wir saßen im Garten und aßen und sahen zu, wie die Sonne auf der anderen Seite der Gartenmauer unterging.

»Laß uns hierbleiben, solange du willst, Mum«, sagte Bea, und ich nickte heftig mit dem Kopf und stimmte ihr zu.

KAPITEL EINUNDZWANZIG

Akaris Bauarbeiter verbrachten einige Tage damit, Gräben auszuheben, damit sie die Mauern für das Hotel unter der Erde anfangen konnten. Sie sangen und arbeiteten und taten so, als ob sie nicht merkten, daß wir manchmal etwas von ihrem Stroh nahmen oder uns ihr Sieb ausliehen, um die Steine aus der Erde zu sieben. Wir hatten beschlossen, für unser Haus kein solches Fundament zu bauen, obwohl Pedro heftig protestiert hatte. »Ein Erdbeben«, warnte er, »und RUMPS!«

Jeden Tag formten wir mehr Erdziegel und legten sie in die Sonne zum Trocknen.

»Pedro Flickenpo, Pedro Flickenpo, komm und bau mit uns ein Haus.« Bea und ich verfolgten ihn durch den Garten und zupften an den Flicken, die seine Hose zusammenhielten. Aber er sagte, wenn wir seinen Rat mit dem Fundament nicht befolgten, konnte er uns nicht länger helfen. Aber das war gelogen. Er wollte uns einfach nicht mehr helfen. Er wollte lieber mit Mum unter einem Mandelbaum sitzen und zuhören, wie sie mit ihrer Märchenerzählstimme etwas vorlas. Sie las aus einem dicken Buch vor, auf dem ein Yogi abgebildet war.

»Was ist ein Yogi?« fragte ich.

»Ein heiliger Mann.«

»Wie der Hadaoui?«

»Ja, ein bißchen wie der Hadaoui.«

Auf dem Bild auf dem Buch saß ein sehr alter Mann mit langen weißen Haaren im Schneidersitz, aber so, daß seine Fußsohlen nach oben zeigten.

»Was hat er?« fragte Bea.

»Man nennt es Lotussitz«, erklärte Mum. »Es heißt so, weil seine Füße aussehen wie die Blütenblätter einer Lotusblume.« Sie kreuzte ihren rechten Fuß auf ihr linkes Bein, um zu zeigen, wie man es machte, und zog dann ihren linken Fuß auf das rechte Bein. Fünf Minuten blieb sie ganz steif so sitzen, dann klappten ihre Beine wieder auseinander, und sie seufzte vor Erleichterung.

»Guck, ich kann es auch.« Bea setzte sich aufrecht hin und zeigte stolz, daß sie ihre Beine auch zu einer Blume biegen konnte. Sie blieb sogar so, bis Mum das Kapitel zu Ende gelesen hatte. Ich versuchte vergeblich, mehr als ein Bein überzuschlagen, ohne dabei nach hinten umzukippen. Zum erstenmal war ich froh, daß Bilal jetzt nicht da war.

»Ist er so heilig wie der Mann mit den Mantras?« fragte ich.

»Ja, richtig.« Mum war beeindruckt. »Du erinnerst dich noch an den Guru?«

Ich nickte.

»Und kannst du dich noch an das Mantra erinnern, das er dir gegeben hat?«

Bea sah mich lauernd von der Seite an.

»Du darfst niemandem dein geheimes Wort verraten«, hatte der indische Guru gesagt. »Aber wiederhole dein Mantra für dich jeden Tag hundertmal.« Er hatte ein dunkelrotes Baumwollband um mein Handgelenk gebunden. Ich wollte ihm sagen, daß ich aber nur bis vier zählen konnte, weil ich gerade so alt war, aber ich wagte in dem dunklen Raum, in dem der betäubende Geruch von Räucherstäbchen hing, nicht zu sprechen. Außerdem hatte Mum mich gebeten, ich sollte mir Mühe geben und mich gut benehmen.

Viele Leute warteten draußen, um ihre Mantras zu bekommen. John hatte gesagt, der indische Guru wäre nur für zwei Tage in London, und wir hätten großes Glück, ihn noch zu treffen, bevor wir nach Marokko abgefahren waren. Von allen Leuten, die gekommen waren, um den Guru zu sehen, war ich die erste, die in seinen Raum durfte, weil ich die jüngste war. Als ich auf Bea und dann auf Mum wartete, bis sie wieder rauskamen, merkte ich, wie die Leute mich anstarrten. Ich spielte mit meinem neuen Armband und sagte mein Mantra immer wieder auf. Ich fragte mich, was wohl passieren würde, wenn ich bei hundert ankommen würde.

Gleich nachdem Bea beim Guru gewesen war, kam sie zu mir und flüsterte mir ins Ohr: »Ich sag dir meins, wenn du mir deins sagst.«

Ich wurde puterrot, und mein Herz klopfte, so sehr mußte ich mich anstrengen, um zu tun, als sei ich taub. Statt dessen starrte ich eine Frau an, deren Kleid mit lauter kleinen Spiegeln bestickt war.

Irgendwann gab Bea auf.

Manchmal, wenn wir auf längeren Fahrten mit dem Auto oder mit dem Bus unterwegs gewesen waren, hatte ich es bereut, daß ich so hart geblieben war. Aber dann hatte Bea ihre Meinung geändert. »Du hast deine Chance verpaßt«, sagte sie.

Soviel ich auch bettelte, ihr sogar anbot, ich würde meins zuerst sagen, sie blieb hart und wollte sich auf kein noch so verlockendes Angebot einlassen.

Es war später Nachmittag. Mum lag mit Pedro unter einem Mandelbaum. Bea und ich saßen auf der Gartenmauer und warteten darauf, daß die Frauen singend vom Feld zurückkamen. Sie wurden auf offenen Lastwagen hin und her gefahren, und ihre leuchtenden Kaftane wehten über die Köpfe der Babys, die sie auf den Rücken gebunden hatten. Wir horchten nach ihrem Gesang, sobald die Lastwagen in einer Staubwolke auf der Straße zu sehen waren, und wenn sie näher kamen, hockten wir uns auf die Mauer und winkten ihnen zu. Die Wagen rumpelten mit lautem Krach auf der einzigen Straße durchs Dorf. Die Frauen hatten ihr Haar mit Schals bedeckt, und der glänzende Stoff ihrer Kleider leuchtete in pinkfarbenen und grünen Tupfern. Sie winkten nie zurück. Ihre klaren Stimmen erfüllten den stillen Nachmittag und wurden immer leiser, während der Lastwagen, der sich langsam auf seinem Weg durchs Dorf leerte, die Straße entlangrumpelte.

»Also dann …«, sagte Bea, als sich der Staub auf der Straße wieder gelegt hatte. Ich wußte, was sie gleich vorschlagen würde. Ich wußte, daß sie an das Mantra gedacht hatte. »Ich sag meins, wenn du mir deins sagst.«

»Also gut«, begann ich, aber als ich die Worte aussprechen wollte, merkte ich plötzlich, daß ich sie vergessen hatte.

»Los, sag schon«, drängte Bea.

Ich durfte mir nichts anmerken lassen. Feierlich drehte ich mich zu ihr um. »Verrate niemandem dein geheimes Wort«, sagte ich mit der rauchigen Stimme des Gurus.

Bea schubste mich beinahe von der Mauer. »Helufa!« fluchte sie, als sie den Rosenstamm herunterkletterte.

»Morgen sage ich's dir«, rief ich hinter ihr her. Ich konnte meinen Triumph nicht länger genießen.

»Du hast deine Chance vertan, Chance vertan«, sang Bea. Sie tanzte durch den Garten und warf die Tür zu unserem Zimmer mit lautem Knall hinter sich zu.

Ich saß auf der Mauer und fragte mich, warum Bea nur immer gewinnen mußte, bei jedem Spiel. Auch wenn ich versuchte, mir alles genau zu merken und mich an die Regeln zu halten, im letzten Moment verdrehte sie alles, erfand etwas Neues dazu, und schon hatte sie gewonnen. Ich versuchte, das vergessene Wort wieder herbeizubeschwören. Ich hatte den Verdacht, daß ich es schon vor langer Zeit vergessen hatte, lange bevor ich irgendwann im Bus vorgeschlagen hatte, es uns gegenseitig zu verraten. Ich konzentrierte mich, so sehr ich konnte, und hoffte, daß mein Mantra sich von selbst von allen anderen Wörtern, die ich kannte, trennen würde. Ich wartete, bis die Sonne langsam über den Feldern unterging, die Grillen anfingen zu zirpen und jeder Hahn im Dorf verkündete, daß der Tag zu Ende war.

KAPITEL ZWEIUNDZWANZIG

Als ich aufwachte, lag ich in dichtem Gras. Es war mitten in der Nacht, und die Luft war erfüllt von Tierlauten. Esel schrien, Hunde bellten, Hühner gackerten und Vögel, die man sonst nie nachts hörte, zwitscherten. Um meinen Kopf herum summte es, und tausend Grillen schienen gleichzeitig zu zirpen. Ich bewegte mich unter meiner Decke, aber ich war so fest eingewickelt, daß ich kaum die Arme bewegen konnte. Bea lag dicht neben mir, genauso eingepackt wie ich, und schlief tief und fest.

Ich strampelte mich los und setzte mich auf. Ich konnte die Tür zu unserem Zimmer erkennen, hinter der Kerzenschein flackerte, aber nirgends war ein Schatten von Mum zu sehen. Dann hörte ich Stimmen von der anderen Seite des Gartens. Jeannie jammerte und heulte, Pedro fluchte laut in seiner Sprache. Die Stimmen kamen näher, und ich sah meine Mutter und Scott, die den humpelnden Pedro halb trugen und halb zogen. Jeannie rannte im Zickzack durch den Garten, sie war nackt, bis auf eine Jogginghose.

»Mein Gott, ich kann nicht glauben, daß sowas passiert«, klagte sie. Ihr Körper wirkte im Mondlicht pummelig.

Scott trug einen blauen Schlafanzug, so ähnlich wie meiner, außer daß ich meinen nie zum Schlafen anzog. Mum hatte noch ihren Kaftan an. Pedro humpelte nackt zwischen ihnen. Sie legten ihn vorsichtig ins Gras. Er stöhnte und schloß die Augen.

»Du dummer Kerl.« Mum lachte zärtlich und küßte ihn auf die Lippen. Pedro stöhnte nur noch lauter und fing an zu lachen.

Da wachte Bea auf. »Was ist passiert?« fragte sie und wickelte sich aus ihrer Decke.

»Pedro ist aus dem Fenster des Projektionsraums gesprungen«, erklärte Mum, als wäre es ein alltägliches Ereignis.

»Warum?«

Pedro öffnete halb die Augen. »Weil man das da, wo ich herkomme, immer so macht.«

Scott tastete Pedros Unterschenkel ab. »Ich glaube, gebrochen ist es nicht.«

Pedro stöhnte.

»Du hast dir den Knöchel wahrscheinlich nur verstaucht.«

»Glaubst du, daß man schon wieder reingehen kann?« fragte Jeannie. Sie zitterte am ganzen Körper. Mum bot ihr meine Decke an.

»Nein, man darf nicht sofort wieder ins Haus gehen.« Pedro war nicht zu erweichen. Er stützte sich mit den Ellbogen ab. »Nicht, bis die Tiere wieder ruhig geworden sind.«

Wir blieben im Gras sitzen und horchten auf das Alarmgeschrei der Tiere im gesamten Umkreis.

»Ich habe noch gelesen und fühlte mich ausgesprochen ruhig und zufrieden«, erzählte Mum, »als ich einen ganzen Treck schwerer Lastwagen mit voller Geschwindigkeit die Straße durchs Dorf herunterkommen hörte. Ich las weiter und irgendwann fiel mir ein: Wie kann ein ganzer Treck Lastwagen mit voller Geschwindigkeit durch Sid Zouin rasen? Erst, als das Haus anfing zu zittern, wurde mir klar, daß es ein Erdbeben war. Ein Erdbeben, dachte ich. Wie wunderbar.«

Pedro setzte sich auf und sah sie an, als ob sie nicht mehr ganz bei Trost wäre.

»Dann fiel mir ein, daß ich mich ja wie eine verantwortungsbewußte Erwachsene benehmen sollte. Ich schnappte die Kinder und trug sie hinaus in den Garten, wie man es in so einem Fall tun soll, aber das Beste war« – sie sah uns stolz an –, »daß sie die ganze Zeit weiterschliefen.«

Bea war wütend. »Warum hast du mich nicht geweckt?«

Ich legte mich auf den Rücken in das taufeuchte Gras und drückte meinen Körper fest an den Boden. Vielleicht konnte man so noch ein leichtes Beben spüren. »Ich habe einen tiefen Schlaf«, könnte ich Bilal und Tante Rose später erzählen. »Ich schlafe sogar bei Erdbeben.«

Wir blieben die ganze Nacht draußen, lauschten auf die Tiere rundherum und hörten Pedros Erdbebengeschichten zu. Als er erzählte, wie er beim ersten Grummeln aus dem Bett gesprungen war, sich aus dem nächsten Fenster gestürzt hatte und sich dabei seinen Fuß verstaucht hatte, konnte sich niemand das Lachen verkneifen.

Im ersten Tageslicht konnten wir sehen, daß das Beben

dem Café nicht geschadet hatte. Und, sehr zu Pedros Ärger, auch der Projektionsraum hatte nichts abbekommen. Das einzige im Garten, das Schaden gelitten hatte, war Beas und mein fast fertiggebautes Haus. Es war zu einem Steinhaufen zusammengefallen.

Mit einem Schlag war Pedro wieder bei bester Laune. »Fundament...«, sagte er. »Habe ich es euch nicht gesagt? Ein Erdbeben und...«

»Ja, ich weiß«, sagte Bea, »und RUMPS!«

Der Cadi, der Bürgermeister des Dorfes, untersuchte Pedros Knöchel und stellte fest, daß er verstaucht war.

»Aber schwer verstaucht«, betonte Pedro.

Von da an waren die sieben Stufen, die in den Projektionsraum führten, ein unüberwindliches Hindernis geworden. Mum bot Pedro an, mit zu uns zu ziehen. Bea war überhaupt nicht begeistert. Sie war so wütend, daß ich zuerst gar nicht wußte, für welche Seite ich mich entscheiden sollte. Doch dann schloß ich mich ihrer »Pedro-Flickenpo-Verfolgungskampagne« an, die damit endete, daß wir eine Woche später frühmorgens heimlich aufstanden und alle Flicken von seiner Hose trennten. Wir arbeiteten fieberhaft, bis sie nur noch ein einziger Haufen Fetzen war. Pedro schlief immer noch nackt unter seiner Decke, als Mum aufsprang und uns beiden mit der flachen Hand einen kurzen, aber festen Klaps gab. Dann ging sie wieder ins Bett und schlief weiter.

Als die Sufis im Dorf ankamen, hatte Pedro uns längst verziehen, seine Hose war wieder geflickt, und er konnte sie wieder tragen. Die Sufis waren zwei Amerikaner auf einer Pilgerfahrt nach Algerien. Sie waren unterwegs zur Zaouia, einer Moschee, in der der dritte Sufi, Scheich Bentounes, lebte.

Da Akaris Hotelzimmer noch nicht fertig waren, mußten die Amerikaner im Garten unter freiem Himmel schlafen. Mum saß die ganze Zeit mit ihnen zusammen und stellte ihnen tausend Fragen. Sie wollte die rituellen Atemtechniken lernen, die sie bei ihren Gebeten anwandten. Die beiden Amerikaner meinten, das sei nichts, was man über Nacht lernen könnte, aber wenn sie wirklich interessiert wäre, sollte sie zur Zaouia fahren und dort alles selbst lernen.

Mums Augen strahlten vor Begeisterung.

Pedro spielte traurige Lieder auf seiner Gitarre. Seine Lieder wurden während der Nacht immer lauter und trauriger. Dann sang er in seiner Sprache weiter und übertönte die Unterhaltung.

Ich zwang mich, wach zu bleiben. Ich behielt Mum die ganze Zeit im Auge, denn ich war fest davon überzeugt, daß sie sich, wenn ich auch nur einen Moment nicht hinsah, sofort in eine Sufi verwandeln würde.

Die Schwarze Hand war eine abgehackte Hand, die in der Welt herumreiste und ihre Opfer erwürgte. Sie hinterließ immer ein bestimmtes Zeichen am Hals ihrer Opfer: den schmutzigen Abdruck ihres Daumens. Ich hörte ihre Schritte auf der Treppe.

Eins. Klopf. Stille.

Zwei. Klopf. Ruhe. Tödliche Stille. Lautlos erwürgt.

Drei …

Dann ein Rütteln am Türknopf, als sie … als sich ihre Finger krümmen … als sich der Türknopf dreht …

Schweißgebadet wachte ich auf.

Die Sufis waren weg, und Mum war nirgends zu sehen.

»Mamiiiie!« heulte ich durch die Dunkelheit, mit gebrochenem Herzen. Ich saß auf der Türschwelle und heulte: »Mamiiiie!«

Eine leicht gereizte und verschlafene Stimme brummelte hinter mir aus dem Zimmer: »O bitte, sei still, Liebes, und geh wieder schlafen.«

Es war Mums Stimme.

Mum fing wieder an zu beten, verneigte sich auf ihrem Gebetsteppich Richtung Osten. Sie übte ständig neue Yoga-Positionen, unter anderem den Lotus-Sitz, und redete von einem neuen Abenteuer. Je unruhiger sie wurde, um so mehr versuchte Pedro sie zu überreden, den ganzen Sommer in Sid Zouin zu verbringen. Bea, die gerade die letzte Lektion in ihrem Buch durchgearbeitet hatte, sagte, sie müsse unbedingt bald wieder zur Schule gehen, am besten in England. Ich dachte an Bilal und wie er nach uns suchte, von einem Café zum anderen wanderte und in unserem leeren Zimmer im Hotel Moulay Idriss stand. Ich übte auf der Gartenmauer zu balancieren, schwang mich in den Handstand, obwohl daraus nie ein richtiger Überschlag wurde, und versuchte, all meinen Mut zusammenzunehmen, um ein brennendes Streichholz in meinem weit geöffneten Mund zu löschen.

Bea und ich saßen im Taxi und warteten, bis Mum und Pedro sich verabschiedet hatten. Sie standen zusammen am Torbogen zum Garten und hielten sich an den Händen.

»Komm jetzt, Mum«, riefen wir in Abständen.

Scott und Jeannie waren nicht gekommen, um uns zu verabschieden. Jeannie hatte Mum nicht verziehen, daß sie ihren Rat nicht befolgt hatte. »Diese Sprache wird sie durcheinanderbringen«, hatte sie Mum gewarnt. »Kinder brauchen Disziplin.«

»Davon hatte ich selbst genug«, hatte Mum geantwortet, »und es hat mir nicht besonders gutgetan.«

Pedro stand auf der Straße und sah dem Wagen nach, als wir davonfuhren. Er sah traurig aus. Mum streckte ihre Hand aus dem Seitenfenster und winkte, aber sie drehte sich nicht um dabei.

Als wir Pedro aus den Augen verloren hatten, begann sie, uns ihren Plan zu erklären. »Wir bleiben einige Nächte in Marrakesch, warten, bis unser Geld ankommt, und dann fahren wir nach Algier zur Zaouia.«

»Was ist mit meiner Schule?« fragte Bea.

»Und was ist mit Bilal?«

»Wenn Bilal in Marrakesch ist«, versicherte mir Mum, »finden wir ihn bestimmt.«

»Vielleicht wissen die Gnaoua, wo er ist, oder der Verrückte«, überlegte ich. »Oder die Windel-Frauen im Hotel.«

Moulay Idriss begrüßte uns mit einem überraschten Lächeln und einem Tee, aber er erklärte uns, daß im Moment kein Zimmer frei sei. Auch nicht nur für eine Nacht.

Die Windel-Frauen tauchten in der Tür auf. Sie hatten uns von der zweiten Etage aus unten gesehen. Moulay Idriss lud sie in sein mit Kissen reichlich ausgestattetes Büro ein, mit uns einen Tee zu trinken. Mum wurde rot. Der pinkfarbene Samt ihrer Lieblingshose spannte sich um den prallen Oberschenkel einer der Damen. Mum hatte die Hose auf ihrer Maschine selbst genäht und sie dann eine ganze Woche lang getragen, bis sie eines Morgens, nachdem wir lange vor der Toilette angestanden hatten und in unser Zimmer zurückkamen, verschwunden war. Mum starrte ungläubig auf die pinkfarbenen Beine, die vor ihr im Schneidersitz gekreuzt waren, und dann auf das strahlende Lächeln der einen Windeldiebin.

»Natürlich wußte ich daß sie es war«, sagte sie hinterher. »Aber diese Dreistigkeit! Sie muß sie extra angezogen haben, als sie uns gesehen hat.«

Nachdem wir höflich drei Gläser Tee geleert hatten und Mum die Hoffnung aufgegeben hatte, daß Moulay Idriss uns ein anderes Hotel finden würde, brachen wir auf zur Djemaa El Fna, um nach Bilal Ausschau zu halten. Mum lehnte dankend ab, als die Damen anboten, auf unsere Taschen aufzupassen.

Wir gingen von Café zu Café auf der Suche nach einem bekannten Gesicht. Der von vielen Glühbirnen erleuchtete Platz, auf dem es warm nach Essen roch, schien voller Erinnerungen, und ich war glücklich, endlich wieder zu Hause zu sein. Wir stellten unsere Taschen bei dem großen Café ab, wo wir zum erstenmal Luigi Mancini getroffen hatten. Mum bestellte eine Fleisch*tajine* und ging bei dem einsamen Verkäufer auf dem Platz Zigaretten kaufen. Der

Verrückte kam an unseren Tisch. Er lächelte. Sein einziger Zahn im Mund sah aus, als würde er auch bald ausfallen.

»Der Verrückte! Der Verrückte!« sang ich froh vor mich hin. Ich streckte ihm die Hand hin und zog ihn auf einen Stuhl.

Bea und ich löcherten ihn mit unseren Fragen. »Bilal? Khadija? Tante Rose? Hadaoui? Bilal? Bilal?«

Der Verrückte lächelte bei jedem Wort und wiederholte es mit sanfter Stimme. Ich versuchte, in seinen Augen zu lesen. Sie waren dunkel und ganz weit weg. »Bilal...«, sagte er versonnen.

Mum kam mit Luna und Umbark zu unserem Tisch zurück. Luna hob ihren Schleier und küßte Bea und mich auf beide Wangen. Sie sah in unsere Gesichter. »Sie verändern sich jeden Tag«, sagte sie, und Tränen glitzerten in ihren Augenwinkeln. Luna setzte sich. Aber nicht wir hatten uns verändert, sondern sie. Sie war merkwürdig aufgequollen, seit wir weggefahren waren, und die blauen Adern in ihrem Gesicht, die sich dicht unter der Haut entlangzogen, gaben ihr ein durchsichtiges Aussehen. Luna bemerkte die roten Kratzer in meiner Armbeuge. Ich hatte meinen Ärmel hochgerollt, um ihn etwas zu kühlen, nachdem mich wieder ein schlimmer Juckreiz überfallen hatte. Luna untersuchte die aufgekratzten, nässenden Stellen. Unter ihrem Blick taten sie wieder weh.

Mum wühlte in ihrer Tasche und holte die runde Dose heraus, die sie von einem Händler in Sid Zouin gekauft hatte. Nachdem wir meinen Arm dem Cadi, Pedro, Scott, Jeannie und fast allen anderen Dorfbewohnern gezeigt hatten, hatte ein fliegender Händler einen Blick darauf geworfen und versichert, er hätte das beste Heilmittel dagegen, das einzig wahre. Und er hatte uns eine kleine, flache Dose Creme verkauft. Erst als er schon auf seinem Esel aus dem Dorf geritten war, stellte Mum fest, daß sich die Dose gar nicht öffnen ließ. Pedro brach sich fast einen Finger, als er versuchte, sie aufzubrechen, und Scott probiertes jedes der kleinen spitzen Instrumente an seinem Taschenmesser. Wie vorher mein Arm, wurde nun auch die Dose nacheinander vom Cadi und allen anderen Dorfbewohnern untersucht. Als wir sie wieder bekamen, war sie ziemlich verbeult, aber immer noch fest verschlossen.

Mum gab die Dose am Tisch herum. Als sie beim Verrückten ankam, hielt er sie gegen das Licht und nickte nachdenklich über den geheimnisvollen Inhalt. Ohne ein Wort ließ er sie in eine Falte seiner Dschellabah gleiten.

Ich tunkte mein Brot in den dampfenden Saft der Lamm-*tajine* und verbrannte mir beim Essen die Finger. Luna und Umbark hatten von Bilal weder etwas gesehen noch gehört, nachdem er mit dem Hadaoui weggegangen war.

»Vielleicht sind sie in der Wüste unterwegs. Er und der Hadaoui«, meinte Luna. Mum stimmte ihr zu und erzählte ihnen von ihrem Plan, zur Zaouia zu fahren.

Wir übernachteten bei Luna und Umbark in ihrem winzigen Zimmer, und morgens ging Mum allein zu ihrer Bank.

Luna nahm Bea und mich mittags mit zum Essen. »Ich möchte, daß ihr ein paar Freunde von mir kennenlernt«, sagte sie.

Lunas Freunde waren eine englische Familie, die im französischen Viertel der Stadt wohnten. Sie hatten zwei Kinder. Ein Baby, das noch jünger war als Mob, und einen Jungen, der Jake hieß und sich an den Beinen seiner Mutter festhielt, wenn sie in der Küche umherging.

Bea war von dem Mittagessen sehr beeindruckt. Genau wie ich. Es gab Unmengen Kartoffelbrei. Wir aßen jede drei Portionen. Ich genoß still und andächtig dieses wunderbare Essen, während Bea redete. Sie erzählte Jakes Mutter alles über die Schule. Was sie alles gelernt hatte, und was noch nicht, und wie oft die Kinder geschlagen wurden, und davon, daß einmal der Stock zerbrochen war. Sie erzählte alles, was sie sonst immer für sich behielt.

Nach dem Essen spielte ich mit Jake mit einem roten Plastiktelefon. Er rief den Weihnachtsmann an, und ich Luigi Mancini. Bea half Sophie mit dem Abwasch.

Ich hörte, wie Bea Sophie erzählte, daß Mum in einer Moschee leben wollte, mit vielen Scheichs, die den ganzen Tag im Lotussitz saßen, und daß sie da nicht mitwollte. Luna unterbrach sie und sagte, daß Mum nur für einen kurzen Besuch dorthin wollte, nicht um dort zu leben, aber Bea sagte, das wäre ihr egal, sie wollte trotzdem nicht mit.

Als wir gehen wollten, drehte Bea sich noch einmal zu Sophie um. »Könnte ich nicht bei euch bleiben, wenn Mum zu dieser Moschee fährt?« fragte sie und machte hoffnungsvolle, runde Augen.

Sophie sagte zuerst nichts. »Wenn deine Mum nichts dagegen hat«, sagte sie schließlich leicht zögernd, »kannst du natürlich gern bei uns bleiben.« Sie sah hinüber zu einer geschlossenen Tür, hinter der wir ihren Mann auf der Schreibmaschine klappern hörten. »Ja, ich glaube, das würde gehen«, sagte sie noch einmal, als sie die Haustür öffnete.

Wir trafen Mum auf der Djemaa El Fna. Ihr Geld war nicht angekommen, und sie hatte schlechte Laune. Ängstlich wartete ich darauf, daß Bea ihre Neuigkeit verkündete. Aber jedesmal, wenn ich ihren Blick auffing, sah sie weg. Luna sagte nichts.

»Wir bleiben noch eine Nacht bei euch, wenn es geht.« Mum sah Luna an. »Und dann fahren wir. Ich glaube, wenn wir ein paar Leute anhalten, die uns mitnehmen, könnten wir es in einem Tag schaffen.«

»Du willst per Anhalter fahren?«

»Ja. Und ich werde der Bank sagen, sie sollen das Geld nach Algier schicken, wenn es ankommt.«

Niemand sagte etwas darauf. Das war Beas Chance. Ich gab ihr unter dem Tisch einen Tritt. Sie schwieg weiter.

Da tauchte der Verrückte mit unserer Dose auf. Er hielt sie mir unter die Nase, und mit einem Triumphschrei drehte er sie auf. Drinnen war ein runder Klecks festes schwarzes Wachs, das aussah wie ein Wachsmalstift.

»Schuhcreme«, sagte der Verrückte gedehnt, und Luna übersetzte seine stockenden Sätze. »Nicht so gut. Diese Schuhcreme ist schon sehr, sehr alt.«

Als Mum dabei war, unsere Sachen zu sortieren, zu entscheiden, was wir mitnehmen mußten und was hierbleiben konnte, sagte Bea in beiläufigem Ton: »Oh, Mum, ist es in Ordnung, wenn ich nicht mitkomme?«

Mum hielt einen Moment inne, und fuhr dann fort, die Sachen zu packen.

»Ich habe Sophie gefragt, ob ich bei ihr bleiben kann, und sie hat ja gesagt. Sie hat gesagt, wenn du nichts dagegen hast. Sie hat gesagt…«

Mum zog ein T-Shirt von Bea wieder heraus und legte es auf die Seite.

»In Ordnung«, sagte sie matt, »wenn du es gern willst.«

Bea öffnete ihren Mund zu weiteren Erklärungen und klappte ihn wieder zu.

Mum sagte kein Wort.

»Gute Nacht«, sagte sie irgendwann, als sie fertig war mit Packen. Es gab eine große Tasche für Mum und mich und eine kleine für Bea.

»Gute Nacht«, antworteten wir beide im Chor. Es sollte fröhlich klingen. Mum ging nach draußen auf die Terrasse zu Luna und Umbark.

Bea stand auf dem Treppenabsatz vor Sophies Haus und sah uns nach. Hinter ihr stand Sophie im Morgenmantel und winkte.

»Wir kommen bald wieder«, rief ich zurück, dann bogen wir um eine Ecke und sahen sie nicht mehr.

»Ich hätte nie gedacht, daß sie ja sagt«, hatte Bea mir zugeflüstert, als Mum außer Hörweite auf der Terrasse gewesen war. Doch wir waren uns einig, daß es jetzt kein Zurück mehr gab.

KAPITEL DREIUNDZWANZIG

Mum und ich standen am Straßenrand und streckten unsere Daumen aus. Die meisten, die an uns vorbeifuhren, waren Lastwagen, und meistens fuhren sie in die verkehrte Richtung. Sie stauten sich vor den Stadttoren, voll beladen mit Wassermelonen, Orangen, Hühnern und Schafen. Ich mußte an all die Hühner denken, die am letzten Tag des Ramadan gegessen worden waren. Jede Familie im Hotel hatte eins gekauft, und auf jedem Stockwerk gackerten Scharen von aufgeregten, zitternden Hühnern, die wußten, daß dies ihr letzter Tag sein würde. Dann hingen sie da, nackt und gerupft, mit zusammengebundenen Füßen und baumelnden Hälsen, bevor sie in den Kochtopf kamen. Ich dachte auch an Schneeweiß und ihre Knopfaugen und wie sie immer die Körner aus der Hand zwischen den Fingern herausgepickt hatte.

»Irgendwann müssen sie ja alle wieder zurückfahren«, meinte Mum, als wir den Wagen hinterhersahen, die in Richtung Stadt fuhren. Der Himmel hatte eine leicht grünliche Farbe angenommen, der Nebel löste sich allmählich auf, aber es war immer noch ziemlich kalt.

Ein großer blonder Mann kam aus dem Stadttor und

ging auf uns zu. Ein Stück vor uns blieb er stehen und wartete genau wie wir, den Blick auf die Straße geheftet.

»Wo willst du hin?« rief Mum ihm zu, nachdem zwei Autos an uns und ihm vorbeigerauscht waren, ohne anzuhalten. Er war sehr dünn, und seine Hose sah aus, als ob er sie selbst gemacht hätte. »Wo willst du hin?« fragte Mum noch einmal, als er näher kam.

Der Tramper hob seine Arme in einer fragenden Geste und murmelte etwas in seiner Sprache.

Mum wiederholte ihre Frage auf französisch, dann auf arabisch. Wenn Bea jetzt da gewesen wäre, hätte er uns bestimmt verstanden, dachte ich. Mum deutete auf die Straße. »Algier?«

»Ah, Algier.« Er nickte und lächelte. »Algier.«

Kurz darauf hielt ein Lastwagen. Mum und ich saßen vorne beim Fahrer. Der Tramper kletterte hinten auf die offene Ladefläche und machte es sich im Stroh und den Überresten einer Schafladung bequem.

»Algier?« fragte Mum, als wir ins Führerhaus stiegen.

»Algier?« fragte sie noch einmal etwas ängstlicher, als wir losfuhren. Der Fahrer zog nur eine Augenbraue hoch und drückte aufs Gaspedal.

Der Lastwagen raste mit abenteuerlicher Geschwindigkeit über die holprige Piste. Alles, was sich auf der Straße bewegte, mußte überholt werden. Selbst ein einsamer Esel wurde mit ohrenbetäubendem Hupen gewarnt, daß wir an ihm vorbeifahren wollten. Ich hielt meine Augen fest auf die Straße gerichtet. Ich war sicher, wenn ich nur einen Moment woanders hinsah, würden wir uns in einen Haufen Metall verwandeln.

Die Sonne stieg langsam immer höher und machte aus dem Lastwagen den reinsten Backofen. Die Straße schien vor meinen Augen zu schmelzen. Mit großer Anstrengung schaffte ich es, meine Augen von der Straße zu lösen. Ich drehte mich um und sah den Tramper. Er lag mit dem Gesicht nach unten in einem Haufen Stroh und hatte sich sein Hemd über den Kopf gebreitet.

Plötzlich hielt der Fahrer mit scharfem Bremsen. Er rutschte von seinem Sitz und nahm ein sorgfältig eingewickeltes Päckchen mit Essen und ging zu einem nahen Baum. Mum und ich kletterten mit steifen Beinen aus dem Wagen. Der Fahrer sah uns mißmutig entgegen, als wir uns näherten, aber der Baum bot weit und breit den einzigen Schatten, und die Sonne brannte schon ein Loch in meinen Kopf. Kleine weiße Punkte tanzten vor meinen Augen.

Mum summte halbherzig ein Lied vor sich hin. Wir teilten uns eine Orange und aßen die Hälfte von dem mitgebrachten Brot. Der Fahrer hatte sein Essen beendet und schlief unter dem Baum, im Sitzen an den Stamm gelehnt, ein.

»Sind wir bald da?« fragte ich. Mum meinte, sie wüßte es nicht so genau, aber die halbe Strecke hätten wir wohl geschafft.

Der Tramper schlief den ganzen Nachmittag weiter und wachte erst auf, als wir bei einem Haus hielten, wo es Abendessen gab. »Algier?« fragte er, als ob ihm gerade eingefallen sei, wo er war.

Der Fahrer schüttelte den Kopf, und Mum sagte: »Nein, noch nicht, aber ich glaube, wir sind bald da. Wir sind bestimmt schon seit zwölf Stunden unterwegs.«

»Henning.« Der Tramper deutete auf sich.

Nachdem wir gegessen und eine Weile den unverständlichen Lauten aus dem Radio zugehört hatten, stand der Fahrer auf und ging zurück zum Lastwagen. Es war schon dunkel, aber immer noch sehr warm. Die Luft roch nach Erde.

»Können wir nicht hinten bei Henning sitzen?« fragte ich. Mir graute vor dem säuerlichen Geruch im Führerhäuschen.

Henning unterhielt sich gut gelaunt mit Mum.

»Erst kürzlich«, unterbrach Mum ihn, als hätte sie jedes seiner Worte verstanden und wollte das Gespräch weiterführen, »habe ich angefangen, mich für die Sufis zu interessieren.«

Henning antwortete etwas, von dem man nur die Wörter »Henning« und »Algier« verstehen konnte.

Ich legte mich zurück und sah in den Sternenhimmel. Die Sterne sahen hier anders aus als in Marrakesch. Sie leuchteten fast weiß und waren manchmal in hellen Nebeln über den ganzen Himmel verteilt. Außer Hennings leise murmelndem Monolog hörte man nur die Grillen und die Stille der Nacht.

»Wir fahren ja gar nicht«, platzte Mum plötzlich heraus. »Jetzt merke ich erst, daß wir überhaupt nicht weiterfahren.« Sie stand auf und sah durch das kleine Rückfenster ins Führerhäuschen. »Er schläft«, stellte sie fest. »Er sitzt da und schläft tief und fest.« Dann mußte sie lachen. »Nun, es sieht so aus, als würden wir heute jedenfalls nirgends mehr ankommen.« Mum legte sich aufs Stroh. »Also morgen, wenn es Gott gefällt. Inschallah.«

Henning war hellwach. Er saß mir direkt gegenüber und redete und sah mich mit seinen hell schimmernden Augen immerzu an. Sonnenstich, hätte Mum bestimmt gesagt, wenn sie noch wach gewesen wäre. Er redete ohne Pause weiter, ohne auch nur Luft zu holen. Ich horchte auf die entfernten Laute aus dem Radio und das Zirpen der Grillen um uns herum. Ein Hund heulte und fing dann wild an zu bellen. Henning zwinkerte nicht einmal. Seine Worte klangen schwer und gewichtig, und von Zeit zu Zeit räusperte er sich.

Ich blieb in meiner Ecke. »Sufi, Medins, Coca-Cola, Coca-Cola«, sang ich leise. »Ramadan, Calisha, Ohrringe und Gummibärchen.« Meine Stimme wurde kräftiger. »Waa waa Khadija.«

Henning war ruhig.

»Waa waa Khadija«, heulte ich. »Waa waa, glaube ihr. Waa waa Katzenfieber. Waa waa Bea, Bilal. Rote Bete, rote Bilalbete, la la ilalete.« Meine Stimme schwoll an und ebbte ab, ich hatte es so oft geübt, daß es schon beinahe wie Om Kalsoum klang.

Henning hatte aufgehört zu reden. Ich murmelte und sang leise triumphierend weiter. »Der alte Graf von York, Scheich Bentounes, hey Helufa, er hatte zehntausend Mann... Kartoffelbrei...«

Henning fing an zu schnarchen.

Die Luft war scharf und kalt, die Sonne ging wie ein pinkfarbener Ball auf, neben dem der Himmel ganz weiß aussah. Unser Lastwagen brummte einen steilen Berg hinauf. Auf einer Seite ragten Felswände in den Himmel, hinter denen die Straße in einer Kurve verschwand. Auf der anderen Seite ging es steil nach unten ins Nichts. Die Sonne stieg langsam höher, und vereinzelt hörte man einen Vogel, sonst nur die Reifen, die am Abhang entlangknirschten und Wolken von trockener Erde und kleinen Steinchen in den Abgrund schleuderten. Wir waren in den Bergen. Die Straße war keine Straße mehr, sondern ein enger Pfad. Unter uns breitete sich eine Ebene aus, die von oben aussah wie braunes Packpapier. Dazwischen ein paar kleine Felder mit knorrigen Bäumen und kleinen Punkten, vielleicht Ziegen, die die frisch über Nacht gewachsenen Triebe abknabberten.

Durch das kleine Fenster des Führerhäuschens konnte ich den Kopf und die Schultern unseres Fahrers sehen. Er hielt das Lenkrad nur mit einer Hand fest. Es sah aus, als würde er vor sich hin pfeifen. Ich weckte Mum. »Wir sind in den Bergen.«

Sie richtete sich verschlafen auf. Erst sah sie auf die Felswand auf der einen Seite, dann spähte sie auf meiner Seite über den Rand der Ladefläche in den Abgrund. Sie zuckte zurück.

»Ich kann mich gar nicht erinnern, daß Berge auf der Karte waren«, sagte sie, »oder vielleicht doch ...«

Sie sah hinunter in die Ebene, auf die Felder und die kleinen Häuschen und die ständig wechselnden Farben der Erde.

»Mum«, versuchte ich sie aus ihren Gedanken zu reißen.

»Ja?« Dabei blieb sie am Rand der Ladefläche sitzen und ließ ihre Arme und ihren Kopf über den Rand baumeln.

»Mum, hör mal«, drängte ich wieder und zupfte an ihrem Kleid.

»Ich hoffe nur, daß uns niemand entgegenkommt.« Sie blickte mit zusammengekniffenen Augen nach vorn am Fahrer vorbei auf die kurvige, enge Straße mit der Felswand auf der einen Seite.

Als die Sonne allmählich höherstieg, kroch der Lastwagen nur noch im Schneckentempo den Berg rauf. Schwarze und weiße Ziegen sahen uns von den Felsen aus zu. In den Bergen war es etwas kühler als in der Ebene, die Luft duftete süß und frisch. Mum breitete ein Tuch über Hennings Kopf. »Damit er nicht wieder so verrückt ist, wenn er aufwacht«, erklärte sie.

Mum und ich aßen den Rest von unserem Brot und aßen jede eine Orange. Der Saft klebte auf meinen Händen und lief an den Armen herunter, die bald anfingen zu jucken.

»Ich muß aufs Klo.«

Mum klopfte an das Fenster, damit der Fahrer anhielt. Er drehte sich um und sah für zwei schreckliche Sekunden nicht mehr nach vorn auf die Straße. Ich kratzte wie wild meinen Arm.

»Stop, Halt, Arrete«, rief Mum ihm durch das Fenster zu. Er sah sie verständnislos an und fuhr weiter.

»Aber ich muß aufs Klo«, jammerte ich.

Mum gab mir einen Klaps auf die Hand, damit ich mich nicht mehr kratzte. »Ich halte dich, und du pinkelst über den Rand«, sagte sie und hob mich hoch.

Henning lag unter seinem Tuch und rührte sich nicht.

Mum hielt mich fest im Arm, während ich mich auf den

Rand hockte und versuchte, auf die Straße und nicht auf die Ladefläche zu pinkeln. Gerade als ich fertig und wieder in Sicherheit war, ertönte ein lautes Hupen. Es kam nicht von unserem Lastwagen, sondern von etwas höher aus den Bergen. Von Kurve zu Kurve kam es näher und wurde lauter. Unser Wagen kam zum Halten. Der Fahrer öffnete seine Tür und stieg aus.

»Algier?« Henning war wach geworden und blickte sich verwirrt um.

Ein Lastwagen, der fast genauso aussah wie unserer, nur daß er eine Ladung Schafe transportierte, kam einige Meter vor uns zum Stehen. Die beiden Fahrer standen mitten auf der Straße und diskutierten. Sie zeichneten einen Plan auf den Weg. Dann ging jeder zurück zu seinem Wagen. Zuerst setzte der andere etwas zurück. Dann fuhren wir im Schrittempo an, Zentimeter um Zentimeter bewegten wir uns auf den Rand der Felsen zu. Henning legte die Hände vors Gesicht. Mum und ich krochen auf die sicherere Seite.

Der andere Lastwagen zwängte sich immer dichter an die Felswand auf der anderen Seite, ab und zu drehten seine Räder durch, wenn sie auf einem größeren Brocken festhingen. Stück für Stück bewegten wir uns vorwärts, bis die beiden Führerhäuschen auf gleicher Höhe waren und ihre Türen aneinanderschabten. Das quietschende Geräusch übertönte sogar das Heulen der Motoren und das ängstliche Blöken der Schafe. Unser Wagen kam ins Rutschen. Ein Schwall kleiner Steine und Erde wurde über den Rand in die Tiefe geschleudert. Starr vor Angst horchte ich auf das rutschende Geräusch unter unseren

Reifen. Mum zog mich ans hintere Ende des Lastwagens. Ich hielt mich an ihr fest und war bereit abzuspringen. Henning hielt sein Gesicht in den Händen vergraben.

Wir kamen mit leichtem Rutschen millimeterweise vorwärts. Ich schnappte nach Luft, daß es weh tat. Eine Stelle zwischen meinen Rippen schien genauso zu brennen wie mein zerkratzter Arm. Ich wollte mich nur noch hinlegen und schlafen. Ein dickes weißes Schaf beobachtete mich mit sorgenvollem Blick. Ich ließ es nicht aus den Augen, während es sich langsam an mir vorbeibewegte, bis schließlich mit einem lauten Hupen unser Lastwagen nach vorn setzte und mit quietschenden Reifen wieder auf die Mitte der Straße zog.

Henning sprang auf und machte einen Freudentanz. Mein Gesicht fühlte sich an wie eingefroren und fing an zu kribbeln, als es sich jetzt wieder entspannte.

»Sind wir bald da?« fragte ich, obwohl ich wußte, daß mir keiner von beiden eine Antwort geben konnte.

»Guck nicht so hin«, sagte Mum, als unser Fahrer sein Essenspaket auswickelte.

Wir hatten auf dem Gipfel des Berges angehalten. Kleine, gläserne Kristalle schimmerten violett auf dem Boden. Mum sagte, es sei Amethyst. Der Amethyst war ein Edelstein, der wie schimmernde Tierfiguren aus den Felsen wuchs. Ich wollte gern etwas davon sammeln. Alles, oder vielleicht nur ein bißchen, aber die Steine waren so schwer, daß ich sie nicht einmal bewegen konnte. In Marrakesch hatte ich gesehen, wie Frauen auf dem Markt Ohrringe und Armbänder mit Amethyst verkauften.

Wenn ich etwas mitnehmen könnte, würden Bea und ich es an einem kleinen Stand verkaufen, und Bilal könnte Witze erzählen und ein paar Kunststücke vorführen, um Kunden anzuziehen. Wir würden reich werden und in einem Palast leben wie Luigi Mancini, nur daß er fliegen konnte und wir ihn überall mitnehmen konnten, wenn Mum wieder ein Abenteuer erleben wollte.

Henning hockte auf einem Felsen und beobachtete, wie der Fahrer sein Essen verspeiste. Er tat so, als würde er nicht hinsehen, aber ich merkte, daß er jeden Bissen genau verfolgte.

Ich versuchte ihn zu überreden, mir zu helfen. Ich wollte ihn dazu bringen, einen Stein loszubrechen, der klein genug war, um ihn zu tragen. Oder er konnte einen Stein auf den Boden werfen, so daß er in tausend kleine Stücke sprang, die ich dann aufsammeln konnte. Sie würden gerade die richtige Größe haben, um sie an unserem Stand zu verkaufen. Doch er weigerte sich zu verstehen, was ich wollte, und beobachtete weiter unseren Fahrer beim Essen.

Mum saß aufrecht mit geschlossenen Augen da und meditierte.

Am späten Nachmittag kamen wir bei einem Weinberg an. Um der brennenden Sonne zu entgehen, saßen wir mittlerweile alle vorn in dem schmalen Streifen Schatten, den das Führerhäuschen auf die Ladefläche warf. Als wir durch ein verblichenes Holztor fuhren, drehte sich der Fahrer um und lächelte zum erstenmal während der ganzen Fahrt. Er hielt vor einer Reihe Steinhäuser und stellte den Motor ab. Ein Hund kam aus dem Schatten gelaufen und sprang vor Freude an ihm hoch. Der Fahrer wehrte ihn liebevoll ab und streckte sich.

Hier war seine Fahrt zu Ende, er war zu Hause in seinem Weinberg angekommen. Bevor wir unsere Reise fortsetzten, bestand er darauf, uns herumzuführen und uns alles zu zeigen. Wir spazierten lustlos durch Reihen grüner Weinreben. Die Trauben, die an ihnen hingen, waren viel zu klein, um sie zu essen. Der Fahrer platzte beinahe vor Stolz. Er redete unaufhörlich und schubste ab und zu den Hund mit einem geduldigen Lächeln aus dem Weg.

»Algier?« fragte Mum, als die Führung beendet war. Der Fahrer zeigte auf die steinige Straße, die von seinem Hof wegführte. Wir bedankten uns und machten uns auf den Weg.

Mum, Henning und ich standen an der staubigen Straße und suchten hoffnungsvoll den Horizont nach einem herannahenden Wagen ab. Es tat sich nichts.

Also gingen wir zu Fuß ein Stück in die Richtung, in die der Fahrer gezeigt hatte.

»Irgendwie habe ich das Gefühl, wir sind auf einer dieser Straßen, wo nie jemand langfährt«, sagte Mum nach einer Weile.

Es dämmerte schon. Und kaum hatte man bemerkt, daß es dämmerte, war es auch schon stockdunkel. Es hatte keinen Sinn, jetzt noch weiterzugehen. Wir setzten uns auf eine Mauer.

Ich machte die Augen zu und stellte mir vor, wie Bea jetzt in einem richtigen Schlafzimmer mit vielen Spielsachen unter einem weißen Bettuch lag und nicht einschlafen konnte, weil sie sich den Bauch mit Kartoffelbrei so vollgeschlagen hatte. Manchmal würde sie sicher Tante Rose besuchen, die ihr Geschenke gab, selbstgemachte Plätzchen und Zitronenlimonade. Sie würde Khadija ganz für sich allein haben, und wenn dann Bilal wiederkam und sie ihm erzählte, daß Mum und ich sie zurückgelassen hatten, würde sie ihm leid tun und sie würde seine Lieblingstochter werden. Ich fragte mich, was Mum wohl für ein Gesicht gemacht hätte, wenn ich mich auch geweigert hätte, mit zur Zaouia zu kommen. Bei dem Gedanken lief es mir eiskalt den Rücken runter. Ich hätte es nie fertiggebracht.

Ich mußte eingeschlafen sein, denn als Ali aus der Dunkelheit auftauchte und sich vorstellte, wachte ich mit einem Schreck auf. Ali wußte, wo wir über Nacht bleiben konnten. Er führte uns zu einer Lehmhütte mit einem Strohdach. Der Mond schien durch die Türöffnung hinein, und man sah ein paar Matten, die auf dem Boden lagen.

Henning hatte ein Kartenspiel dabei. Henning, Mum und ich setzten uns in einen Kreis und spielten Schnippschnapp. Ali war ohne ein Wort verschwunden, nachdem wir es uns bequem gemacht hatten. Es war schwierig, bei Mondlicht Schnippschnapp zu spielen, aber es war das einzige Spiel, das wir Henning erklären konnten. Jedesmal wenn einer Schnippschnapp sagte, zündete man ein Streichholz an, um zu sehen, ob es stimmte. Wir spielten eine Ewigkeit so weiter, und als Henning gewann, fingen wir wieder von vorne an. Ich war viel zu hungrig, um zu schlafen.

Wir hörten sie schon, bevor sie bei der Hütte waren. Man hörte leise Stimmen und zwischendurch ein Kichern, als sie näher kamen. Wir hörten auf zu spielen und horchten. Ali kam herein. Er trug etwas unter dem Arm. Er setzte sich zwischen uns und packte das Bündel aus. Drei große, runde weiße Brote. Im Nu erfüllte ihr warmer süßer Duft die Hütte. Ali drängte uns zu essen.

»Du mußt deiner Schwester tausend Dank sagen.« Mum war richtig gerührt.

Zwei andere Jungen waren mit Ali gekommen. Sie hockten sich in den Eingang. Einer hatte einen tragbaren Plattenspieler dabei, der andere einen Stapel Schallplatten. Während wir Alis Brote verschlangen, setzten seine Freunde das Gerät in Betrieb, und bald ertönte in der Hütte ägyptische Musik, die wie ein magischer Duft die Luft in Schwingungen versetzte.

Wir kamen an die Stelle, wo der Weg auf die Hauptstraße mündete, und warteten voller Hoffnung auf unsere nächste Mitfahrgelegenheit. Ali und seine Freunde hatten ihren Plattenspieler zusammengepackt und waren bei Sonnenaufgang verschwunden. Sie sagten, sie müßten ihre Ziegen melken. Nachdem sie weg waren, murmelte Mum etwas von früh aufbrechen und schlief auf der Stelle ein. Jetzt war es brütend heiß. Ich stopfte mein Haar unter einen Turban. Wenn ich ihn trug, konnte ich mir aussuchen, ob ich ein Junge oder ein Mädchen sein wollte.

Ein Auto hielt an. Es war das erste Auto, das wir sahen, seit wir den Weinberg verlassen hatten. Die Fahrerin war eine Französin, die unterwegs war, um sich Felsmalereien in der Sahara anzusehen. Sie lud uns ein mitzukommen. Ich war begeistert. Ich hatte mir nämlich in den Kopf gesetzt, daß ich unbedingt eine Fata Morgana sehen wollte, und laut *Tim und Struppi* war die Wüste genau der richtige Ort dafür. Ich sah, daß Mum die Idee auch reizvoll fand, aber sie hatte sich so fest vorgenommen, zur Zaouia zu fahren, daß sie sich nicht umstimmen ließ. Die Französin hatte vor, auf ihrem Weg zur Sahara bei einer anderen Französin zu übernachten, und sie meinte, wir sollten wenigstens mitkommen und für eine Nacht ihre Gäste sein. Danach würde sie uns bei der Zaouia absetzen.

KAPITEL VIERUNDZWANZIG

Henning, Mum und ich standen im Innenhof der Moschee und warteten darauf, daß irgend jemand auftauchte. Wir hatten Henning zwar oft genug gesagt, daß dies die Zaouia war und nicht Algier, denn Algier lag ein Stück weiter die Straße hinunter, aber er folgte uns auf Schritt und Tritt.

Endlich erschien ein Mann, um uns zu begrüßen. Er hatte einen wilden roten Bart, der ihm bis fast unter die Augen wucherte, und sein Mund sah aus wie ein Halbmond, wenn er lächelte. Wir folgten ihm in einen Raum, der von oben bis unten gefliest war, wie im *Hammam* in Marrakesch, wo wir zum Baden hingegangen waren. Wir saßen auf Kissen und tranken Pfefferminztee, während Mum redete. Der Mann hörte zu und lächelte dabei die ganze Zeit. Nur manchmal unterbrach er sie mit einem leise gemurmelten »Allah akhbar«. Das hieß »Gott ist groß«, das wußte ich. Er erinnerte mich an den Hadaoui, und ich fragte mich, ob sie sich vielleicht kannten.

Mum redete und redete, mir kam es vor wie mehrere Stunden. Henning war auf seinem Kissen eingeschlafen, und ab und zu schnarchte er. Ich schüttelte ihn jedesmal an der Schulter, dann drehte er sich auf die andere

Seite, und es dauerte ein paar Minuten, bis es wieder anfing.

Nach einer letzten Kanne Tee führte uns der Mann mit dem roten Bart hinaus in den Hof. Er ging mit uns durch den Garten zum Tor. Als er das Tor öffnete, starrte Mum ihn verwirrt an.

»Wir können nicht bleiben?« fragte sie ungläubig, und ihre Stimme klang laut und schrill. »Aber wir sind extra von so weit her gekommen!«

Ich zog an ihrem Rock. Schrei doch nicht so, schrei doch nicht so, betete ich im stillen. Mums Stimme hallte durch den stillen Innenhof mit seinen Rosenbüschen und den liebevoll gepflegten Beeten. Der heilige Mann drehte sich um und ging fort; ohne sich umzudrehen verschwand er wieder in der Moschee. Wir standen auf der Straße: Mum rot vor Zorn und Enttäuschung, ich starrte verlegen zu Boden, nur Henning, noch leicht schläfrig, lächelte zufrieden, weil wir jetzt doch das letzte Stück zusammen mit ihm reisen würden.

In Algier gingen wir sofort zum britischen Konsulat, um zu sehen, ob unser Geld angekommen war. Es war nichts da.

»Aber das kann nicht sein«, beharrte Mum.

»Ich fürchte leider, es kann doch sein«, antwortete der Beamte und grinste, als habe er gerade einen netten Scherz gemacht. Mum sank auf eine Bank und brach in Tränen aus. Der britische Konsulatsbeamte wurde blaß. Er zog eilig ein weißes, noch frisch gebügeltes Taschentuch hervor und kam erschrocken um den Tresen, um Mum zu trösten.

»Ich habe nicht einen Penny mehr«, schluchzte Mum. »Und dann mit dem Kind...«

Er sah mich an. Ich stand neben einer Topfpflanze und tat so, als würde ich nicht dazugehören. Lieber wäre ich verhungert! dachte ich heldenhaft, als ich sah, wie er eine dicke Lederbrieftasche aus der Hosentasche zog und Mum mit gedämpfter Stimme anbot, ihr etwas Geld zu leihen. Wir saßen auf den Stufen des Konsulats, und Mum wischte sich die Augen, während sie das Geld zählte.

»Eueren Vater und die marokkanische Post zusammengenommen, wäre es wirklich ein Wunder, wenn wir unser Geld irgendwann bekämen«, seufzte sie.

Ein Mann, der eigentlich aus Hastings kam, lud uns ein, bei ihm zu bleiben. Er war zum Konsulat gekommen, um eine Erlaubnis abzuholen, seine Freundin zu heiraten. Er gab an einer marokkanischen Schule Englischunterricht, und seine Freundin, eine Deutsche, gab Deutschunterricht.

»Und was ist mit Henning?« fragte ich. Er war gegangen, um den Freund eines Freundes zu suchen. Wir hatten nicht mal auf Wiedersehen gesagt.

»Oh, Henning wird schon zurechtkommen«, meinte Mum, und wir folgten dem Lehrer eine breite Allee aus Orangenbäumen entlang.

Wir blieben ein paar Tage in der Wohnung des Lehrers, und dann bei einem Freund von ihm, der auch Sprachen unterrichtete. Mum sagte, ich sollte ihnen mein Lied vorsingen, und fragte sie dann, welche Sprache das wohl wäre. Sie taten so, als wüßten sie es nicht. Ich erklärte ihnen, daß es eine Sprache wäre, die ich in meinem letzten Leben gesprochen hätte. Niemand sagte etwas dazu, aber ich merkte, daß sie beeindruckt waren.

Jeden Tag gingen wir hoffnungsvoll zum Konsulat und fragten nach unserem Geld. Jeden Tag bekamen wir die gleiche Antwort. Ehe wir den Lehrern zur Last fielen, wollte Mum lieber in die Jugendherberge ziehen. Sie hatte gehört, daß man dort sehr billig übernachten konnte, und daß sie am Rand von Algier läge. Wir hatten noch etwas von dem geliehenen Geld übrig und nahmen den Bus.

Die Busfahrt entpuppte sich als ganze Tagesreise, und erst am späten Nachmittag kamen wir in der Jugendherberge an. Es war ein großes weißes Haus, das von pinkleuchtenden Bougainvilleen überwuchert war und im Schatten einer riesigen Palme lag. Hinter dem Haus fiel das Land zum Meer hin ab. Ich war froh, daß wir hierhergekommen waren.

»Natürlich, ein Zimmer für zwei Personen.« Der Mann am Empfang schien richtig erfreut zu sein, uns zu sehen. »Ein Zimmer mit Blick aufs Meer mit zwei Betten.« Dann legte er die Stirn in Falten und überlegte. »Aber zuerst müssen Sie mir ein paar Fragen beantworten.« Er sah Mum forschend an. »Sind Sie oder waren Sie jemals Mitglied vom Jugendherbergswerk?«

Mum war müde. Sie griff meine Hand. »Ist das wichtig?«

»Wichtig? Aber natürlich ist das wichtig. Schließlich ist es eine Jugendherberge und kein Hotel. Ich muß mich an die Vorschriften des Jugendherbergswerkes halten.« Er zeigte auf ein kleines, dreieckiges Schild neben der Tür.

Das Wort »Jugendherbergswerk« hallte mir noch in den Ohren.

Mum drückte meine Hand so fest, daß ihre Ringe in meine Haut schnitten. »Ich bin eine Fremde in Ihrem Land, und das Buch des Islam sagt mir, daß es die Pflicht der Diener Allahs ist, jedem Fremden Gastfreundschaft zu gewähren. Und bestimmt«, fügte sie mit fester Stimme hinzu, »ist es wichtiger, die Gesetze des Islam zu beachten als die Vorschriften des Jugendherbergswerkes.«

Zuerst sagte er gar nichts, dann veränderte sich sein abweisend strenger Gesichtsausdruck. »Sie haben recht, natürlich...«, antwortete er und zeigte uns unser Zimmer.

Außer uns gab es keine anderen Gäste in der Jugendherberge. Der Neffe des Besitzers war als Hausmeister angestellt und schlief in einem kleinen Zimmer neben der Küche. Jeden Morgen, bevor er zur Schule fuhr, ließ er einen Teller mit Brot und Datteln für unser Frühstück auf dem Tisch. Sein Onkel war Bildhauer. Er wohnte in einem Haus im Dorf und gab häufig Partys, zu denen Leute kamen, die auch Bildhauer oder Maler waren, oder das, was Mum Intellektuelle nannte. Einige von ihnen lebten auch im Dorf, andere kamen von weit her angereist. Das einzige Essen, was es auf diesen Partys gab, war meist ein Teller mit Plätzchen, von denen mir aber nie etwas angeboten wurde. An einem Abend bediente ich mich einfach selbst. Die Plätzchen zerkrümelten im Mund und schmeckten nach *majoun*. Ich nahm noch eins, doch da nahm jemand den Teller und hielt ihn hoch, so daß ich nicht mehr drankam, und eine Frau in einem schimmernden roten Kaftan wuschelte mir übers Haar und lachte mir ins Gesicht. Ich suchte den ganzen Abend nach Bea. Ich spazierte von einer Gruppe tanzender, lachender, sich unterhaltender Leute zur anderen und war fast sicher, daß ich ihr Gesicht irgendwo erkennen würde. Dabei wußte ich die ganze Zeit, daß sie bei Sophie war, und selbst wenn sie gewollt hätte, hätte sie uns nicht finden können, und ich sehnte mich nach unserem Häßlich-gräßlich-Spiel.

Mum und ich entdeckten die Ruinen eines verlassenen Dorfes. Meistens gingen wir mittags zum Essen dorthin. Dann wanderten wir durch das Gewirr der Straßen und Innenhöfe, die nur noch an den Mauerresten zu erkennen waren, dort, wo einmal die Häuser einer römischen Siedlung gestanden hatten. Wilde Freesien und Silbergrasbüschel wucherten zwischen den Steinen, und der Duft von Blumen und Kräutern hing süß und schwer in der Luft. Wir aalten uns in der Sonne und blickten über die Ruinen aufs Meer.

Mum war dabei, Sandalen für mich zu machen. Die Sohlen waren in der Größe meiner Füße aus dickem Leder geschnitten, und das Leder wurde auf Gummi von Autoreifen genäht. Jetzt nähte sie mit kleinen Stichen Riemen an den Seiten fest. Einen kleinen Ring für meinen Zeh und zwei größere für meinen Fuß.

Ich malte Bilder von Häusern. Es waren keine Häuser, die ich in Wirklichkeit gesehen hatte, sondern Häuser aus Büchern. Aus dem Gedächtnis malte ich das Haus, in dem Madeleine aufgewacht war, als sie eine Blinddarmentzündung hatte, und dann das Krankenhaus, in das sie gebracht worden war. Ich zeichnete das Geschäft, wo Charlie seinen ersten Schokoladenriegel gekauft hatte, und das kleine schäbige Haus, in dem seine Großeltern George und Georgina und Joe und Josephine in Doppelbetten schliefen und niemals aufstanden.

»Wenn wir nach Hause fahren, werden wir dann in einem Haus mit Garten wohnen?«

»Sicher.« Mum nähte gerade kleine Perlen auf meine Sandalen.

»Meinst du sicher ja oder sicher vielleicht?«

»Ich meine, sicher hoffentlich«, antwortete sie und fädelte eine Nadel ein.

Wir schoben es auf, nach Algier und zu dem überaus hilfsbereiten Beamten vom Konsulat zu fahren, solange es ging. Wir blieben den ganzen Tag in der römischen Ruine, und manchmal steckten wir uns die Taschen voller Datteln, um abends den Sonnenuntergang zu beobachten. In der Jugendherberge waren immer noch keine neuen Gäste angekommen, und unser Zimmer war so etwas wie ein Zuhause geworden.

Eines Tages rechnete Mum aus, daß wir gerade noch genug Geld hatten, um den Bildhauer zu bezahlen und mit dem Bus in die Stadt zurückzufahren, nicht einen Dirhem mehr. Schweren Herzens verabschiedeten wir uns von unserem Hausmeister, der immer noch so still und schüchtern war wie am Anfang und sich offensichtlich nicht daran gewöhnen konnte, sein Haus mit Fremden zu teilen.

Zu aller Erleichterung, besonders auch des netten Beamten, war unser Geld endlich angekommen. Wir bezahlten unsere Schulden und nahmen den Zug nach Marrakesch.

Ich sprudelte über vor lauter Freude. »Wie lange wird es dauern, bis wir da sind? Was werden wir als erstes machen, wenn wir angekommen sind? Glaubst du, Bea wird sich freuen, uns zu sehen? Und wird Bilal zurückkommen?«

Mum las in ihrem Buch. Sie war der einzige Mensch, den ich kannte, der seine Ohren abschalten konnte, wie andere die Augen schließen. Manchmal blieb mir nichts anderes übrig, als sie mit der Faust zu boxen, um eine Antwort zu bekommen, manchmal funktionierte nicht einmal das.

Beim ersten Halt unseres Zuges bombardierte ich sie wieder mit meinen Fragen. »Sind wir bald da? Werden wir oft halten? Wann kann ich etwas zu essen haben?« Mum rutschte unruhig auf ihrem Sitz hin und her.

Sie stand auf. Der Zug ruckte langsam und quietschend an, und die Bäume auf der anderen Seite des Bahnsteigs begannen, sich von uns weg zu bewegen. Sie packte meinen Arm, bahnte sich mit ihrer Tasche einen Weg durch die dichtgedrängten Passagiere auf dem Gang, bis wir in einem Nebel aus Geschrei und Angst auf dem verlassenen Bahnsteig standen und unseren Zug in der Ferne verschwinden sahen.

Mum ließ sich nicht zu einer Erklärung bewegen. Ich beschloß, nicht zu erwähnen, daß meine selbstgenähten neuen Sandalen jetzt allein weiter nach Marrakesch fuhren, sicher verstaut unter dem Sitz, von dem wir plötzlich aufgesprungen waren. Mum schob mich aus dem Bahnhof.

Irgendwie kam mir die Stadt bekannt vor, obwohl ich nicht sagen konnte, warum. Erst als wir durch die eisernen Tore in den Park kamen, wußte ich auf einmal, warum wir aus dem anfahrenden Zug gesprungen waren. Wir standen im Innenhof der Zaouia und warteten.

»Ich will mich nur bei dem Sufi entschuldigen«, erklärte Mum und sprach plötzlich wieder mit mir. »Ich will ihm sagen, daß ich jetzt einsehe, daß er wahrscheinlich richtig entschieden hat.«

Wieder erschien der Mann mit dem roten Bart und begrüßte uns. Er nickte und lächelte und lud uns mit einer Handbewegung ein, ihm zu folgen. »Allah akhbar«, murmelte er, während er mit uns einen Flur entlangeilte. Aus den Türen drang das Lachen spielender Kinder in die Stille des Innenhofs.

Der heilige Mann riß eine Tür auf und führte uns in einen weißgetünchten Raum. »Wie Sie sehen, haben wir Sie erwartet«, sagte er und ließ uns allein, damit wir uns bis zum Abendessen ausruhen konnten.

KAPITEL FÜNFUNDZWANZIG

Die Männer waren alle weiß gekleidet und knieten in einem Kreis um Scheich Bentounes, der mit seiner Familie im Wohntrakt der Moschee lebte, zwei Türen weiter als unser Zimmer. Scheich Bentounes war ein heiliger Mann. Er war der Vorsteher der Moschee und der Führer der Sufis. Mum hatte ein Schwarzweißfoto von ihm in unserem Zimmer.

Die Jungen saßen mit den Männern in einem Kreis und trugen weiße Kappen wie ihre Väter. Mum und ich saßen zwischen den Frauen, die Alltagskleidung trugen. Wir saßen etwas abseits hinter dem Vorhang, und manchmal sprachen die Frauen die Gebete mit, manchmal schwiegen sie. Ich hatte gehofft, ich könnte bei dieser Gelegenheit meinen Turban tragen und wünschte mir, auch ganz in Weiß im Kreis des Scheichs zu sitzen und zu beten.

Die Gebete klangen ähnlich wie der Gesang der Arbeiter im Garten in Sid Zouin. Scheich Bentounes atmete tief durch die Nase ein, daß sich sein Bauch unter den weißen Kleidern wölbte, und seine Stimme fiel in einen Singsang, während er langsam und kontrolliert minutenlang ausatmete. Die Männer und Jungen ihm gegenüber stimmten in einen Refrain ein, der zu einem lauten Crescendo anschwoll und dann zu einem Seufzer abebbte, wenn sie der Reihe nach ihre Köpfe beugten, bis die Gesichter den Boden berührten. In der Stille, die dann folgte, hörte man nur das Schwitzwasser an den Wänden herabsickern.

Die Gebete dauerten den ganzen Nachmittag an, und gegen Abend trieften die Wände vor Wasser. Es sammelte sich in kleinen Pfützen und sickerte in den Teppich. Im hinteren Teil des Raumes rollte sich ein Kind nach dem anderen auf dem Boden zusammen und schlief ein, während die Stimmen der Männer lauter und leiser wurden, wie das entfernte Rauschen des Meeres.

Jeden Morgen an einem Gebetstag wurde ein Schaf gebracht und in der Mitte des Hofes an einen Pfahl gebunden. Mir war der ahnungslose Blick des Schafes lieber als der Anblick von Scheich Bentounes Kindern. Der Scheich mit dem roten Bart hatte keine richtigen Kinder. Jeden Morgen verbrachte er Stunden bei seinen Rosenbeeten. Scheich Sidi Muhammad mit dem roten Bart war mein Feind. Gleich am ersten Tag hatte er mich angeschrien, als ich in das Rosenbeet gestiegen war, um an einer riesigen gelben Rose zu riechen. Scheich Sidi Muhammad hatte laut geschrien und mit den Armen wild in der Luft herumgefuchtelt, während er sich auf mich stürzte und mich an einem Ohr aus dem Rosenbeet zog. Ich wollte ihm erklären, daß ich die Rosen nicht abpflücken, sondern nur an ihnen riechen wollte, aber er deutete die Tränen, die mir in die Augen stiegen, als Schuldbekenntnis, und beobachtete mich daraufhin die ganze Zeit mit argwöhnischen Blicken.

Ich vertraute meinem Schaf an, daß er ein ziemlich dummer Mann sein mußte, wenn er den Unterschied zwischen Riechen und Pflücken nicht verstand. Mum verteidigte ihn. Sie meinte, er lebe eben in einem ständigen Zustand geistiger Ekstase, was die Dinge manchmal etwas schwierig machte, wenn er auf den Boden zurückkehrte.

Alle, die an den Gebeten teilgenommen hatten, waren zum Essen in der Zaouia eingeladen. Das Schaf, das morgens noch im Hof angebunden gewesen war, drehte sich auf einem Spieß über dem offenen Feuer im Garten, und der Duft von gebratenem Fleisch und Gewürzen wehte durch die Moschee, daß einem das Wasser im Mund zusammenlief.

»Werden wir für immer hierbleiben?« fragte ich Mum, als ich auf mein Kebab wartete, immer noch ganz benommen und schläfrig von den Gebeten.

Aber Mum antwortete nur: »So lange, wie es sein muß«, und ging weg, um sich mit Selina zu unterhalten.

Selina war eine Frau, die schon viele Jahre in der Zaouia lebte. Selina war sechzig. Bevor sie Sufi geworden war, war sie Assistentin eines Zauberers gewesen. Ich mochte sie lieber als die anderen Leute in der Moschee, obwohl sie mir keine Kunststücke zeigen wollte. Sie behauptete, daß sie sich an keine Kunststücke mehr erinnern konnte, seit sie eine Sufi geworden war. Obwohl ich sie mit ihren langen weißen Haaren und den Mandelaugen sehr schön fand, machte ich mir jedesmal Sorgen, wenn sie mit Mum redete. Ich mußte immer an Bea denken und daß sie bestimmt schon glaubte, wir hätten sie vergessen.

Ob es nun an Selinas Zauber lag oder nicht, auf jeden Fall blieben wir in der Zaouia. Und je länger wir da waren, desto mehr haßte ich die Moschee. Vielleicht nicht wegen der Moschee selbst, in der die Tage mit ihren abwechselnden Versammlungen und Gebeten ruhig dahinplätscherten, oder wegen der flüsternden Korridore, sondern wegen der Nächte. Wegen der Schwarzen Hand. Ich war fest davon überzeugt, daß die abgehackte Hand nur auf den richtigen Moment lauerte, um sich um meinen Hals zu legen und mich zu erwürgen. Ich lag nachts wach, dicht an Mums warmen Körper gedrängt, und wartete auf das klopfende Geräusch, wenn sie sich näherte. Auch wenn in der Nacht nichts passiert war, wurde meine Angst nicht weniger, im Gegenteil, ich glaubte plötzlich, daß sie es nicht auf mich, sondern auf Mum abgesehen hatte.

Von da an hielt ich mich nachts wach wie ein Leibwächter. Wenn ich es dann kaum noch aushalten konnte und nicht wagte zu atmen, damit ich auch ja kein Geräusch überhörte, legte ich meine zitternden Hände schützend um Mums Hals, so daß niemand ihn berühren konnte. In unserem weißen Zimmer war es totenstill, und ich war gelähmt vor Angst, daß ich nie mehr aus der Zaouia wegkäme, wenn Mum erwürgt wurde. Ich sah im Geiste Bea in Sophies Haus am Fenster sitzen und uns beide hassen, weil wir sie vergessen hatten. Dabei konnte sie nicht wissen, daß ich die ganze Zeit verzweifelt versuchte, auszubrechen und über das Eisentor zu klettern, während der rotbärtige Scheich mich an den Füßen zurückhielt.

Ich wachte jeden Morgen feucht und durchgeschwitzt,

verkrampft und eingewickelt in ein durchnäßtes Laken auf. Immer noch rechtzeitig, um meine Hände von Mums Hals zu nehmen. Die Bedrohung durch die Schwarze Hand schien plötzlich lächerlich, angesichts einer weiteren ruinierten Matratze. Mum sprach nicht über meine kleinen Unfälle, aber sie legte ein Plastiktuch unter das Laken, das knisterte und knackte, wenn ich nachts auf die mordende Hand wartete.

Bald war unser weißes Laken, das Mum jeden Morgen mit der Hand auswusch und im Hof auf die Leine hing, eine peinliche Erinnerung an die vergangene Nacht. Ich war sicher, einen befriedigten Ausdruck in Sidi Muhammads Gesicht zu entdecken, wenn er erst auf das Laken und dann zu mir blickte, als ob eine Strafe, die er selbst beschworen hatte, nun ihre Wirkung zeigte. Wenn es zum Schlimmsten kam, beschloß ich, würde ich weglaufen und zum Zirkus gehen. Im Zirkus würde ich viele Kunststücke lernen, lauter neue Kunststücke. Ich preßte mein Gesicht in die Wolle des Schafes und träumte.

Ich sah, wie ich mit einer lauten Fanfare angekündigt wurde und in einem silbernen Kostüm in die Manege lief, wo ich als die jüngste Seiltänzerin aller Zeiten umjubelt wurde. Die Löwen knurrten vor Spannung in ihren Käfigen, und die Zuschauer starrten mit aufgerissenen Mündern nach oben in die Zirkuskuppel, wo ich auf einem haardünnen Seil schwebte.

Dafür mußte ich allerdings noch viel trainieren. Ich sah hinüber zur Wäscheleine, die von Wand zu Wand gespannt war und mit der trocknenden Wäsche in der Mitte leicht durchhing.

Ich könnte auch Jonglieren lernen. Ich dachte an meine entmutigenden Versuche in der Mellah, als ich versucht hatte, die schon leicht angeschlagene Orange aufzufangen, bevor sie auf den Boden klatschte und der Saft nach allen Seiten spritzte. Am Anfang hatte Bilal mir noch Mut gemacht, aber als der Haufen geplatzter gammeliger Orangen im Garten immer größer wurde, sagte er nichts mehr.

Ich beschloß, mir selbst beizubringen, auf den Händen zu laufen.

Am Nachmittag begann ich mit dem Training auf einem verlassenen Hof hinter der Küche. Dorthin wurde immer das Schaf gebracht, das sich auf seine Hinterläufe stemmte und mit aller Kraft gezogen werden mußte, bis man ihm mit einem scharfen Messer die Kehle durchschnitt.

»Hopp, hopp«, feuerte ich mich selbst an und nahm quer über den Hof Anlauf. Doch im letzten Moment, wenn meine Hände auf dem Boden aufsetzten, verloren meine Beine, die eigentlich hoch in die Luft schwingen sollten, den Mut. Sie klappten jämmerlich zusammen, so daß aus meinem Salto wieder nur ein verunglückter Überschlag wurde und ich auf dem Rücken landete.

Ich lag auf dem Boden und starrte in den Himmel. Ich dachte an meine Balanceübungen auf Bilals Schultern und wie ich am See gelernt hatte, aus der Höhe einen Purzelbaum zu machen. Ich träumte von den Akrobaten auf dem Platz in Marrakesch, die sich wie geschmeidige, grün und rot schillernde Eidechsen bewegten, und wie sehr ich mir gewünscht hätte, zu so einer Familie zu gehören. Ich lag in der Sonne und dachte daran, wie alle Leute mir glaubten, wenn ich erzählte, daß ich in meinem früheren Leben ein Engel gewesen war. Ich fragte mich, ob es vielleicht sogar tatsächlich so gewesen war, wo sie mir doch alle glaubten. Ich faßte einen Beschluß. Ich würde von jetzt an nachmittags schlafen. Wenn ich nachmittags genug schlief, könnte ich nachts wach bleiben. Dann wäre ich jederzeit bereit, wenn die Schwarze Hand zuschlagen wollte, und ich konnte Mum zeigen, daß ich aus dem Alter heraus war, in dem man ein Plastiktuch im Bett braucht.

Mein Plan schien mir ziemlich erfolgversprechend. In der ersten Nacht war ich davon überzeugt, daß ich die ganze Zeit wach geblieben war, und beglückwünschte mich selbst, als ich morgens aufstand, um in den Eimer zu pinkeln. Doch obwohl ich das kühle Metall des Eimers auf meiner Haut gefühlt hatte und mich an das leise Plätschern erinnern konnte, wachte ich am nächsten Morgen auf und merkte, daß ich nur geträumt hatte. Der warme, vertraute Geruch meines Nachthemds, das feucht an meinen Beinen klebte, stieg mir in die Nase, und der Eimer war leer.

»Ich finde, wir sollten rechtzeitig zu Beas Geburtstag wieder zu Hause sein«, sagte Mum eines Tages, als wir auf den Beginn der Gebete warteten. Ich hatte mich zu meinem üblichen Nachmittagsschlaf auf dem Boden zusammengerollt. »Was hältst du davon?«

Ich war so aufgeregt, daß ich zuerst gar nicht antworten konnte.

Wenn Bea bald Geburtstag hatte, hieß das, daß auch bald mein Geburtstag war. Bea kam immer zuerst. Das war eigentlich sehr praktisch, denn wenn Bea etwas vorher gemacht hatte, wußte ich immer, was mich erwartete.

Das war es auch, was mit der Zaouia nicht stimmte. Bea hatte es nicht zuerst gemacht. Niemals. Wenn Bea hier wäre und vielleicht auf einer Matratze in einer Ecke des Zimmers schlafen würde, würde die Schwarze Hand wieder in die Gruselgeschichte zurückkehren, die John uns mit einer durchdringenden Stimme, die unheimlich klingen sollte, erzählt hatte.

Letztes Jahr waren wir an meinem Geburtstag in einer Pferdekutsche zum Picknick außerhalb von Marrakesch gefahren. Bilal war da gewesen, Linda und Mob. Mum hatte mir eine Holzschachtel geschenkt, die auf dem Deckel eingeritzte Blätter hatte. Ich fragte mich, wo sie geblieben war. Ich lehnte mich an die feuchte Wand der Moschee, der Schweiß lief unter meinem Turban hervor, und ich versuchte mich zu erinnern, was wir letztes Jahr bei Beas Geburtstag gemacht hatten. Ich wußte noch, daß es eine Überraschung gewesen und daß mein Geburtstag etwas später, trotz der Pferdekutsche, eine Enttäuschung gewesen war.

KAPITEL SECHSUNDZWANZIG

Mum und ich stiegen in den gleichen Zug, von dem wir vor so vielen Wochen abgesprungen waren. Selina brachte uns zum Bahnhof. Ich ließ sie nicht aus den Augen, während unser Zug langsam anfuhr, und hoffte, sie würde vielleicht im letzten Moment nachgeben und schnell noch eine Taube aus dem Ärmel ihrer Dschellabah hervorzaubern.

Es war schon Abend, als wir in Marrakesch ankamen, und wir gingen direkt zu Sophies Haus, um Bea abzuholen. Das Haus war verschlossen und dunkel. Es schien niemand zu Hause zu sein. Mum meinte, sie wären bestimmt zum Essen gegangen, und wenn sie nicht auf der Djemaa El Fna waren, wüßte dort bestimmt jemand, wo wir sie finden könnten.

Sie waren auch nicht auf der Djemaa El Fna. Nicht einmal der Verrückte, der sich ein paar Tränen aus den Augen wischte, als er sich an unseren Tisch setzte, schien jemals etwas von einer Sophie gehört zu haben. Bea hatte er gesehen, da war er sicher, aber er wußte nicht mehr, wann es gewesen war. Mum bestellte zwei Schalen *bissara*, doch als das Essen kam, hatte ich einen so dicken Kloß im Hals, daß ich keinen Bissen herunterbekam. Ich verbrannte mir nur den Gaumen. Die ganze Zeit dachte ich, daß Mum wußte, wo Bea war. Vielleicht wollte sie es geheimhalten, damit es eine Überraschung für mich war, wenn wir sie fanden. Doch als wir später bei Luna und Umbark ankamen, war es Luna, die überrascht war.

»Ich dachte schon, ihr hättet Marokko verlassen«, sagte sie. Umbark war nicht zu Hause.

Mum entschuldigte sich. »Wir sind schon dreimal bei Sophie gewesen, doch es scheint niemand da zu sein.«

Luna war verwirrt. »Aber sie sind umgezogen«, sagte sie. »Kurz nachdem ihr weggefahren seid. Er meinte, er könnte auf dem Land besser schreiben.«

»Und wo auf dem Land?« fragte Mum, und man hörte die leichte Panik in ihrer Stimme.

»Ich weiß nicht genau«, sagte Luna, »aber ich kann es bestimmt herausfinden.« Sie schenkte Tee ein. »Bea wollte zuerst nicht mit. Es hat sogar einen kleinen Aufstand gegeben deswegen.« Luna hielt inne und versuchte sich zu erinnern, während sie wie die Marokkaner den Tee in hohem Bogen in die Tassen goß, damit er durch die Luft etwas abkühlte. »Nein, Bea wollte nicht mit«, sagte sie, als bewunderte sie sie. »Sie weigerte sich, das Haus zu verlassen. Ich glaube, sie hatte Angst, daß ihr sie nicht finden würdet, wenn ihr zurückkommt.«

»Aber wo ist sie jetzt?«

»Ich hätte sie ja zu mir genommen, aber...« Luna sah auf ihren Bauch. Während wir weggewesen waren, war er so dick wie ein Ballon geworden. Sie sah sich im Zimmer um, als ob sie sich gerade erinnert hatte, wie klein es war.

»Da war ein Mann, der in einem Gästehaus in der Medina wohnt... den Namen weiß ich nicht, aber er hat einen Hund, der Mashipots heißt.«

»Und Bea ist zu ihm gezogen?«

Luna mußte Mum mit Gewalt davon zurückhalten, auf der Stelle loszugehen und Bea mitten in der Nacht zu suchen. Luna machte ein Bett für uns in einer Ecke des Zimmers zurecht und tat so, als ob sie nicht merkte, daß Mum ein Plastiktuch unter mein Laken schob.

Wir waren so früh am nächsten Morgen beim Gästehaus, daß wir an die Tür hämmern mußten, bis uns zuerst nur ein Hundegebell antwortete. Dann wurde ein Fensterladen geöffnet, und ein Mann sah heraus.

»Bea? Ist Bea hier? Ich will sie abholen!« rief Mum nach oben.

Der Mann runzelte die Stirn. »Wer?«

»Sophie? Sind Sie ein Freund von ihr?«

»Was?« Der Mann rieb sich die Augen.

»Haben Sie nicht einen Hund, der Mashipots heißt?« Mums Stimme klang immer schriller.

Der Mann verschwand. Wir warteten. Dann öffnete sich ein anderer Fensterladen.

»Was hat Mashipots denn jetzt schon wieder angestellt?« Ein anderer Mann beugte sich aus dem Fenster, er war noch ganz nackt.

»Ist Mashipots Ihr Hund?«

»Was, wenn es so wäre?«

»Ich bin Beas Mutter.«

Der Mann verschwand im Zimmer und zog die Fensterläden wieder zu. Nach einer Weile wurde die Haustür geöffnet und ein schwarzweiß gefleckter Hund sprang an mir hoch und leckte mir übers Gesicht.

Der Mann stand in der Tür. Er hatte einen Frauenmorgenrock um sich geschlungen. »Beas alte Dame, was?« sagte er. »Es tut mir echt leid, Mann, aber sie ist nicht mehr hier. Bea und ich, wir hatten irgendwie nicht dieselbe Wellenlänge.«

»Wie meinen Sie das?«

»Will sagen, daß sie abgehauen ist. Ging Zigaretten holen und kam nicht wieder, oder wie war das?«

»Haben Sie nicht nach ihr gesucht?« Mum war blaß geworden. »Schluß jetzt, Mashipots.« Sie trat nach dem Hund, der immer noch seine Pfoten auf meiner Schulter hatte.

»Nu aber mal langsam, meine Dame«, sagte der Mann, als Mashipots jaulend abzog. »Ich habe nicht nach ihr gesucht, weil ich fand, wenn sie wie eine Nonne bei der alten Schachtel in der Polio-Schule bleiben will, ist das ihre Sache.«

Mum konnte es nicht mehr hören. Sie packte meine Hand und zog mich fort.

Es hatte offensichtlich gerade ein Fest gegeben, die langen Tische waren übersät mit halbangebissenen Broten und Pfützen verschütteter Limonade. Der Raum war voller Kinder – Jungen mit kurzgeschorenen Haaren, manchmal sogar ganz abrasiert, einige gingen an Krücken. Mum und ich standen in der Tür und sahen Bea entgegen, als sie auf uns zu kam. Sie war gewachsen und trug ein Kleid, das ich nie vorher gesehen hatte. Es war kariert wie das Tischtuch und hatte kleine Puffärmel. Sie trug ein Kuchentablett in der Hand.

»Möchtet ihr etwas von meinem Geburtstagskuchen?« sagte sie, als sie vor uns stand. Ich nahm den Teller und stopfte mir einen von den gelben Biskuitkuchen in den Mund.

»Herzlichen Glückwunsch zum Geburtstag, mein Schatz«, sagte Mum und wollte sie in den Arm nehmen.

Bea erstarrte. Sie zuckte zurück und stellte uns Patricia vor.

Patricia war älter als Mum und größer, und war sehr fein angezogen, mit ihren geschnürten Schuhen. Sie beobachtete, wie ich meinen Kuchen verschlang.

»Ihr habt es also geschafft, gerade rechtzeitig«, sagte sie und legte ihre Hand auf Beas Schulter. »Kommt doch und feiert mit uns.«

Patricia nahm einen Teller und belud ihn mit Broten, Obst und Kuchen. Sie gab ihn mir.

»Ich habe auch bald Geburtstag«, erzählte ich ihr.

»Wirklich?« sagte sie nur und ging, um einen Jungen vom Boden hochzunehmen, der nur mit Hilfe seiner Hände vom Tisch wegrobbte.

Bea saß neben Patricia. Sie tranken beide englischen Tee mit Milch und Zucker und redeten über Dinge, die nur sie angingen. Sie sprachen miteinander, als würden sie sich schon seit Jahren kennen.

»Warum bist du bei Peter weggelaufen?« fragte Mum. Peter war der Besitzer von Mashipots.

Bea sah sie an, als ob das eigentlich klar sein müßte. »Ich

mußte bei ihm stundenlang Mathehausaufgaben machen, und wenn ich zur Toilette gehen wollte, erlaubte er es nur, wenn ich ›Scheißhaus‹ dazu sagte.«

Ich fing an zu kichern.

»Aber ich wette, du hast noch nie so eine Geburtstagsparty gehabt«, tröstete Patricia sie.

Bea schüttelte den Kopf. »Nie.« Und sie sah Mum mit ihren Linsenaugen an, die noch runder aussahen als vorher.

»Ich auch nicht«, sagte ich. Ich wollte auch zu Patricia gehören und eine Geburtstagsparty haben, wie ich sie noch nie gehabt hatte.

Ich fragte Mum, warum Patricia mich wohl nicht leiden konnte.

»Mach dir darüber keine Gedanken«, antwortete Mum, »sie kann mich auch nicht ausstehen.«

Als ich mitten in der Nacht unter ihre Decke kroch, weil mein Laken schon wieder kalt und feucht war, flüsterte sie mir zu: »Wir gehen, bevor sie es merkt.« Dann schauderte sie und fügte hinzu: »Sie erinnert mich an meine Mutter.«

Patricia sah alle Polio-Jungen als ihre Kinder an. Sie war sehr streng und zog ihnen nur blütenweiße Sachen an. Sie schnitt ihnen die Haare so kurz, daß sie knisterten. Bea redete mit den Jungen und spielte mit ihnen komplizierte Spiele mit Steinchen und Stöcken, die man fangen und auf den Handrücken legen und zählen mußte. Ich versuchte mitzuspielen, aber ich fürchtete mich vor ihren verdrehten Beinen und ihren fast kahl geschorenen Köpfen.

Bea und ich warteten in der Polio-Schule, während Mum eine andere Wohnung für uns suchte. Patricia hatte uns verboten mitzugehen, weil wir sonst das Mittagessen verpaßt hätten.

Ich saß mit Bea auf den Stufen zum Schlafsaal. »Willst du nicht mit bei uns im Zimmer schlafen?« fragte ich.

»Nein, es gefällt mir hier«, sagte sie. »Es ist wie im Internat.«

»Warst du schon mal im Internat?«

»Nein, wann denn?«

Ich hatte den Überblick verloren über alles, was Bea schon gemacht hatte und was nicht.

»Magst du denn Patricia lieber als Mum?«

»Vielleicht.«

»Mum wird sehr traurig sein.«

»Wirklich?« sagte sie, und es klang wie Patricia. Sie kickte einen Stein über den Beton.

Ich versuchte, ein anderes Thema zu finden. In meinem Kopf war alles durcheinander und kämpfte gegeneinander. Bea warf weiter kleine Steine, Brocken vom Beton, der sich von der Treppe gelöst hatte, und ich starrte auf meine Fußspitzen und fragte mich, ob ich ihr von den Sandalen erzählen sollte, die ich im Zug gelassen hatte.

»Morgen ziehen wir wieder ins Hotel Moulay Idriss«, verkündete Mum. Sie setzte sich zwischen uns auf die Stufen und zog ein kleines Päckchen aus der Tasche. Sie gab es Bea. »Herzlichen Glückwunsch.«

Bea wickelte ihr Geschenk langsam aus. Es war eine Kette aus schwarzen und orangefarbenen Perlen. Bea hielt ihre Haare hoch, damit Mum sie ihr um den Hals legen konnte. Sie paßte genau. Bea zeigte gegen ihren Willen ein kleines Lächeln.

Am Abend fingen Mum und Patricia an, sich zu streiten. Es fing nach dem Abendessen an, nachdem Bea Kaffee auf ihr kariertes Kleid geschüttet hatte. Patricia meinte, es wäre unmöglich, daß ein Kind in ihrem Alter Kaffee trinken durfte, nur weil er ihr schmeckte, und sie legte beschützend den Arm um Bea und nannte sie »mein armes Waisenkind«. Mums Augen funkelten vor Zorn, und sie setzte ihren Teller so hart auf den Tisch, daß er zerbrach. Patricia stand auf. Sie meinte, wenn sie sich streiten wollten, sollten sie lieber nach nebenan gehen. Die Polio-Jungen wurden zu Bett geschickt, und wir krochen so nah an die geschlossene Tür, wie wir wagten.

»Was sagt sie?« flüsterte ich.

»Wer?«

»Mum.«

»Ich weiß nicht«, sagte Bea, gab mir einen Klaps auf die Schulter und zischte: »Mashipots«. Dann tanzte sie zwischen den Tischen davon.

KAPITEL SIEBENUNDZWANZIG

»Akari hat gesagt, er hätte Bilal gesehen. Er war bei den Zuschauern der Gnaoua.« Wir gingen durch die vertrauten engen Gassen zum Windel-Hotel.

»Bilal, Bilal, Mashipots und Mob«, sang ich, als wir durch die Dunkelheit spazierten. Bea und ich schleppten die karierte Reisetasche zwischen uns. »Polio, Tamtam, Zaouia und Scheißhaus.« Ich komponierte ein neues Lied speziell für Bilal. »Trampolin, Feuerschlucker, Zentralheizung, Scheißhaus.«

Moulay Idriss führte uns in unser altes Zimmer und spendierte sogar zwei Kerzen, damit wir im Dunkeln unsere Sachen auspacken und den Weg zwei Stockwerk tiefer zur Toilette finden konnten.

Mum las uns ein ganzes Kapitel aus unserem Lieblingsbuch vor, bevor sie uns zudeckte. Hier wird uns die Schwarze Hand nicht finden, dachte ich, als ich auf der Matratze lag, Bea auf der einen Seite ruhig atmete und Mum wie immer beim Kerzenlicht vorlas.

Irgendwann wachte ich auf, mein Bett war trocken geblieben. Durch die geschlossenen Läden drang kein Licht ins Zimmer. Ich tastete mich hinüber zu Mum, um ihr die gute Nachricht sofort zu erzählen und mich an ihr kühles Nachthemd zu kuscheln. Doch als ich unter die Decke krabbeln wollte, stieß ich auf einen fremden, harten Körper. Ein Mann. Mit einem Gesicht, so rot wie eine Tomate, kroch ich leise wieder in mein Bett zurück.

Als ich morgens aufwachte, machte Bilal gerade Feuer in der *mijmar*, als ob er nie weggewesen wäre. Mit lautem Indianergeheul sprang ich auf und stürzte mich auf ihn. Er wirbelte mich so heftig in der Luft herum, daß ich fast ohnmächtig wurde.

»Da war ein fremder Mann heute nacht in Mums Bett«, erzählte ich ihm, als ich wieder Luft schnappen konnte, aber er kitzelte mich nur an den Füßen, bis mir vor Lachen Tränen übers Gesicht liefen, und ich bettelte und flehte, er sollte aufhören.

Bilal war mein Dad. Niemand sagte etwas dagegen, wenn ich es behauptete.

»Hast du wirklich Luigi Mancini gekannt, als du noch eine mit Gold und Silber bestickte Weste hattest?« fragte ich ihn.

Bilal glaubte es nicht. Er konnte sich jedenfalls nicht daran erinnern. Er hatte einen Plan, wie man vielleicht mit meinen Liedern Geld verdienen könnte.

Wir gingen zum Platz, um Nachforschungen anzustellen. »Vielleicht könnte Mum in einem Zelt sitzen und den Leuten die Zukunft vorhersagen, und ich sitze hinter einem Vorhang und singe dazu«, schlug ich vor.

»Und was soll sie ihnen über die Zukunft sagen?«

»Sie kann vielleicht etwas in ihrem I-Ging-Buch finden.

Oder sie könnte zu den Leuten nach Hause gehen und die Kranken heilen«, sagte ich und dachte an Ahmeds Tante in den Bergen. »Dann müßte ich überhaupt nicht singen.«

»Vielleicht, vielleicht, vielleicht«, sagte Bilal und setzte mich vor unserer Lieblingsgruppe Akrobaten von seiner Schulter, als ob er mich daran erinnern wollte, daß in seinem Land auch Kinder Geld verdienen mußten.

Khadija kam herbeigelaufen und hockte sich neben mich. Ihr dünner Baumwollkaftan war am Saum ganz ausgefranst, und mir fiel plötzlich auf, daß ich sie, solange ich sie kannte, nie in anderen Sachen gesehen hatte. Sie stützte ihr ernstes Gesicht auf den Knien auf und sah der Vorführung der Akrobaten zu. Ich wollte ihr gern etwas schenken. Ich weinte beinahe, als ich an den Amethyst in der Wüste dachte. Wenn ich nur etwas davon mitgenommen hätte, könnte ich ihr jetzt einen kleinen Stein schenken, den sie an ihre Plastikohrringe hängen konnte. Selbst die Trommlermädchen hatten Perlen.

An meinem Geburtstag wurde ich morgens zu den Henna-Frauen gebracht, um meine Ohren durchstechen zu lassen. Das hatte ich mir gewünscht. »Glaub mir, es wird kein bißchen weh tun«, beruhigte Mum mich, als wir über die Galerie zu ihnen hinübergingen. »Denk nur an die vielen kleinen Babys mit den kleinen Goldknöpfen im Ohr.«

»Bekomme ich auch kleine Goldknöpfe?«

Mum zögerte. »Ja, irgendwann bestimmt.«

Die Henna-Frauen setzten mich auf einen Berg Kissen. Eine von ihnen fädelte eine Nadel ein. Es war eine ziemlich dicke Nadel, und in die Mitte des Plastikfadens, der durch die Öse hing, waren drei orangefarbene Perlen geknotet. Ich saß auf meinem Kissen und wartete gespannt. Ich erwartete, daß sie irgendeinen Zauber veranstalten würden, um mich zu beruhigen. Ich sah, wie die spitze Nadel näher kam. Je näher sie kam, desto tiefer sank ich in mein Kissen. Die Henna-Frau beugte sich herunter, faßte mein Ohr, und als das kalte Metall meine Haut berührte, fing ich an zu schreien.

»Mein Gott, so ein Theater«, stöhnte Mum, als wir sicher zurück in unserem Zimmer waren.

»Vielleicht bei meinem nächsten Geburtstag«, sagte ich unsicher.

Selbst wenn ich das Ohrlochstechen hinter mich gebracht hätte, hätte ich immer noch nichts gehabt, um es Khadija zu schenken. Drei orangefarbene Perlen, dachte ich enttäuscht, und das Versprechen eines Goldknopfes.

Am Tag nach meinem Geburtstag bekam Bea blaue Lippen. Als sie aus der Schule kam, sah sie aus, als hätte sie Blaubeeren gegessen.

Mum untersuchte ihre Mundhöhle. »Tut es weh?«

»Natürlich tut es weh.«

Wenn Bea krank war, durfte man nichts sagen. Sie drehte alles, was man sagte, so, daß man sich richtig blöd vorkam.

»Ich habe eine Mundentzündung«, erklärte sie.

Das einzige, was sie essen konnte, war Suppe. Kalte Suppe. Bilal schlug vor, sie zu Umbark und den Gnaoua zu bringen, um zu sehen, ob die ihr vielleicht helfen konnten. Bea lehnte rundheraus ab. Sie legte die Hand auf ihren Mund und beobachtete mißbilligend, wie wir uns mit den Fingern Couscous in den Mund schoben und so taten, als würden wir es ohne zu kauen herunterschlucken.

Abends, als wir im Bett lagen, erzählte Bea mir, daß ihr, wenn sie die Augen zumachte und sich vorstellte, auf ein Stück Toast zu beißen, geradezu übel wurde. Mir war noch nie übel gewesen. Ich bat sie, mir zu zeigen, wie es war. Bea drehte sich mit einem Ruck zur Wand um und weigerte sich, mit mir zu sprechen.

Bald war Beas Mund so dick wie eine Schmeißfliege. Je blauer ihre Lippen, desto weißer wurde ihr Gesicht. Mum nahm sie mit zu Tante Rose. Mum hatte Tante Rose zwar nie kennengelernt, aber sie meinte, sie klänge wie eine Frau, die vielleicht einen Rat wußte.

Tante Rose untersuchte Beas Lippen und ihren Mund. »Sie hat eine Gaumenentzündung.«

»Seht ihr«, sagte Bea und kniff die Augen zusammen.

»Ich kann dir nur raten, mit heißem Salzwasser zu gurgeln. Ich nehme an, ihr habt keine Krankenversicherung?«

Mum verneinte.

Tante Rose sagte, ich sollte auch mal meinen Mund aufmachen. Sie fühlte mit den Fingern meine Zähne. »Gott sei Dank sind es nur deine Milchzähne«, meinte sie.

Sie machte in einem Kessel Wasser heiß und zeigte Bea, wie sie gurgeln mußte. »Au, au, au«, jammerte Bea, jedesmal wenn sie einen Mundvoll Salzwasser ausspuckte.

»Wenn ich Sie wäre, meine Liebe« – Tante Rose sah Mum an, als wäre sie ein kleines Kind –, »würde ich mir ernsthaft überlegen, nach Hause zu fahren.« Und an der

Art, wie sie »nach Hause« sagte, war klar, daß sie nicht das Hotel Moulay Idriss meinte. »Ich werde für euch beten«, sagte sie, als wir gingen.

Tante Rose war eine Christin. Sie lebte schon seit zwanzig Jahren in Marokko. Mum mochte sie nicht besonders. Sie sagte es zwar nicht, aber auf dem Nachhauseweg war sie sehr still. Wir gingen im Gänsemarsch hintereinander, Bea mit der Hand auf dem Mund, falls ihr jemand aus der Schule begegnete. Ich war immer noch wütend, weil ich nicht dazu gekommen war, meinen Geburtstag zu erwähnen.

Mum machte über der *mijmar* Wasser heiß, und Bea blieb zu Hause, gurgelte und spuckte in einen Eimer. Bilal brachte ihr Joghurt aus Ziegenmilch und Feigen vom Markt mit, und ich bot ihr an, eine von meinen Puppen auszuleihen. Sie lag auf einer Matratze in der dunkelsten Ecke unseres Zimmers, und wollte, daß ich ihr Geschichten erzählte. Ich erzählte ihr die Geschichte von Aladin und seiner Freundin, der Bösen Bea, die nachts gehört hatte, wie Aladin »Sesam öffne dich« im Schlaf gemurmelt hatte. Bea die Böse benutzte das Zauberwort, öffnete die Steinmauern des geheimen Kellers und stahl den Schatz, der dort verborgen war. Dann wurde aus Bea der Bösen Bea die Schöne, und sie zogen in einen Palast neben dem Palast von Luigi Mancini, wo sie glücklich lebten bis in alle Ewigkeit.

Als die Geschichte zu Ende war, bat sie: »Noch eine Geschichte, nur eine einzige, ich zahle dir auch alles zurück.« Es machte ihr nichts aus, wenn ich dieselbe Geschichte zweimal erzählte.

An dem Tag, als Mum mit Bea zum Arzt ging, schuldete sie mir zweiundzwanzig Geschichten. Ich wartete mit Bilal zu Hause. Wir saßen unten im Hof unter der Bananenstaude, Bilal rauchte, und ich beobachtete die Henna-Frauen, die sich mit ihren Männern auf der Galerie unterhielten. Eine von ihnen trug Mums gestohlene Hose unter ihrem Kaftan. Wenn sie ging, konnte ich die pinkfarbenen weiten Samtbeine darunter schlackern sehen.

Bilal zermarterte sich noch immer den Kopf, wie man Geld verdienen könnte. Er kratzte kleine Muster in den Staub, und als Moulay Idriss über den Hof ging, hob er nicht den Kopf, sondern zischte: »Sieh nicht hin, sonst fragt er gleich nach der Miete.«

Als Bea vom Arzt zurückkam, ging sie ohne ein Wort nach oben und legte sich auf ihr Bett. Ich stand in der Tür.

»Hat er dir keine Medizin gegeben?«

Zuerst sagte sie gar nichts, aber als ich stehenblieb und mit den Füßen scharrte, murmelte sie wütend: »Wenn du es unbedingt wissen willst: Meine Zähne werden ausfallen.«

»Alle?«

Mum machte sich große Sorgen. Sie gab Bea ein paar Tabletten, die der Arzt verschrieben hatte, und blieb den ganzen Tag bei ihr im Zimmer. Sie rieb Salbe aus einer Tube in Beas Mund. Bea lag still im Bett und wartete. Jedesmal, wenn sie aufwachte, sah sie als erstes auf ihr Kopfkissen, als ob sie darauf wartete, daß es mit lauter kleinen Zähnen übersät war. Eine ganze Woche warteten wir, ob sie ausfallen würden. Mum versprach uns sogar, daß wir, sobald wir genug Geld hatten, zurück nach England fahren würden, wo man falsche Zähne von der Krankenversicherung bekommen konnte.

Bilal und ich verbrachten die Tage damit, daß wir auf dem Markt nach weichen Sachen Ausschau hielten, die Bea essen konnte. Manchmal begleitete uns der Verrückte. Beim Essen beobachtete ich ihn genau, um zu sehen, ob es vielleicht ein paar besondere Tricks gab. Aber es war nicht dasselbe: Der Verrückte hatte immerhin noch einen Zahn, und der Arzt hatte zu Bea gesagt »alle«. Der Verrückte spießte jeden Bissen mit seinem einen Zahn auf und schluckte.

Eines Tages sah ich Bea an und bemerkte, daß ihre Lippen nicht mehr blau waren. Ich hatte so darauf gewartet, daß ihre Zähne ausfielen, daß ich gar nicht bemerkt hatte, wie es ihr besser ging. Ich versuchte, nicht allzu enttäuscht auszusehen. Ich fand es schön, wenn Bea zu Hause war. Auch wenn ich zum Schein protestierte, wenn sie von mir eine neue Geschichte verlangte, machte es mir großen Spaß.

KAPITEL ACHTUNDZWANZIG

Bilal meinte, wir sollten das Hotel verlassen. Heimlich. Über Nacht. Er sagte, er wollte uns die alte Stadt Fes zeigen und mit uns nach Agadir an den Atlantik fahren. Mum war dagegen. »Wir haben kaum Geld genug, um zu essen«, sagte sie, »und außerdem ist Moulay Idriss unser Freund.«

Da hatte Bilal endlich die zündende Idee. Die Idee, nach der er in seinem Kopf schon vor meinem Geburtstag gesucht hatte. Er verlangte einen Stift und ein Blatt Papier. Er legte das Blatt auf ein Buch und begann zu schreiben. Langsam und sorgfältig malte er die Buchstaben.

»Was bedeutet es?« Ich beugte mich über seine Schulter. Die Schrift sah fast genauso aus wie die schwarzen Zeichen in Beas Schulbuch. Sie versuchte, sie zu entziffern, aber vergeblich.

Bilal schrieb, bis das Blatt voll war, dann gab er Mum den Stift zurück. Er stand auf und las seinen Brief laut vor. Er war in Arabisch geschrieben. Bea kniff die Augen zusammen und hörte konzentriert zu.

»Das ist Betteln«, sagte sie, als er geendet hatte, und sie drehte sich um und ging hinaus auf die Galerie.

»Es gibt fünf Pfeiler des Islam, die jeder gläubige Moslem beachten muß«, erklärte Bilal. »Er muß seine Gebete sprechen, den Koran studieren, fasten, wenn möglich einmal in seinem Leben nach Mekka pilgern. Und den Armen Almosen und Fremden Gastfreundschaft geben.«

Mum hörte ruhig zu. Sie war nicht so ärgerlich wie Bea, aber sie war auch nicht richtig begeistert. Und wenn Mum nicht überzeugt war, konnte selbst Bilal nichts machen. Er rollte den Brief zusammen und band einen Faden um die Rolle, die er in eine Ecke unseres Zimmers legte.

Die Tage waren nicht mehr so heiß wie vorher, und es regnete jetzt manchmal. Ich fragte mich, ob wir Weihnachten verpaßt hatten. Bea und ich beschlossen, Tante Rose zu besuchen, um zu sehen, ob sie ihre Tonfiguren wieder aufgestellt hatte. Niemand antwortete, als wir an die Tür klopften. Wir spähten durch die Fenster hinein. Die Möbel waren mit weißen Tüchern verhangen, und Maria und Joseph und die Krippe waren nirgends zu sehen. Geduldig warteten wir, daß sie nach Hause käme, aber als es schließlich dunkel wurde und sie noch immer nicht in Sicht war, gaben wir auf.

Ich ging ein Stück hinter Bea und dachte über die große Ungerechtigkeit von Tante Rose und den Schlafanzügen nach, und wie so ein schwerer Fehler einfach übergangen worden war. Ich trug meinen Schlafanzug jetzt unter meinem Burnus, und obwohl ich im letzten Jahr ziemlich gewachsen war, mußten die Hosenbeine immer noch zweimal umgeschlagen werden. »Häßlich, gräßlich«, murmelte ich und fühlte nach der Narbe auf meinem Arm, damit ich wußte, wo rechts und links war, so daß ich mein

Wanderlied mit dem richtigen Fuß anfangen konnte. »Links, links.« Ich kratzte meinen Arm. Dann: »Rechts, rechts.« Auf meinem rechten Arm war kein Kratzer. Gerade als ich anfangen wollte, blieb Bea vor mir mit einem Ruck stehen, und ich prallte auf sie. Sie schnappte laut nach Luft und hielt ihren Arm nach hinten, um mich zurückzuhalten.

Aus der dunklen Gasse zwischen zwei Häusern stolperte ein Mann. Er war vornübergebeugt und stolperte rückwärts von einer Gestalt weg, die wie Stahl schimmerte, und als der Mann, ein alter Mann, gegen eine Mauer stieß, stürzte sich der Angreifer auf ihn und versetzte ihm einen harten Schlag. Sein Kopf krachte gegen die Steine, und er fiel nach vorn. Als er stürzte, rutschte ihm eine seiner *Babouches* weg und segelte im hohen Bogen durch die Luft. Ohne ihn wirklich erkannt zu haben, wußte ich plötzlich, daß es der Verrückte war. Es war tatsächlich der Verrückte, ich hatte nur noch nie bemerkt, was für ein alter und gebrechlicher Mann er war. Meine Augen hatten sich jetzt an die Dunkelheit gewöhnt, und ich konnte sehen, daß der andere Mann sehr stark war. Ich sah seine kräftigen Schultern unter seiner dünnen Dschellabah und ein muskulöses braunes Bein. Bea packte meinen Arm und zog mich weiter. Ich wollte mich schreiend in den Kampf stürzen und den Verrückten retten und ihn bei uns zu Hause verstecken. Doch als wir uns vorsichtig vorbeischlichen, sah ich, wie er eine Hand nach oben streckte, als wollte er nach etwas greifen, bevor sie in den Staub fiel. Das dumpfe Geräusch seines dünnen, zerbrochenen Körpers hallte noch in meinen Ohren. Bea ließ meine Hand los, und ich rannte hinter ihr die Treppe hinauf in den zweiten Stock. Es war niemand zu Hause. Bea machte eine Kerze an. Ein Zettel lag vor der Tür im Zimmer. »Lunas Baby ist gerade angekommen. Bin spät zurück, Mum.«

Bea zerriß den Zettel in kleine Fetzen und verstreute sie auf dem Fußboden. Dann legte sie sich auf ihr Bett. Ich sah nach Mary, Mary-Rose und Rosemary. Ich machte ihre Betten neu und glättete ihre Kleider. Ich fand es schade, daß ihre Haare aus Wolle waren, so daß ich sie nicht kämmen konnte.

Ich erzählte niemandem von dem Kampf. Ich wartete darauf, daß Bea etwas sagte oder daß irgend jemand merkte, daß der Verrückte nachmittags nicht mehr mit den Gnaoua tanzte oder uns abends still nach Hause geleitete. Niemand erwähnte ihn. Gelegentlich beobachtete ich Bea, um zu sehen, ob sich bei ihr unser Erlebnis noch genauso immer wieder im Kopf abspielte wie bei mir. Aber wenn es so war, verriet sie sich nicht.

Warmer Regen strömte in langen Bindfäden herab, als Mum bereit war, bei Bilals Plan mitzumachen. Moulay Idriss hatte uns in unserem Zimmer aufgesucht, und es sah aus, als hätten wir nicht mehr viel Zeit. Zuerst zeigte Bilal seinen Brief Abu Kier. Abu Kier war ein Mann, der mit seinem Geist beschäftigt war, erklärte Mum. Die Leute kannten ihn alle. Er saß auf dem Markt in seiner zerfetzten Dschellabah, und sie gaben ihm Geld und Essen. Abu Kier gab Bilals Brief seinen Segen.

Mum hatte es sehr eilig. Sie schlug meinen Burnus über meine Schulter und knöpfte ihn mit dem einzigen Knopf an meinem Hals fest. Mein Burnus hatte die Farbe von Kamelhaar. Beas war aus einer dunkleren, dickeren Wolle gemacht, die wie ein Eselsfell aussah, und Mums Burnus war weiß. Wir standen auf der Straße, unsere Kapuzen weit über die Ohren gezogen, während Mum den Brief unter ihre Gewänder hielt, damit er nicht naß wurde. Bilal kam nicht mit uns. Als ich ihn fragte, warum, erklärte er, daß das nicht zu seinem Plan gehörte.

Bea und ich folgten Mum zur Djemaa El Fna. Sie hielt uns beide an der Hand und ging sehr schnell in Richtung der Geschäfte, die rund um den Platz lagen. Wir begegneten Khadija, Zara und Saida, die gerade mit dem Wasserverkäufer sprachen. Bea tat so, als würde sie sie nicht sehen, und als ich mich umdrehte, um ihnen etwas zuzurufen, zog Mum meine Hand weiter, damit ich nicht zurückblieb.

Bei einem Geschäft, in dem Teppiche verkauft wurden, hielten wir an. Die Sonne kam kurz hinter einer Wolke hervor, und ihre Strahlen glitzerten wie Goldfäden durch den Regen. Mum hielt den Brief vor sich, damit der Verkäufer gleich sehen konnte, warum wir da waren und nicht versuchte, uns einen Teppich zu verkaufen. Er nahm den Brief. Er hatte ein nettes Gesicht und setzte mich hoch oben auf einen Stapel Gebetsteppiche, bevor er anfing, den Brief zu lesen. Er las aufmerksam und nickte dabei die ganze Zeit. Mum hatte mir erzählt, was Bilal geschrieben hatte: »Im Namen Gottes, ich bin ein Fremder in deiner Stadt, und ich bin in Not geraten ...«

Beas Gesicht war wie versteinert. »Häßlich«, flüsterte ich, aber sie reagierte nicht.

Der Teppichhändler gab Mum den Brief zurück. Ohne ein Wort nahm er einige Münzen aus seiner Kiste im hinteren Teil seines Geschäfts und reichte sie Mum.

»Ich habe Hunger«, sagte ich, als wir wieder draußen waren. Wir hatten das Hotel verlassen, bevor die *mijmar* an war, und ich konnte mich nicht erinnern, daß wir gefrühstückt hatten.

Mum eilte weiter zu einem Laden, der Kupferwaren verkaufte – Waagschalen, Töpfe und Rohre in verschiedenen Formen und Größen. Zwei Männer saßen im Geschäft und rauchten. Sie sahen aus wie Brüder. Mum holte einmal tief Luft, bevor sie hineinging. Sobald die Brüder den Brief gelesen hatten, bestanden sie darauf, daß wir uns setzten, und riefen einer Frau zu, sie solle uns Pfefferminztee bringen. Bea sah mich an, zuckte mit den Achseln und bat um eine zweite Tasse. Die beiden Männer waren sehr großzügig. Sie gaben Mum eine Handvoll Dirhems, die sie zu den anderen in ihr Portemonnaie tat.

Wir gingen nur in die größeren Geschäfte, die Teppiche oder Lederkoffer und -taschen verkauften, und je mehr Geld sie bekam, desto mutiger wurde Mum. Jetzt hielt sie den Brief vor sich, wenn wir durch die Gassen gingen, so daß jeder ihn sehen konnte.

Bea und ich sahen die ganze Zeit zu Boden.

Die Leute blieben stehen. Sie warfen einen Blick auf den Brief, dann auf uns, aber niemand ging weiter, ohne uns vorher mindestens einen Centime zu geben.

Der einzige, der anfing, uns Fragen zu stellen, war ein Amerikaner. Er untersuchte den Brief. Wer Mum war? Wo sie herkam? Warum sie kein Geld hatte? wollte er wissen.

Er sagte, er würde uns gern helfen, aber bevor er von unserer Geschichte nicht völlig überzeugt war, meinte er, könnte er es nicht. Zuerst beantwortete Mum geduldig alle seine Fragen, doch dann wurde sie ungeduldig. »Sie rauben mir meine Zeit«, sagte sie. »Sehen Sie nicht, daß ich arbeiten muß?« Dann zog sie Bea und mich weiter.

Wir arbeiteten den ganzen Tag. Wir umrundeten den ganzen Platz, gingen in die Geschäfte hinein und wieder heraus und blieben auf der Straße stehen, um die Leute anzuhalten, die vom Markt kamen. Wir machten nicht einmal eine Pause, um mit unseren Freunden einen Kaffee zu trinken. Irgendwann entdeckte ich Abu Kier, der uns von seiner Straßenecke aus beobachtete. Ich wollte ihn Mum zeigen, aber in dem Moment, wo ich mich umgedreht hatte, war er verschwunden. Im Laufe des Tages machte es mir immer weniger aus, daß wir bettelten. Sogar Bea schien es ab und zu zu vergessen, und sie sah nicht mehr immer auf den Boden.

Mums Portemonnaie war voll. Es klimperte, wenn sie ging. Sie rollte den Brief wieder zusammen und steckte ihn in ihren Burnus.

»Das war das erste und einzige Mal«, sagte sie zu meiner großen Erleichterung.

KAPITEL NEUNUNDZWANZIG

Moulay Idriss wartete geduldig. Er sah uns nach, als wir die Treppe hinaufgingen. Mum kippte das Geld auf den Fußboden, und Bilal begann zu zählen. Er legte die Münzen auf verschiedene Stapel und baute je nach Größe und Farbe kleine Türmchen. Als alle Münzen geordnet und gezählt waren, rief er Moulay Idriss herein, um ihm unsere Miete zu bezahlen. Er nahm Mum in die Arme und hielt sie ganz fest.

»Bilal, Bilal«, rief ich. Ich war auf dem Fußboden zu ihm gekrabbelt und umschlang seine Beine. »Was werden wir mit dem restlichen Geld machen?«

Bilal ließ Mum los. Er zog mich an meinen Füßen hoch und ließ mich baumeln. Die kleinen Geldtürme verschwammen vor meinen Augen.

»Ich habe Hunger«, brachte ich zwischen ersticktem Lachen heraus. »Und Bea will einen Mars-Riegel.« Bilal wußte nicht, was ein Mars-Riegel war. »Wenn wir nach England fahren«, versprach ich ihm, »kaufe ich dir einen von meinem Taschengeld.«

Es war lange her, daß wir auf dem Platz gesessen hatten, und wir bestellten Fleischkebabs und Schnecken und eine

Schale voll Spinat mit Öl. »Wenn unser Geld jemals ankommt«, meinte Mum, als wir angefangen hatten zu essen, »sollten wir vielleicht doch nach Hause fahren.«

Sie hatte mit niemandem direkt gesprochen, es klang eher beiläufig, als sie das sagte. Bea sah sie über ihrem Stück Brot an. Sie sagte nichts. Bilal pulte eine gummiartige Schnecke aus ihrem Haus. Er schien nicht zugehört zu haben. Bea kaute weiter gedankenverloren an ihrem Brot, und Mum hörte auf zu essen, um zu rauchen.

Als wir zu Ende gegessen hatten und die Teller abgeräumt wurden, legte Bea ohne Vorwarnung ihr Gesicht in die Hände und brach in Tränen aus. Ich blickte auf ihren zuckenden Kopf. Ich konnte mich nicht erinnern, Bea jemals weinen gesehen zu haben. Bea weinte nicht. Nur Mum und ich weinten.

»Wenn wir nach Hause fahren«, schluchzte sie, »heißt das, wir kommen nie wieder zurück?«

Mum legte den Arm um sie. Sie strich ihr übers Haar. »Wenn du in den Himmel schaust«, sagte sie, »kannst du sieben Sterne sehen, die ein Muster ergeben.« Bea hob den Kopf, und ich folgte ihrem Blick. Der Himmel war übersät mit Sternen, wie ein Nebel hingen sie im orangefarbenen Dunst vom Licht der Stadt. »Diese Sterne sind die Brüder der sieben Propheten, und wenn jemand ihnen einen Wunsch sagt, wird er in Erfüllung gehen.«

Bea legte ihren Kopf weit in den Nacken. Ihre Tränen trockneten schon wieder auf ihrem Gesicht. »Oh, dann ist es in Ordnung«, sagte sie. Sie machte die Augen zu, und mit dem Gesicht zu den sieben Sternen gewandt, formte sie mit den Lippen ein langes, kompliziertes Gebet.

»Ich finde, wir sollten für Khadija ein Geschenk kaufen«, schlug Mum vor. Endlich war unser Geld bei der Bank angekommen.

»Und für Zara und Saida«, fügte Bea hinzu.

Wir fanden unsere drei Freundinnen, als sie im Kreis um eine leere Flasche Fanta saßen. »Waa, waa«, riefen sie uns entgegen. Mum nahm Saida bei der Hand und führte uns am Rand der Djemaa El Fna um eine Ecke in den überdachten Basar. Wir gingen hinter ihr her, vorbei an Reihen von Schuhen, Portemonnaies und Goldgürteln, bis wir zu dem Stand kamen, wo ich meinen ersten Kaftan gekauft hatte. Ich hatte ihn jetzt auch an, und der Stoff schien kaum verblaßt. Khadija, Saida und Zara sahen mit großen Augen auf die Reihen bunter Kleider.

»Sucht euch eins aus«, drängte Mum, und sie sahen erst zu Bea, dann zu mir, ob sie auch richtig verstanden hatten. »Sucht euch eins aus, sucht euch eins aus«, wiederholten wir.

Der Mann im Geschäft wollte nicht, daß sie die Kleider anfaßten. Sie zeigten mit dem Finger auf sie, kicherten und seufzten bei jedem Kleid, das er ihnen zeigte. Khadija suchte sich einen blaßgrünen Kaftan aus, auf den ein Muster aus großen Blättern gestickt war. Sie wollte ihn sofort anziehen, aber Mum bestand darauf, daß er in Seidenpapier gewickelt wurde und sie ihn mit nach Hause nahm. Zara und Saida nahmen beide einen Kaftan in dickem glänzenden Stoff, die eine in Blau und Pink, die andere in Rot und Gelb. Mum trug alle drei Pakete unter dem Arm, und wir folgten ihr die Gasse entlang, wo es alles zu kaufen gab, wovon man nur träumen konnte.

Mum wollte uns nicht verraten, wo wir hingingen. Sie ging schnell durch die Altstadt, und wir liefen hinter ihr her, alle fünf hüpfend und springend, damit wir mit ihr Schritt halten konnten. Vor dem Eingang zur *Hammam* blieb Mum stehen. »Wart ihr schon einmal hier?« fragte sie. Nein, hier waren sie noch nicht gewesen.

Sie zogen ihre zerfetzten Kleider über den Kopf, das einzige, was sie anhatten, und Mum zog eine Flasche Shampoo aus der Tasche. Sie ließ sie sich in einer Reihe aufstellen und goß Wasser über sie. Bea und ich zeigten ihnen, wie man sein Haar senkrecht aufstellen konnte, wenn es voll Shampoo war, so daß man aussah, als hätte man gerade einen Geist gesehen oder als wäre man selbst einer. Mum rieb uns mit einem *Hammam*stein ab. Dann ließ sie uns kichernd und schnatternd in einem heißen dampfenden Raum allein, um selbst ihre Haare zu waschen, die viel zu lang und schwer waren, um sie aufzustellen. Sonst würde der Kamm dabei zerbrechen, erklärte sie. Ich wünschte, wir hätten noch unsere Dose Puder, damit sie auch merken könnten, wie weich und glatt es sich zwischen den Zehen anfühlte. Doch das war nicht mehr so wichtig, als Mum die Kaftane auspackte, sie ihnen der Reihe nach über den Kopf gleiten ließ, und Khadija, Saida und Zara an sich heruntersahen, als wären sie verzaubert.

Am nächsten Morgen klopfte eine Frau an unsere Tür. Sie hatte graue Haare, die sie in einem Zopf zurückgebunden hatte. Es war Khadijas Mutter. Sie dankte Mum wieder und wieder, und jedesmal lief eine Träne über ihre Wange und über den Rand ihres Schleiers. Nachdem sie gegangen war, weinte Mum auch, aber sie wollte nicht sagen, warum.

Wir gingen Akari in seinem Geschäft besuchen. Bilal kam mit und trug Mums Nähmaschine, die sie Akaris Frau schenken wollte. Akari versuchte uns zu überreden, doch zu bleiben. Er sagte, er hätte ein Haus im französischen Viertel, das wir mieten könnten. Wir könnten auch ohne Miete dort wohnen, wenn Mum jeden Monat ein englisches Kleid für seine kleine Tochter nähte. Er sagte, er würde sogar mit uns zu einem anderen Kamelfest fahren.

Ich dachte nicht gern an das Kamelfest. Das mit Girlanden geschmückte Kamel war an unserer Wohnung in der Mellah vorbeigekommen, und wir waren aus der Stadt bis hoch in die Berge in einer langen, singenden Prozession hinter ihm hergegangen. Wir waren den ganzen Tag gegangen, und als wir oben ankamen, sahen wir gerade noch, wie das Kamel auf die Knie fiel, sich wieder hochquälte und weiterstolperte, während sein abgeschlagener Kopf den Berghang hinunterkullerte. Bea sagte hinterher, er sei gar nicht den Berg heruntergerollt, und daß sie mit eigenen Augen gesehen hätte, daß der Kopf in einen Strohkorb gepackt worden war. Mum war mit Akari etwas später angekommen und kam gerade noch rechtzeitig oben an, um etwas Kamelkäse zu essen und um einen Eselritt zurück ins Tal auszuhandeln.

Wir verabschiedeten uns von Luna, Umbark und ihrem winzigen Baby. Obwohl sie traurig war, daß wir wegfuhren, merkte ich, daß Luna innerlich vor Glück strahlte.

Wir packten all unsere Sachen in die karierte Reisetasche, die wir mitgebracht hatten, und den Rest in einen Beutel, den Mum aus einem Bettuch genäht hatte. Ich ließ meine schwarze Hose draußen, weil ich sie auf der Reise anziehen wollte.

»Wenn du aus der Hose rausgewachsen bist, möchte ich, daß du meinen Flicken abnimmst und auf etwas anderes nähst«, sagte Bilal. Ich mußte es ihm versprechen. Da wußte ich auch, daß er nicht mit uns kommen würde.

KAPITEL DREISSIG

An dem Morgen, als wir uns von den Windel-Frauen, von Ayesha und ihrer Großmutter und von Moulay Idriss verabschiedeten und uns auf den Weg zum Bahnhof machten, waren die Straßen von Marrakesch von Menschenmassen gesäumt. Über die Straßen waren bunte Fahnen gespannt, und in der Ferne hörte man Böllerschüsse. Bilal trug unsere Taschen. Er bahnte uns einen Weg durch die Menschen, die die Alleen aus Orangenbäumen entlang zu den Stadttoren strömten. Ich hielt mich an einem Zipfel seiner Dschellabah fest, damit ich nicht davongerissen wurde. »Wir werden noch unseren Zug verpassen«, rief Mum Bilal über meinen Kopf hinweg zu.

Ich sah Khadija vor einer Reihe Zuschauer stehen und ein kleines Fähnchen schwenken. Sie kam zu uns gelaufen.

»Was ist hier los?« rief Bea ihr zu.

»Heute ist der Geburtstag des Königs.« Sie schwenkte ihre Fahne und tanzte vor uns herum.

Da merkte ich, daß Khadija wieder ihren alten zerrissenen Kaftan trug, der in Fetzen um ihre Knie flatterte.

»Was ist mit deinem neuen Kleid passiert?« Mum beugte sich zu ihr.

Khadija schoß davon in die Menge. Wir drückten uns gegen die Mauer von Menschen und warteten, daß sie zurückkam, aber sie blieb verschwunden.

Ein Donnerschlag hallte durch die Luft. Mit einem Schlag war die Straße wie von Zauberhand leer, und die Leute drängten sich gegen die Mauern am Rand und reckten die Hälse, um etwas sehen zu können. Bilal setzte mich auf seine Schultern. Eine Truppe Männer mit Gewehren kam in Sicht, gefolgt von Pferden, die stolz und geschmückt vorbeiritten. Die Reiter trugen Säbel, die an der Seite baumelten und fast bis auf den Boden reichten, ihre Kleider waren mit Gold bestickt. Ich konnte spüren, wie die Zuschauer den Atem anhielten und tausend Herzen klopften. Dann rollte eine offene Kutsche heran. Sie wurde von vier schwarzen Pferden gezogen. Drinnen saß der König von Marokko. Die Menge brach in laute Jubelschreie aus. Sie schrien und riefen und wedelten mit ihren Fähnchen, und der König erhob sich in der Kutsche und legte die Hand auf sein Herz.

Wir folgten dem Strom der anderen, die hinter der Kutsche herliefen. Wir wurden durch die Stadttore gequetscht und kamen auf den freien Platz, wo wir versucht hatten, Mary, Mary-Rose und Rosemary zu verkaufen. Als die Kutsche des Königs durch das Tor rollte, ritt eine Gruppe Berber heran, die vorher still an der Seite ausgeharrt hatten. Sie hoben ihre Gewehre und preschten in rasendem Galopp vor die Kutsche. Die Menge erstarrte, als die Pferde den König umringten. Dann gaben alle gleichzeitig einen Schuß aus ihren Gewehren ab und kamen zum Halten. Gefesselt verfolgte ich das Schauspiel von Bilals

Schultern aus. Die Reiter bildeten mit ihren Pferden einen Kreis, und die Berberfrauen tanzten in der Mitte. Sie begleiteten sich selbst mit einem schrillen Gesang, der mich an Indianergeheul erinnerte, und ich mußte lachen. Der Tanz endete wie mit einem schrillen Vogelschrei.

»Bestimmt haben wir unseren Zug verpaßt«, meinte Mum, als wir versuchten, uns durch die Menge zu drängen und den Feierlichkeiten zu entkommen, um ein Taxi zu finden, das nicht Urlaub machte.

Unser Zug wartete noch. Bilal stieg mit uns ein und fand für uns einen Platz am Fenster. Er verstaute unsere Taschen in den Netzen über dem Sitz. Ich hatte mich geirrt. Er kommt doch mit uns, dachte ich. Und gerade als ich das dachte, ging Bilal rückwärts durch die einsteigenden Leute zur Tür. Dabei lachte er mit seinen lachenden Augen, bis er plötzlich ohne ein Wort zwischen den letzten eiligen Passagieren verschwunden war. Bea und ich suchten den Bahnsteig nach ihm ab und hingen uns aus jedem Fenster auf dem Gang, um ihn wieder auftauchen zu sehen.

»Bilal! Bilal!« schrien wir, als sich der Zug langsam in Bewegung setzte. »Bilal!« Aber ich konnte ihn unter den Menschen, die auf dem Bahnsteig hinter uns immer kleiner wurden, nirgends erkennen.

Der Zug rumpelte über die Schienen, an deren Rändern die ersten Frühlingsblumen blühten. Marrakesch lag schon weit zurück in der Ferne.

»Fährt dieser Zug ganz bis nach Hause?« fragte ich Mum, die dabei war, gedankenverloren ihr Haar mit schnellen Bewegungen zu flechten und dann wieder zu entflechten.

»Nein«, antwortete sie, nachdem ich sie gekniffen hatte, um eine Antwort zu bekommen.

Bea war in ein leeres Gepäcknetz geklettert und benutzte es als Hängematte. »Häßlich, gräßlich, häßlich, gräßlich«, summte sie leise zum Rhythmus der Räder, die über die Schienen rumpelten.

Ich wäre gern zu ihr nach oben geklettert, aber ich dachte, es sei vielleicht sicherer, unten zu bleiben, für den Fall, daß Mum es sich in letzter Minute anders überlegte und wir bei einer der nächsten Stationen wieder aus dem anfahrenden Zug springen mußten.